勘破西游

典藏版

第四部

伏魔真义

叶之秋 著

中国发展出版社
CHINA DEVELOPMENT PRESS

图书在版编目（CIP）数据

勘破西游. 第四部 / 叶之秋著. —北京：中国发展出版社，2022.1（2025.4 重印）

ISBN 978-7-5177-1265-7

Ⅰ. ①勘… Ⅱ. ①叶… Ⅲ. ①《西游记》研究 Ⅳ. ①I207.414

中国版本图书馆 CIP 数据核字（2021）第 230750 号

书　　名：勘破西游（第四部）
著作责任者：叶之秋
责 任 编 辑：钟紫君　吴　思
出 版 发 行：中国发展出版社
联 系 地 址：北京经济技术开发区荣华中路 22 号亦城财富中心 1 号楼 8 层（100176）
标 准 书 号：ISBN 978-7-5177-1265-7
经　销　者：各地新华书店
印　刷　者：北京博海升彩色印刷有限公司
开　　本：880mm×1230mm　1/32
印　　张：9
字　　数：198 千字
版　　次：2022 年 1 月第 1 版
印　　次：2025 年 4 月第 3 次印刷
定　　价：29.80 元

联 系 电 话：（010）68990535　68360970
购 书 热 线：（010）68990682　68990686
网 络 订 购：http：//zgfzcbs.tmall.com
网 购 电 话：（010）68990639　88333349
本 社 网 址：http：//www.develpress.com
电 子 邮 件：174912863@qq.com

序　言

八十一难皆是局，降妖伏魔一场戏

《西游记》与《三国演义》《水浒传》故事题材不同，然其根源一致，甚至与《红楼梦》也是殊途同归。

《三国演义》讲的是王侯将相，江山霸业；《水浒传》说的是绿林豪杰，江湖风雨；《红楼梦》写的则是公子小姐，家族兴衰……

有人的世界就有江湖，有江湖的地方就难免有纷争。历史如此，武侠如此，家族如此，仙幻世界也如此。

《西游记》所写的不仅是降妖伏魔、打怪升级，其故事展现的，更是以唐僧、孙悟空师徒为代表的三界仙佛妖鬼斗智斗勇的故事。

“斗智斗勇”中，“勇”很好理解。在许多读者印象中，孙悟空就是胆大无畏的象征，金箍棒在手的孙悟空，敢与天庭叫板，敢争玉帝宝座。

那么，这“智”体现在何处？

《西游记》中的“智”，不在于孙悟空如何捉拿妖怪，不在于唐僧如何逃过劫难。因为“八十一难皆是局，降妖伏魔一场戏”，所谓取经的种种磨难，本就是仙佛高层安排好的一场戏，孙悟空也好，唐僧也好，甚至大多数下界作乱的妖魔，其实都是拿着剧本，遵照导演的意图演戏而已。

为何这么说呢？

取经路上，为何众多妖魔抓到唐僧总是不吃？孙悟空大闹天宫横扫天庭群仙，为何取经时被许多妖魔打得狼狈？为何孙悟空明明能打败妖王，却偏要去求神拜佛，找寻妖魔主人？为何每当孙悟空挥起金箍棒时，定有仙佛高喊“大圣住手”？

这些事情若仅是偶然出现一次，可以说是意外；但若经常出现，其中必然内藏玄机。

作为名著，作为一部经历数百年大浪淘沙的经典作品，最大的特点就是经得起揣摩。不但语言精湛、表意精准，而且构架宏伟、情节巧妙、人物性格复杂多变。

此前多年，研究《红楼梦》《三国演义》者多，然而，肯耐下心来揣摩《西游记》的人少。

老叶喜欢《西游记》，喜欢《封神演义》，对中国神话十分痴迷。正是怀着一份爱慕与敬仰之心，老叶一而再、再而三地品读《西游记》，争取“勘破西游”。

在老叶的解读中，孙悟空不仅心高气傲，疾恶如仇，而且胆大包天，敢与玉帝叫板，他还狡猾多智，聪明诡谲，在一波又一波的降妖故事中迅速成长。取经八十一难，不单单是唐僧经历的种种磨难，更是孙悟空从幼稚莽撞到逐渐成长，学会借力打力，学会左右逢源，变得成熟、变得强大的人生历程。

唐僧也不仅是一心向佛，他在佛心坚定之余，也会有胆怯、有懦弱，甚至有古板、有迂腐、有尖酸刻薄、有刻意偏袒。

猪八戒与孙悟空之间既有相扶相持的融洽时光，更有钩心斗角、小肚鸡肠的种种矛盾。猪八戒拥有的，不仅仅是可爱，不仅仅是蠢萌，还有既凶残暴戾又伟岸高大的一面。

沙僧也不再是那个只知道高喊“大师兄，妖怪把师父抓走了”的路人甲。《西游记》原著中的沙僧，乃是玉皇大帝身边的禁军大将，心机深沉，城府如海。若单论智谋，他足以在唐僧师徒中排名第一。

“八十一难皆是局，降妖伏魔一场戏”，西游取经故事中，到底有哪些迷局？在种种迷局中，孙悟空、唐僧、观音菩萨、如来佛祖、太上老君等，各自又扮演了怎样的角色呢？

看完本书，相信您都会找到满意的答案。

叶之秋

2021 年 10 月 25 日

目　录

第一节　荆棘岭寓意

在《西游记》中，能够拥有八百里地盘的，都是非常重要的妖怪。比如八百里火焰山、八百里通天河、八百里金岘山……可是，在走过祭赛国后，唐僧师徒来到一个叫作荆棘岭的地方，那地方占地很广，也是八百里，里面住着的却是一群法力低微的树精，他们被猪八戒三下五除二就搞定。

荆棘岭群妖号称西游世界最风雅的妖怪，光顾着和唐僧谈诗论道，根本不提吃唐僧肉的事情。荆棘岭的故事也堪称西游世界最乏味的故事，除了大段的深奥诗文唱和，就结尾的杏仙求欢有点亮色。

作者为何要花一回的笔墨写这荆棘岭呢？此前一贯懒惰的猪八戒，为何在本回故事中奋勇当先呢？猪八戒为何要把没有伤人害命的树精全部打死呢？

要了解本章的寓意，首先要了解荆棘岭以及岭上树精们的生存状态。

荆棘岭占地很广，足足八百里。山岭间隐隐约约可以看到道路，可是，漫山遍野的荆棘藤蔓将道路堵得严严实实。

原著中唐僧说："路痕在下，荆棘在上，只除是蛇虫伏地而游，方可去了。若你们走，腰也难伸，教我如何乘马？”*

唐僧的话，点出了一个严酷的现实：因为荆棘堵塞，除非蛇虫，寻常人根本就过不了荆棘岭。换言之，这荆棘岭就如同前面的火焰山一样，已经成为东西方国家往来、思想传播尤其是佛派思想东扩的重要阻碍。

这个阻碍存在了多久呢？

猪八戒奋起神威，变成六七十米大巨人，挥舞钉钯，苦干了一天，走到山腰，看到一块石碑，上面写着：“荆棘蓬攀八百里，古来有路少人行。”八戒豪气勃发，加了两句：“自今八戒能开破，直透西方路尽平！”

从石碑上看，这荆棘岭堵塞东西方交通已经许多年（自古以来）。具体是多少年呢？从后文树精们的谈话中可以知道，树精们都有千年道行，也就是说，这荆棘岭道路不通，至少有上千年。

要想促成佛派势力的扩张，不单需要孙悟空降妖除魔，驱逐非佛派的势力，也需要凡间的高僧前往他国，建立寺庙，普度众生。凡间僧人宣传佛法的重要性，绝对不在孙悟空之下。

若前方有强大的妖魔，猪八戒自然偷懒耍滑。毕竟降妖的功劳再高，也不如小命要紧。而眼前只是把荆棘拨拉到两边，清理出一条道路，毫无风险，却对佛派扩张很有帮助，猪八戒自然要奋勇争先。

---

* 文中引用的《西游记》原文，参见人民文学出版社 1955 年第 1 版、2010 年第 3 版《西游记》。全书同。

猪八戒在石碑上添上的两句诗，使得八戒成为佛派东扩的重要功臣，其功绩必将千古流传，受百姓膜拜。

那么，猪八戒在见到树精后，为何要把他们全部打死呢？

表面的原因是树精们在谈论诗文后，都怂恿唐僧与美貌妖娆的杏仙入洞房。唐僧当时坚决不肯，以致泪眼汪汪。正在纠缠间，猪八戒与孙悟空出现，救了唐僧，然后要打死树精。

见猪八戒出手狠辣，被筑到的树精无不惨死，唐僧拉住八戒说："悟能，不可伤了他！他虽成了气候，却不曾伤我，我等找路去罢。"确实，即便是入洞房，杏仙也是好言安抚，根本没有用强。至于其他仙人，更是风雅得很。他们一晚上都在谈诗论道，根本就没人提吃唐僧肉的事。

孙悟空说："师父不可惜他，恐日后成了大怪，害人不浅也。"

孙悟空这个理由成立吗？根本不成立。眼下人家本领低微，不会害人；以后本领高强了，就一定会害人了？按照这个逻辑，越强大的仙人妖怪，越是会害人。那孙悟空、猪八戒呢？他们的本领比树精们高很多，那不是百分百害人，绝对应该被打死吗？

孙悟空明显是要掩盖真相，才一定要让猪八戒打死树精的。

究竟是什么真相呢？

原来，唐僧在见到孙悟空后，已经把晚上的事详细地说了一遍。孙悟空立刻明白了这荆棘岭上的树精们绝对留不得。

为何这么说？

每位树精几乎都和唐僧有诗歌唱和。诗文太多，我就不一一引用了。在大家畅快聊天中，有个凌空子打个哈哈道："拂云之言，分明漏泄。圣僧请起，不可尽信。”凌空子的言下之意是，其他人都说得很含蓄，唯独拂云叟说得太直白，有点泄露天机的意思。

那么，拂云叟说了什么呢？原文说：“道也者，本安中国，反来求证西方。空费了草鞋，不知寻个什么？石狮子剜了心肝，野狐涎灌彻骨髓。忘本参禅，妄求佛果，都似我荆棘岭葛藤谜语，萝壮浑言。此般君子，怎生接引？这等规模，如何印授？必须要检点见前面目，静中自有生涯。”

原来，荆棘岭上这群树精乃是坚定的道派仙人，并且是崇奉道派，打压佛派的仙人。比如拂云叟就认为，道，本来就源自中国。如今唐僧反倒前往西方寻求大道，这不是南辕北辙，缘木求鱼，搞错了方向？他还愤然说，如今的唐僧是忘本参禅，寻求佛果不过是妄念。

表面上看起来，猪八戒、孙悟空是因为杏仙强逼唐僧入洞房才要打死这些树精，其实根本原因是这些树精是坚定的反佛派。

在山顶，有一座荒废了千年的古庙。可以想见，在一千多年前，这荆棘岭是畅通的。只是后来不知道怎么的，古庙荒废了。然后，有人点化了古庙附近的松树、柏树、梅花树、桃树、杏树，等等。这些树一面修行，一面将荆棘岭封锁起来，彻底断绝了凡间人类的往来，也断绝了佛派的东扩。

点化这些树精的仙人是谁呢？我的理解是太上老君。

当年，太上老君前往西方，化胡为佛，点化了燃灯，开创了佛派。当时的荆棘岭，道路必然是通畅的，自然也会有佛派的寺庙。后来燃灯退位，如来在位。太上老君便命人除掉了荆棘岭上的和尚，并让树精堵塞道路，以遏制如来一派的力量。

可是，如今取经行动是玉帝批准的天界官方行动，荆棘岭的障碍一定要被清理。对重要的仙人，太上老君会出面庇护。但像树精这些修为低下的仙妖，没有进一步利用的价值，自然成了太上老君的弃子——也不是完全没用，孙悟空、猪八戒都可以利用树精们的死，向如来证明自己的清白与忠诚，以获得更多的回报。

第二节　最狂魔王

西游世界的各路妖魔虽然来历不同，但登场目的大体一致，草根妖怪想要吃唐僧肉，高层妖怪则奉命考验取经团队。可是，有那么一个妖魔狂妄至极，竟然连五方五老之首的如来都不放在眼中，对齐天大圣孙悟空更是极端仇恨，一出手就用出灭绝性的法宝，完全是要置孙悟空于死地。

这个西游世界最狂妄、最狠毒的魔王是谁呢？

就是小雷音寺的黄眉老怪。

在西游世界，对仙佛最大的侮辱是什么？

一贯仁慈的观音听说红孩儿变成她的模样时，立刻暴怒。原文说："菩萨听说，心中大怒道：'那泼妖敢变我的模样！'恨了一声，将手中宝贝玉净瓶往海心里扑的一掼，唬得那行者毛骨竦然，即起身侍立下面。道：'这菩萨火性不退，好是怪老孙说的话不好，坏了他的德行，就把净瓶掼了。可惜，可惜！’”

一贯沉默、老实本分的沙僧见到猴妖（假美猴王）变成自己模样时，也立刻暴走。原文说：“沙僧见了大怒道：‘我老沙行不更名，坐不改姓，那里又有一个沙和尚！不要无礼！吃我一杖！’好沙僧，双手举降妖杖，把一个假沙僧劈头一下打死，原来这是一个猴精。”

一贯偷懒，连巡个山都要打瞌睡糊弄人的猪八戒，听闻牛魔王变成自己模样时，也进入狂暴状态。原文说：“八戒闻言大怒，举钉钯当面骂道：‘我把你这血皮胀的遭瘟！你怎敢变作你祖宗的模样，骗我师兄，使我兄弟不睦！’你看他没头没脸地使钉钯乱筑，那牛王一则是与行者斗了一日，力倦神疲；二则是见八戒的钉钯凶猛，遮架不住，败阵就走。”

猪八戒除了第一次大战孙悟空，取经路上无数次大战几乎都在隐藏实力。此刻八戒奋起神威，大败牛魔王，实在是因为牛魔王的举动，对八戒来说是最大的侮辱。

在西游世界，对仙佛最大的侮辱就是变成他的模样。

这黄眉老怪不但自己变成如来的模样，并且麾下的四五千小妖都变成三千揭谛、五百罗汉、八大金刚、四大菩萨。可以说，黄眉老怪一口气把佛派上上下下所有的仙人，集体侮辱了一遍。

黄眉老怪为何敢如此狂妄？他究竟仗了谁的势力？

孙悟空逃出金铙后，与黄眉老怪大战。战前，孙悟空大声训斥说：“你是个什么怪物，擅敢假装佛祖，侵占山头，虚设小雷音寺！”

孙悟空点出黄眉老怪已经犯下两项大罪：其一，假装佛祖，败坏如来的清誉；其二，虚设雷音寺，有欺世盗名之罪。

黄眉老怪怎么辩解的呢？原文说："这猴儿是也不知我的姓名，故来冒犯仙山。此处唤做小西天，因我修行，得了正果，天赐与我的宝阁珍楼。我名乃是黄眉老怪老佛，这里人不知，但称我为黄眉老怪大王、黄眉老怪爷爷。"

黄眉老怪声称：第一，他早已经修行有成，拥有了天庭、佛派认可的仙佛编制。这个编制级别还很高，是佛级。第二，他没有欺世盗名。他的山，就叫小西天；他这庙，就叫小雷音寺。这山，这庙，并非他个人擅自修建，而是上天赐予，即天庭（玉帝）赏赐的。

按照黄眉老怪这番解释，孙悟空的两项指控其实都不成立。

说黄眉老怪虚设雷音寺，欺世盗名，可人家的寺庙大门上明明白白写的是"小雷音寺"，而非"大雷音寺"。唐僧、猪八戒、沙僧等人或者是眼神不好，看错了，或者是看明白了也坚持进来参拜，又怎能怪黄眉老怪欺骗呢？

说黄眉老怪假扮佛祖，败坏如来名誉，可黄眉老怪见面第一句说的是："唐僧，你自东土来拜见我佛，怎么还这等怠慢？"黄眉老怪明明白白说的是"我佛"，不是"我"。

这黄眉老怪说的话，有几分真、几分假呢？

第一，黄眉老怪已经修成了正果，是佛派高层人员。这点毫无疑问。

唐僧师徒远远看到前方有许多阁楼亭台，孙悟空说："师父，那去处是便是座寺院，却不知禅光瑞霭之中，又有些凶气何也。观此景象，也似雷音，却又路道差池。”

在“四圣试禅心”一回中，观音菩萨、文殊菩萨、普贤菩萨、黎山老母等人幻化的村庄，从外面看也是祥光瑞霭。唯有达到佛派很高级别，比如菩萨，才可能拥有祥光瑞霭随身的待遇。至于凶气，则是说黄眉老怪对唐僧师徒充满敌意。

第二，黄眉老怪说小西天、小雷音寺是上天赐予纯属谎言。

在后文中，孙悟空“巧遇”未来佛祖弥勒佛，弥勒告诉他黄眉老怪的真正来历：“他是我面前司磬的一个黄眉老怪童儿。三月三日，我因赴元始会去，留他在宫看守，他把我这几件宝贝拐来，假佛成精。”

从弥勒佛说黄眉老怪是拐走宝物“假佛成精”看，小雷音寺也好，小西天也好，都不是当地原有之物。这一切都是为了掩盖黄眉老怪的真实身份。

那么，黄眉老怪凭什么那么狂妄，竟然不把如来放在眼中呢？

只因在西游世界中，黄眉老怪的主人弥勒佛就看不起如来。在背地里，弥勒佛肯定没少贬低如来。正因如此，在长期的耳濡目染下，黄眉老怪才会对如来充满蔑视，才敢变成如来模样。

弥勒佛凭什么看不起如来呢？

首先，弥勒佛是佛派的未来佛。

佛派有三大佛祖：过去佛祖燃灯，现在佛祖如来，未来佛祖弥勒。燃灯，作为曾经的佛祖，在退位后虽然在长老会中的排名极高，但是没有了实权。如来在佛级和菩萨级仙人中拥有最多的支持者。比如四大菩萨中，多次出场的观音菩萨、文殊菩萨、普贤菩萨，都是如来一系仙人。

作为如来曾经的亲密战友、未来佛祖，弥勒佛唯有扳倒如来，才能登上掌控佛派之位。

其次，取经行动中，弥勒佛没有分到一杯羹。

取经行动是玉帝批准的大行动，表面看来要把佛经传到东土，其实更深层的目的是提拔一批如来的手下进入佛派高层，进一步巩固如来的力量。

在佛派高层中，观音虽然只是菩萨级别，却是整个佛派中在天庭拥有最高职位的两大天尊之一。如来把取经行动交给观音负责，既拉拢了观音，又打击了弥勒。

取经团队的五人，后来分别有两人成佛，一人成菩萨，两人成罗汉。这五人或者是观音一手提拔的，或者是如来的弟子转世，都为如来一派。面对这样的局面，弥勒当然不满。

最后，弥勒佛拥有佛派第一法宝。

弥勒手中的人种袋，堪称佛派第一法宝，几乎是遇神装神，遇佛装佛。有如此强大的法宝，却没有分到一杯羹，弥勒很抓狂。他表面上不好破坏取经，就让自己的徒弟出手，以人种袋横扫三界仙佛，让玉帝和如来都见识见识他的实力。

第三节　黄眉任务

但凡仙佛派出弟子、坐骑下界，无一不是带着特殊任务下界。

太上老君派金角、银角大王下界，表面上是应观音邀请，实际上是展现他三界道祖的实力，以震慑敌对派。因金角、银角大王实力有限，太上老君同时安排了青牛精带着重宝金刚琢下界。最终，玉帝也好，如来也好，无一不拱手低头，表态认输。文殊菩萨派青狮精下界，表面上是要了结当初被乌鸡国王浸泡水中的因果，其实是帮助如来将乌鸡国变成佛派控制区。

那么，身为佛派未来佛祖的弥勒佛，为何派出弟子黄眉老怪，带着平生最重要的三件法宝下界呢？

黄眉老怪下界的目的，和唐僧肉无关。

但凡是来自高层的妖怪，无一不知道“吃唐僧肉可得长生”是一句谎言。于是，金角、银角大王抓到了唐僧，就是不吃。青牛精更是只字不提吃唐僧肉的事情。黄眉老怪呢？

黄眉老怪下界，和取经路上所有妖魔的目的都不相同。

当孙悟空不肯下跪，挥舞金箍棒要打时，原文说：“只听得半空中叮当一声，撇下一副金铙，把行者连头带足，合在金铙之内。慌得个猪八戒、沙和尚连忙使起钯杖，就被些阿罗揭谛、圣僧道者一拥近前围绕。他两个措手不及，尽被拿了，将三藏捉住，一齐都绳缠索绑，紧缚牢拴。”

我们结合后文可以知道，弥勒佛一共有三件法宝。一是敲磬槌儿：武器，可变化成狼牙棒，与金箍棒相比丝毫不落下风。二是金铙：攻击性法宝，大小可如意变化，一旦扔出，立刻将敌人困住，并且敌人从内部无法将其攻破。三是人种袋：攻防一体法宝，一旦扔出，可以将敌人吸入袋中。袋中自成世界，容量较大。一旦进入袋中，所困之人即浑身酸软，失去抵抗力。

黄眉老怪在第一次见到孙悟空时，为何用出金铙，而不用人种袋呢？

只因人种袋虽然强大，可以吸收三界多数仙佛，但有一个重大缺陷——只能困敌，而不能伤敌。

敌人被困在人种袋中，很难从中挣脱。但是，若想弄死对方，还必须将人从袋子中放出来。可是，一旦将人放出来，敌人很快就精气神全满，又可以活蹦乱跳地进行反抗了。孙悟空就是如此——一旦从袋中放出，他就立刻逃走去请救兵了。

金铙却不一样。金铙和人种袋相比有一个大缺陷，必须对准来敌，趁敌不备，才能将敌人罩住。但是，金铙有一个很大的优势，原文说："（黄眉老怪）把行者合在金铙之中永不开放，只搁在宝台之上，限三昼夜化为脓血。化后，才将铁笼蒸他三个受用。"

原来，这金铙如同红葫芦、玉净瓶，以及后文大鹏雕的阴阳玉净瓶等法宝一样，都可以在一定的时间内（金铙是三天三夜，红葫芦和两种玉净瓶都是一时三刻）将里面生物化为血水。

从此处我们可以推测出，弥勒佛派出黄眉老怪下界的真正任务——击杀孙悟空。

在后文还有一处重要证据。当孙悟空逃出金铙后，黄眉老怪拿起武器，正式与孙悟空交战。交战前，黄眉老怪提出进行一个赌赛。他说："一向久知你往西去，有些手段，故此设像显能，诱你师父进来，要和你打个赌赛。如若斗得过我，饶你师徒，让汝等成个正果；如若不能，将汝等打死，等我去见如来取经，果正中华也。"

黄眉老怪说得明白，他下界的目的不是为了唐僧，而是为了孙悟空。他因为听说孙悟空很有些本领，于是要和孙悟空比一比。如果孙悟空比他厉害，那么放孙悟空西去，让孙悟空等人成正果；如果孙悟空打不赢他，他就把孙悟空等人打死，由他去西天求见如来取经，在中华扬名。

黄眉老怪说的是真话吗？不是。

事实上，孙悟空和黄眉老怪几次大战，每次都落于下风。

比武艺，黄眉老怪和孙悟空大战五六十个回合不分胜负。可以说，黄眉老怪这等武艺，和孙悟空一样，已经达到西游世界武艺的巅峰。在武艺无法决出胜负的情况下，黄眉老怪抛出了人种袋，一口袋将孙悟空、二十八宿、三千揭谛等护法神全部抓获。

之后，孙悟空邀请真武大帝麾下龟蛇二将、五大神龙，邀请大圣国师王菩萨麾下小张太子等仙人出战，也都被黄眉老怪一口袋装了。

后来当孙悟空见到弥勒佛后，奉命引诱黄眉老怪。黄眉老怪见孙悟空孤身前来，说："我见你计穷力竭，无处求人，独自个强来支持，如今拿住，再没个什么神兵救拔，此所以说你挣挫不得也。"

从黄眉老怪话语中可以知道，在他眼中孙悟空根本不是他的对手。可是，为何黄眉老怪不像他当初放狠话时说的：打不赢我，我就弄死你？

黄眉老怪完全应该不再和手下败将孙悟空纠缠，直接用口袋把孙悟空装了再说。为何他还是一而再，再而三地和孙悟空交手呢？只因，弥勒佛交代黄眉老怪任务时所提出的灭杀孙悟空要求，和黄眉老怪口中说的并不一样。

弥勒佛应该是怎样交代黄眉老怪的呢?

若孙悟空神通广大，你斗不过，就用金铙与人种袋弄死孙悟空；若孙悟空神通平常，不是你的对手，那就放他西去。

弥勒佛为何要如此交代呢?

前文说了，弥勒佛被如来排除在了取经计划之外。取经成功，对弥勒佛没有任何实际的好处，反而有很大的坏处。如来一派在佛派高层中的力量将大大增加。当初拟定的，是唐僧一人成佛。在真假美猴王事件后，如来特批孙悟空“汝亦坐莲台”，又增加了一个佛位的名额。

对于弥勒佛来说，唐僧成佛，他并不放在心上。唐僧除了是如来前世的二弟子，身份特殊外，法力全无。即便唐僧成佛，也是个神通平常的佛。可孙悟空就不一样了。

孙悟空修仙十余年就敢大闹天宫，之后虽然被压了五百年，但人家早就是混元金仙，修仙级别和如来、观音、弥勒一样。假以时日，孙悟空必然迈入佛派顶尖高手行列。如果孙悟空一不小心，再弄到一个先天灵宝，那实力更会飙涨。

若孙悟空神通广大，胜过黄眉老怪，那么，弥勒佛就要将孙悟空这个如来麾下最强打手提前灭杀。若孙悟空连黄眉老怪也打不过，那自然对弥勒佛也构不成威胁，放他们西去也无不可。

有什么证据证明这一切都是弥勒佛在暗中操纵呢?

因为弥勒佛出现的时机太巧了。原文说：“大圣正当凄惨之时，忽见那西南上一朵彩云坠地，满山头大雨缤纷，有人叫道：‘悟空，认得我么？’”

弥勒佛是在什么时候出现的呢？

当时，孙悟空请来的第二拨帮手也被黄眉老怪一口袋装了。孙悟空再一次流泪哭泣说：“自从秉教入禅林，感荷菩萨脱难深。保你西来求大道，相同辅助上雷音。只言平坦羊肠路，岂料崔巍怪物侵。百计千方难救你，东求西告枉劳心！”

什么叫作“东求西告枉劳心”？就是再去求人帮忙也没用。孙悟空接连三次失败，此刻已经失去信心，不想再去找帮手了。

若弥勒佛还不出现，会出现怎样的情况？

唐僧师徒被困、二十八宿被困、五大龙神被困、小张太子被困……一旦时间拖延久了，必然惹得如来大怒，玉帝大怒，真武大帝大怒，大圣国师王菩萨大怒。大圣国师王菩萨神通较低，弥勒佛不放在眼中。可是，其他三个人物，都是弥勒佛惹不起的，尤其是玉帝。

以弥勒佛的地位与见识，自然知道什么叫作见好就收。

第四节　最强法宝

《西游记》中弥勒佛介绍人种袋时说：“那搭包儿是我的后天袋子，俗名唤做人种袋。”

什么叫作搭包儿？搭包儿也叫作褡裢，是古代民间常见的一种布口袋，一般为长方形，中间开口，里面可以放一些纸、笔、墨盒、信纸、印章，等等。古代的读书人或者商人外出时，经常将搭包搭在肩头，空出两只手。随着时代发展，到了民国时期，出现了各种背包、提包后，搭包再也见不到了。

弥勒佛的这件法宝，形态犹如搭包，主要功能也是容纳。

孙悟空从金铙中逃脱，立刻挑战黄眉老怪。见两人旗鼓相当，不分胜败，二十八宿一拥而上，想要倚多为胜。这时——

“老妖魔公然不惧，一只手使狼牙棒，架着众兵，一只手去腰间解下一条旧白布搭包儿，往上一抛，滑的一声响亮，把孙大圣、二十八宿与五方揭谛，一搭包儿通装将去，挎在肩上，拽步回身，众小妖个个欢然得胜而回。老妖教小的们取了三五十条麻索，解开搭包，拿一个，捆一个，一个个都骨软筋麻，皮肤窊皱。捆了抬去后边，不分好歹，俱掷之于地。”

从此处我们可以看出人种袋的两种功能。

一是吸纳，并且是大规模吸纳。这个人种袋乃是一种片杀伤法宝。对面无论是三五个人，还是三五十个人，人种袋都可以全部吸入。

二是困敌，使袋内敌人骨软筋麻。当仙人被吸入人种袋后，就会被一股神奇的力量克制。多数仙人会变得骨软筋麻，皮肤失去大量水分，变得凹陷，没有弹性。

原著在介绍弥勒佛的金铙时曾说，仙人一旦被金铙困住，三天三夜之后就会化成血水。孙悟空早已经是三界罕见的金刚不坏之体，但进入金铙后，也觉得体内燥热，十分难受。估计人种袋和金铙一样，在空间内有严重削弱敌人精气神的功效。

但是人种袋的杀敌功效肯定大大不如金铙，否则，黄眉老怪为何每次装了仙人后都要把人放出来捆绑住？

原著中黄眉老怪第二次使用人种袋时，又暴露出人种袋一个重大缺陷：“孙行者看得分明，那怪解下搭包，拿在手中。行者道声：‘不好了！走啊！’他一路筋斗，跳上九霄空里。众神、八戒、沙僧又都装在里面，只是走了行者。”

即人种袋的吸纳功能有一定的范围限制，超脱了这个范围，人种袋就无法发挥功效。这个范围有多大呢？

第一次交战时，群仙都是包围着黄眉老怪攻打；第二次交战时，群仙同样都在黄眉老怪身边。我估计这个范围不会很大，能有一千米算不错。

此后第三次、第四次交战时，孙悟空都看到黄眉老怪伸手去摘宝贝，他提前告诉大家小心一点，可惜大家都没明白。结果，这两次都是只有孙悟空一人跑了，群仙被吸入袋中。

从以上四次交战看，人种袋又体现出一个缺点：需要一定的施法时间，对手可以提前做出预防。

总的来说，人种袋有两大优势、三大劣势。两大优势：能大规模吸纳仙人，能将敌人困在袋中。三大劣势：不能给敌人致命打击，功效有范围限制，能被提前预防。

在《西游记》中，如来拥有佛派最多的法宝。不过，这些法宝是如来自己炼制的吗？不清楚。

如来拥有哪些法宝呢？一是送给唐僧的九环锡杖、锦襕袈裟；

二是送给观音征召取经人徒弟的金紧禁三个箍儿；三是交给灵吉菩萨的定风丹、飞龙宝杖；四是将六耳猕猴罩住的金钵。

总体来说，如来的法宝虽多，但都是二流法宝，几乎每一件都有重大缺陷。比如唐僧穿的锦襕袈裟，拿的九环锡杖。据如来说，拿他的锡杖，邪魔不敢侵犯；穿他的袈裟，不堕入轮回。可事实是，任何妖怪即便小妖也可以欺负穿着袈裟的唐僧。

当然，若仔细品味如来的原话可以看出，袈裟和锡杖的真正效力要等唐僧成佛之后才能显露。也就是说，必须向两件法宝传送足够的法力才能发挥效用。

这种对使用者有明显限制的法宝，当然不能列入一流法宝。西游世界的一流法宝，对使用者基本上没有限制。比如，火焰山的百姓使用芭蕉扇时，与孙悟空使用时的效用完全一致。

如来的三个箍儿很强大，一旦套上仙人，就锁定了元神，令其基本无法摆脱，这也是孙悟空即便用身外化身，也头戴金箍的原因。

但是，三个箍儿都必须近距离套到对方头上才行。孙悟空是在不知情时自愿戴上的。黑熊精是被孙悟空折腾得半死，正在发晕时被迫戴上的。红孩儿是在被天罡刀插得生不如死的时候被强制套上的。也就是说，在正常情况下，你若把箍儿丢过去，只能套到空气。

至于定风丹，只能供一人使用，吃了就没了，是个消耗品。飞龙宝杖也是一次性使用法宝，估计里面困着一条高阶神龙的精魂。

那金钵能将六耳猕猴罩住，且让其显露原形，貌似很强大，但其实那不过是孙悟空配合如来做的演出罢了。并且金钵只能困敌，不能伤敌，效力有限。

观音的玉净瓶其实远比如来的各种二流法宝要强大。可惜，玉净瓶的水能滋润万物，有万千生机，却不是杀敌取胜的利器。当初太上老君嘲笑观音说，若用玉净瓶砸孙悟空，恐怕人家头没事，瓷瓶先碎了。可见，玉净瓶不牢固，不是攻击性法宝。

综上可知，说人种袋是佛派第一法宝，应该没有争议。

那么，若人种袋对战金刚琢，结果会如何呢？

人种袋之所以强大，是因为它攻击的对象是仙人。仙人都被收了，仙人手上的法宝自然无法发挥效用。

因此，当黄眉老怪拿着人种袋时，孙悟空请来的各路仙人无人可以抵挡。但是，这些仙人抵挡不了，是不是就能代表手持金刚琢的青牛精应付不了呢？

绝非如此。

首先，金刚琢一旦丢出，效用范围极广。孙悟空每一次主动挑战时，金箍棒无一例外被吸走。孙悟空曾经交代天上的雷公出手，可一眨眼工夫，下面仙人的兵器就全部被吸光了。雷神连连慨叹，幸亏兵器没有拿出来。可见，即便是在天上，只要你拿出兵器来，一样被吸走。

其次，人种袋是兵器（法宝也是兵器之一），且效用范围肯定不如金刚琢。太上老君亲口介绍说："凭你什么兵器、水火，俱莫能近他。"可以说，天下各种兵器都被金刚琢克制。

当双方都丢出法宝时，百分百的结果是：人种袋被金刚琢吸收，青牛精毫发无伤。

那么，人种袋对战芭蕉扇，结果会如何呢？

人种袋犹如子宫，但凡天地孕育的万种生灵、修行而成的仙人，都会被人种袋克制。但是，并非所有的仙人都会被克制。

人种袋正式名字叫后天袋子，只能吸收本次天地开辟之后修行得道的仙人，对先天仙人无效。比如太上老君是先天地而生的，玉帝也已经经历了一千七百五十次大天劫。这些仙人都是袋子不能吸收的。

而芭蕉扇（太上老君手上那一把）没有任何限制，可直接攻击仙人元神，并且是超远距离攻击元神。原著中孙悟空将青牛精引出洞府时，太上老君还在天上，他扇了一扇子，青牛精便手足酸软，金刚琢就飞走了。再一扇子，青牛精就元神失控，现出本相。

从此可知，若弥勒佛和太上老君各自出手，人种袋对太上老君会毫无效力；并且人种袋需要较近的施法距离，而芭蕉扇的攻击距离超远，可直接把弥勒扇得软趴在地。

因此，西游世界的第一法宝，当属芭蕉扇。第二法宝，当为金刚琢。第三法宝，才轮到弥勒佛的人种袋。

第五节 群战黄眉

为了降伏黄眉老怪，孙悟空一上天庭，二上武当，三去淮河，遍邀三界仙佛前去助拳。这三拨仙佛的来头都很大，可惜表现得都很渣。这是为什么呢？

先看天庭仙人的表现。

孙悟空被困在金铙内，想尽办法也出不去。没有办法，孙悟空只能念起咒语，唤来五方揭谛、六丁六甲、护驾伽蓝等保护神，希望他们能派一人上天庭，向玉帝求救。前文我们交代过，唐僧身边其实有三十九位仙人轮番值班，日夜保护。不过，他们的职责只是保唐僧不死，而降妖伏魔则是孙悟空的任务。这保护神中，又可以分成两拨人马。其一，值日功曹与五方揭谛是玉帝所派；其二，六丁六甲、护驾伽蓝乃如来所派。因此，取经团队发生的一切情况，玉帝了解得一清二楚。

五方揭谛安排好众仙，自己前往南天门。书中交代：“他却纵起祥光，须臾间闯入南天门里，不待宣召，直上灵霄宝殿之下，见玉帝俯伏启奏。”从此可知，这五方揭谛虽然品级低微，却被玉皇大帝授予免于通传、随时面君的特权。由此也可以看出，玉帝对如来的取经行动是何等重视。

玉帝为何要支持如来的取经行动呢？

因为玉帝要维持三界内权势的一种均衡。玉帝管辖下的天庭并非铁板一块，有不少仙人（比如九曜甚至六司、七元）或明或暗，都是太上老君的支持者。为打压太上老君，玉帝才大力扶持如来，支持如来的取经行动。最好就是挑拨起太上老君与如来的仇恨，让他们彼此相斗，玉帝才好坐收渔翁之利。

听闻五方揭谛的禀奏，玉帝立刻传旨说：“差二十八宿星辰，快去释厄降妖。”

玉帝的旨意非常有内涵。玉帝为何派出二十八宿前去帮忙呢？天上有那么多大神通仙人，无论哪次孙悟空前来求助，玉帝一个八极以上的仙人都没有派出。

这就要说到玉帝对取经行动的真实态度了。玉帝对取经，或者说对如来，一方面要力捧，另一方面还要防备。这个分寸千万得把握好。否则，如来万一变成第二个太上老君，成尾大不掉之势，玉帝岂不是搬起石头砸自己的脚？因此，派出二十八宿这个级别的仙人就够了。

二十八宿中的奎木狼就能够和孙悟空大战五六十回合不分胜败。而玉帝一口气派出二十八宿相助，已经很给面子了。若如此还不能降伏，那对不起，另请高明吧！

二十八宿到达山洞后的举动，其实很奇怪。

孙悟空提出，让二十八宿在外面直接把铙钹打碎，立刻就能救出孙悟空。猴哥这方法，可谓简单高效，可是二十八宿不干。他们说："不敢打，此物乃浑金之宝，打着必响；响时惊动妖魔，却难救拔。"其实，孙悟空一人就能与黄眉老怪打个不分胜败，即便惊动了他又如何呢？

结果，二十八宿用了最费事的法子——亢金龙用角钻入金铙内，孙悟空在亢金龙角上打了个洞，然后被角带出了金铙。

有读者说，这里面是不是有矛盾。孙悟空钻不动金铙，而亢金龙的角却能从金铙钻入，可见亢金龙的角硬度比金铙还高。那为何孙悟空却能在亢金龙的角上打洞呢？

我想，这个不矛盾。金铙主要的功能是困住敌人，内部的防御力超高，但是外部的防御很低。因此，亢金龙能从外部插入，孙悟空也能从外部轻松将金铙打破，这都是一个道理。

孙悟空出来后，打破金铙，惊醒了黄眉老怪，二十八宿这时是什么反应呢？原著说：“唬得那二十八宿惊张，五方揭谛发竖。”

为何他们如此低调、如此害怕呢？只因二十八宿接到的命令其实是“释厄”而非“降妖”。并且，他们中肯定有人已经知道黄眉老怪的真实身份。

孙悟空在仙界的时间其实很短。大闹天宫前，他在天庭待了半年，对仙界的主要仙人有个大概的了解。但三界仙人何其多，尤其是佛派，偏居人间一隅，孙悟空根本不可能了解每一位佛有什么法宝，脾气秉性如何。之后，孙悟空被压五百年，消息闭塞。再后来他忙于取经，就更没什么机会了解三界秘闻了。

但是二十八宿不一样，尤其是奎木狼，他是玉帝的心腹，知道不少机密。像黄眉老怪所说的，他自己早已经得了正果，即得了天庭正式的册封，这绝对是真的。因此，二十八宿一听说下界妖怪使用的是佛派法宝金铙，八成已经猜到了黄眉老怪的真实身份。

二十八宿在天庭只是中等仙人，地位不高，弥勒佛却是堪比如来的佛派高人。对于弥勒与如来的争斗，二十八宿自然早就听闻。甚至，弥勒对抗如来，背后的支持者可能就是玉帝。

正因如此，二十八宿才小心翼翼，想着悄悄把孙悟空救出金铙后，就抽身走人。这种高层与高层的争斗，还是不掺和为妙。

孙悟空到武当山请荡魔天尊的遭遇，也有几分怪异。

按照常理，孙悟空应当去请观音，或者去西天请如来，为何要去找荡魔天尊呢？

孙悟空从什么时候开始不找观音帮忙了呢？从真假美猴王事件之后。那时，如来基本同意了孙悟空预备佛的身份。也就是说，只要取经成功，孙悟空的地位就会比观音高。因此，从那件事情之后，孙悟空与观音的关系就变得很尴尬。孙悟空是个好强的人，他无法拉下面子，求一个现在的上级、未来的下级出手相助。

而西天如来那里，不到万不得已，孙悟空也不能去请。因为孙悟空还是预备佛，也就是还在考察期。这个时候正是需要孙悟空好好表现的时候。你动辄就求上级出手，上级万一生气，觉得你只知道求助，纯粹是一个摆设，到最后不兑现诺言怎么办？

荡魔天尊确实是个很好的人选。荡魔天尊曾任北方真武大帝（即北极玄灵，这是个职务称呼），乃是与如来一样的五方五老。像荡魔天尊这样一个五老级别的高手，降伏黄眉老怪自然不在话下，即便是大战弥勒佛，谁胜谁负也在两可之间。

可惜，荡魔天尊是个“老油条”，听了孙悟空的介绍，他说：“我当年威镇北方，统摄真武之位，剪伐天下妖邪，乃奉玉帝敕旨。后又披发跣足，踏腾蛇神龟，领五雷神将、巨虬狮子、猛兽毒龙，收降东北方黑气妖氛，乃奉元始天尊符召。今日静享武当山，安逸太和殿，一向海岳平宁，乾坤清泰。奈何我南赡部洲并北俱芦洲之地，妖魔剪伐，邪鬼潜踪。今蒙大圣下降，不得不行。只是上界无有旨意，不敢擅动干戈。假若法遣众神，又恐玉帝见罪；十分却了大圣，又是我逆了人情。我谅着那西路上纵有妖邪，也不为大害。我今着龟、蛇二将并五大神龙与你助力，管教擒妖精，救你师之难。”

荡魔天尊不愧是混迹官场的高手。这番话说得入情入理。其一，对自己过往功绩大吹特吹，显得自己相当牛气。其二，告诉悟空，虽然我很牛，但我不能出手，因为没有收到上级命令。其三，看在你孙悟空的面子上，我派我的助手帮你。

荡魔天尊为何不亲自出手呢？根本原因不是没有玉帝的调令，而是孙悟空提到玉帝只是派出二十八宿相助，并且二十八宿都被抓了。荡魔天尊敏锐地察觉到，这中间必定有猫腻。既然玉帝只派了个实力一般的团队，自然，他派出的团队只能更一般。

至于大圣国师王菩萨，孙悟空本来是不想请他的。这个菩萨不过是镇守淮河的一个菩萨。西游世界中，佛派的菩萨其实并不强（观音是个例外），也就相当于一般地仙。此前，孙悟空根本就没听过这个菩萨，这完全是因为值日功曹的大力推荐。

值日功曹口气很坚定：“大圣宽怀，小神想起一处精兵，请来断然可降！”凭啥这么说呢？因为这个大圣国师王菩萨曾经降伏过一个水猿大圣，神通广大。

孙悟空听了，也很高兴，反正死马当作活马医吧，就去了一趟。

大圣国师王菩萨的反应同样很怪异。

刚听到孙悟空前来，大圣国师王菩萨非常激动，竟然带着弟子小张太子出门迎接——这个菩萨也就和灵吉菩萨一般，只是个普通菩萨。我们可以猜测，应当是值日功曹早就和这位菩萨联络过。这个菩萨想要借降妖立功，出名上位。

孙悟空一点架子没摆，非常客气地提出邀请："弟子无依无倚，故来拜请菩萨，大展威力，将那收水母之神通，拯生民之妙用，同弟子去救师父一难！取得经回，永传中国，扬我佛之智慧，兴般若之波罗也。"

此处，孙悟空告诉菩萨，降伏妖魔，不但于取经是大功一件，并且强调，大家都属佛派，你帮助我也就是振兴佛派。

可是，大圣国师王菩萨在详细听了孙悟空介绍后，却一改当初的热情，反倒推三阻四，不愿意出行。表面上，这个菩萨说，是因为淮水暴涨，而水猿大圣是逢水即兴，恐怕妖猴再作乱。其实，是这大圣国师王菩萨猛然意识到，取经团队的水太深——以他混迹佛派多年的经历，百分百知道人种袋的主人就是弥勒佛。对于弥勒佛和如来的争斗，这位菩萨必定知道。既然玉帝和荡魔天尊都低调处理，那他自然也不敢抢风头。

而值日功曹为何向孙悟空推荐佛派的这位王菩萨呢？估计也没安什么好心。这个值日功曹上次出现，还是在平顶山时。我们分析过，这功曹乃是太上老君的人马，常年忽隐忽现。若大圣国师王菩萨出手，必然能搅乱佛派，让已经纷乱的佛派内斗更加白热化。

可惜，孙悟空逢人就说真话的习惯坏了太上老君的大计。大圣国师王菩萨意识到了危机，果断拒绝出山，改派徒弟出马。这样，他既可以维持对如来的尊敬，又坚决不得罪弥勒佛。

这样，孙悟空上天入地请来的三拨仙人，最终都在小西天铩羽。不过，这三拨仙人之所以惨败，除了黄眉老怪手中拥有三界奇宝人种袋外，也与孙悟空总是坑人密切相关。

第六节　悟空坑人

孙悟空的任务是降妖伏魔，请来仙人是为了救出唐僧，为何他还要一而再，再而三地祸害帮忙他的仙人呢？他有哪些坑人之举呢？

第一处，违背承诺，打碎金铙。

孙悟空被黄眉老怪的金铙所困，金头揭谛上天请来二十八宿。孙悟空让二十八宿打碎金铙。二十八宿说："不敢打，此物乃浑金之宝，打着必响；响时惊动妖魔，却难救拔。"群仙所言，虽然有灭自己威风，长他人志气之嫌，但黄眉老怪麾下有四五千强悍小妖，兵强马壮，更有强大法宝随身，一旦正面开战，就算有二十八宿帮忙，孙悟空一方也不可能获胜。而悄悄救出孙悟空，带上唐僧走人，看似窝囊，却可以让唐僧轻松摆脱劫难。

孙悟空口头答应了二十八宿，等到借亢金龙之力逃出金铙后，却挥起金箍棒，一棒把金铙打碎了。登时，响声震天，惊醒群妖。结果，别说救走唐僧，就连帮忙的二十八宿也被黄眉老怪包围，最终被黄眉老怪一口袋装了，带回妖洞。

如果说孙悟空性情高傲、行动率性，打碎金铙或许只是一时兴起，那第二次犯错就很难找到借口了。

第二处，挑行李惊动妖魔，两个时辰行踪不明。

入夜后，孙悟空使个缩身法跳出绳索，救出唐僧、猪八戒、沙僧与二十八宿。大家急匆匆上路。孙悟空提出要返回妖洞取回行李。亢金龙批评孙悟空说，事情紧急，救走唐僧就已经很好了。孙悟空却说："人固要紧，衣钵尤要紧。包袱中有通关文牒、锦斓袈裟、紫金钵盂，俱是佛门至宝，如何不要！"

亢金龙说得没错，孙悟空说得也在理。最终大家约定先带唐僧逃离险境，在远方等候孙悟空到来，再一起上路。

以孙悟空之精明能干，取回行李一事本是轻而易举。可是，就是这很简单的事情，孙悟空却给办砸了。原文说："也不管担绳偏正，抬上肩，往下就走。不期脱了一头，扑的落在楼板上，唿喇的一声响亮。"

就是这一声响，惊动了黄眉老怪。可是，也仅仅是惊动而已。黄眉老怪明明发现唐僧失踪，却没有立即下令追击。一直等到五更天，天亮了之后，群妖才出洞追赶。

书中说："约有三更时分，孙大圣轻挪慢步。"孙悟空返回妖洞时还是三更，距离黄眉老怪五更出洞追赶唐僧，中间足足有两个时辰。这期间，孙悟空完全可以乘隙取走行李，然后一个筋斗云追上唐僧。

事实却是，两个时辰中孙悟空毫无作为。一直等到黄眉老怪已经与二十八宿开战，孙悟空才匆匆赶回。赶回时，孙悟空双手空空。当时群妖已经全部出洞，孙悟空可以放心取走行李，可是他依然啥也不做。

如果说孙悟空性急，挑担时不管不顾，于是犯错，也勉强行得通。可是，他两次邀请仙人相助，两次犯下同样的错误，就是铁证如山，无法辩驳了。

第三处，介绍敌情，忽略重点。

孙悟空在两次亲眼见证后天袋子的强大威力之后，先后前往武当山、大圣禅寺寻访高人，以求救助唐僧。

在介绍敌情时，孙悟空告诉对方“又被撒一个白布搭包儿，将我与二十八宿并五方揭谛，尽皆装去”。但是，孙悟空对人种袋使用时的具体情况，并未做重点说明。

于是，战场交锋时，就出现了这样一幕：“行者帅五龙二将，与妖魔战经半个时辰，那妖精即解下搭包在手。行者见了心惊，叫道：‘列位仔细！’那龙神蛇龟不知什么仔细，一个个都停住兵，近前抵挡。那妖精幌的一声，把搭包儿撇将起去。孙大圣顾不得五龙二将，驾筋斗，跳在九霄逃脱。他把个龙神龟蛇一搭包子又装将去了。”

几天后，几乎相同的一幕再度出现：“概众争战多时，不分胜负，那妖精又解搭包儿。行者又叫：‘列位仔细！’太子并众等不知‘仔细’之意。那怪滑的一声，把四大将与太子，一搭包又装将进去，只是行者预先知觉走了。”

我们留意龟蛇二将与黄眉老怪斗法的细节可以发现，在黄眉老怪伸手解下褡包，到将褡包祭向空中，至少有那么几秒钟的间隔时间——龟蛇二将与五大神龙还能够停住打斗，聚拢起来。

换言之，只要龟蛇二将等仙人在第一时间醒悟，施展腾云术，只要有短短一两秒时间，他们都可以跳到空中，远离人种袋的施法范围。

再退一步，就算龟蛇二将与黄眉老怪相斗时孙悟空没有醒悟，在邀请小张太子出战后，孙悟空也该事先提醒小张太子等仙人注意黄眉老怪的举动，一旦人家伸手掏包，赶紧走人。

事实却是，孙悟空根本就没有提醒众仙。于是，小张太子等仙人傻乎乎地也被黄眉老怪擒拿了。

孙悟空的职责不是降妖伏魔吗？为何他要一再坑人呢？

第七节　通关条件

孙悟空为何连连犯下低级错误，以至于群仙被困，解救唐僧的任务迟迟不得完成？

只因饱经风霜的孙悟空已经明悟：要想完成任务通关，必须达成三个主要条件。在三个条件没有达成之前，就算孙悟空强行带走唐僧，佛派高层诸如观音、如来也会认为取经任务失败。

取经通关需要达成哪些条件呢？

条件一，确保打通从东土到达灵山的道路。

唐僧从唐太宗李世民那里领取的是到西天灵山大雷音寺求取三藏真经的任务。在最开始，不管是唐僧还是孙悟空，都把求取真经当成唯一目的。

可是，取经一路走来，孙悟空渐渐发现，求取真经只是一个噱头，或者说只是一个借口，其真正目的绝非表面那么简单。

在流沙河畔，孙悟空和猪八戒曾经讨论过这个问题。孙悟空说起为何不能背着唐僧飞去灵山："师父要穷历异邦，不能彀超脱苦海，所以寸步难行也。"

在那时，孙悟空对取经任务的真意领会得还比较浅显。他以为，如来、观音传经是假，借机考验唐僧是真。于是，唐僧注定要步步有难、处处该灾。

等到若干年后，孙悟空才明白，唐僧早就是如来钦定的取经人，无论唐僧怎样窝囊，人家都是注定要成佛的。取经的真意，并不在唐僧身上。

我们看《西游记》中描述，从大唐都城长安到达西天灵山，有十万八千里之遥。这路程看似很长，其实并不算啥。唐僧在出门前告诉唐太宗，三四年之后就会返回。这个估计，他当时应该已经是往长了计算的。

可是，唐僧花了足足十四年的时间才到达灵山。这是为什么呢?

因为沿路有太多的妖魔鬼怪阻拦交通。因此，唐僧师徒取经行动的首要任务就是降妖除魔，以打通东西方交流之路。

孙悟空等人有法力可以降妖，但是佛派传法更多的要依靠凡间和尚。如来必须确保在取经行动结束之后的几十年、上百年甚至数百年，东西方道路上都没有佛派的敌对势力。如此，才可以确保取经行动获得最大的成功。

换言之，在没有降伏妖魔之前，孙悟空绝不能带上唐僧悄悄溜走。在五庄观，孙悟空溜走过一次。在灭法国，孙悟空又想带着唐僧溜走。可是，这两次行动都没有成功。

五庄观那次，是镇元大仙主动赶上，抓回了唐僧师徒。灭法国那次，却是护教伽蓝等护法神暗中捣鬼，故意把唐僧师徒行踪暴露。

在高层的安排中，唐僧师徒必须降妖伏魔后才算通关，私下逃离属于作弊。因此，在降伏黄眉老怪之前，孙悟空不能带走唐僧。

条件二，妖魔达到预定目标后，才能被降伏。

在平顶山与太上老君的一番话令孙悟空幡然醒悟。所谓降妖伏魔，不过是一场戏而已。既然西天路上的多数妖魔都是高层安排好的，那么，何时才能降妖伏魔，结束一场闹剧呢？

只有在妖魔达到高层预定的目标后，孙悟空才能出面降伏。

西天路上的妖魔可以分为两类。

一类妖魔是占山为王，割据一方者。这些妖魔大都和仙界高层有着密切关系，比如平顶山的青牛精、波月洞的黄袍怪、号山的红孩儿、小雷音寺的黄眉老怪，等等。他们在下界之后，凭借其神通，扫荡并汇聚了附近数百里的妖魔，成为一方霸主。孙悟空在降伏他们之后，杀其党羽，灭其巢穴，附近的妖怪基本上就绝迹了。

一般来说，多数妖魔直接被降伏就达到高层预定的目标了。不过，有的妖魔还附带有特殊任务。这种妖魔就不能直接被降伏，比如青牛精。

孙悟空亲眼见证金刚琢无比神奇，于是上天向玉帝求助。玉帝一听孙悟空描述，立刻就明白了妖魔与法宝的来历。可是，玉帝虽然知道，却根本不去道破。只因太上老君派青牛精下界就是要借其向三界展示其无上神威。玉帝与太上老君本就是敌对力量，在没有必胜把握之时，他犯不上为了取经行动公然与太上老君撕破脸。于是，在天庭几拨仙人都无功而返后，孙悟空只能去西天求助如来。在如来委婉送出十八座金山后，太上老君笑呵呵下界，带走了青牛精。

另一类妖魔是盘踞国都，影响君王者。

这些妖魔相对于野妖，品性都还不错。比如车迟国的虎、羊、鹿三仙，乌鸡国的青狮精，朱紫国的赛太岁，等等。

唐僧师徒在经过这些国家的时候，本来和妖魔之间没有什么交集，可是偏偏有神仙托梦，告诉凡间的和尚、百姓或君王，唐僧、孙悟空等人要来，要他们去找孙悟空求助。

这些神仙等级虽低，传递的却是高层命令，孙悟空必须无条件遵从。这些国家中的所谓冤情，大都是佛派高层刻意安排的。这些凡间和尚、百姓在妖魔的祸害下痛苦不堪，等孙悟空将他们救出苦难后自然都感激涕零，弃道从佛，信奉佛派了。

其三，有背景的妖魔必须由主人来领走。

从鹰愁涧开始，孙悟空就发现取经路上的许多妖魔都是有背景的，要想弄死他们可不容易。

这些妖魔的神通都不弱，武艺超强堪比孙悟空的也不在少数。更重要的是，在孙悟空挥起金箍棒要狠狠砸下的关键时刻，总有仙佛高层出面救下妖魔。比如乌鸡国中文殊菩萨救走青狮精，朱紫国中观音救走赛太岁，比丘国中寿星救走白鹿精。

如果说这种事仅仅有一次，还可以理解成是偶然、是碰巧。事实却是，类似现象一而再，再而三地发生。以孙悟空的聪明睿智，自然会发现这其中的猫腻。

西天路上的妖魔头子大都是仙佛高层的坐骑、仆从，他们下界作乱本就是主子安排好的。而他们的主子和观音、如来又有密切关联。通过三十九位护法神，观音可以在第一时间把唐僧的位置以及降妖伏魔的第一手资料转告给妖魔的主子，以便于这些大仙在第一时间准时赶到现场，带走坐骑、仆从。人家的坐骑、仆从本就是为助力取经事业而来，若是有个磕磕碰碰，观音面子上也过不去。

孙悟空远远看见小雷音寺时，就看出其中异象。他说："师父，那去处是便是座寺院，却不知禅光瑞霭之中，又有些凶气何也。观此景象，也似雷音，却又路道差池。我们到那厢，决不可擅入，恐遭毒手。"

孙悟空久在仙界，知道这禅光瑞霭可不是一般仙人能够拥有的，必须是在佛派拥有极高修为的大能才拥有这一神通，享受这一待遇，比如观音、如来等。多年后，在镇海禅林寺，孙悟空第一次见到唐僧头顶空中出现了祥云瑞霭，不禁大喜。那是因为唐僧苦修《多心经》十余年，终于有了小成。

结合之后妖魔的种种嚣张表现，孙悟空不难猜测这黄眉老怪的背后必然有位佛派高层人物。即便是观音、如来，对此人也极为忌惮。

正因如此，孙悟空第一次去求玉帝，第二次去求荡魔祖师，却迟迟没有去求观音与如来。而他第三次去求大圣国师王菩萨，那纯粹是因为值日功曹推荐的。

当第三拨仙人也被困后，孙悟空流泪哭泣，边哭边说："只言平坦羊肠路，岂料崔巍怪物侵。百计千方难救你，东求西告枉劳心！"

越是到后期，孙悟空越是喜欢流泪，尤其是在求救不成的时候。是因为孙悟空没用吗？不是的。与其说孙悟空是为唐僧伤心，不如说是哭给隐藏在云端的仙佛高层看的——孙悟空早就明白，有玉帝支持、如来庇佑，唐僧绝不会死。

孙悟空是要告诉妖魔的幕后人：我没辙了，你可以出来了。

果然，孙悟空一首诗念完，弥勒佛就忽然出现了。

第八节　弥勒伏魔

在第三拨仙人被黄眉老怪击败后，孙悟空哭哭啼啼，几乎绝望。此时，弥勒佛登场，提出帮忙收服黄眉老怪。

孙悟空疑惑说："这妖精神通广大，你又无些兵器，何以收之？"当初青牛精手持金刚琢，打遍仙佛，连道祖太上老君出马，那也要带着芭蕉扇。弥勒佛笑了笑，提出了一个擒贼方法。

弥勒佛在山坡下幻化出一片瓜田，他本人就变作瓜农，让孙悟空把妖怪引出来。然后孙悟空变作西瓜，让妖怪吃下。孙悟空尽可在妖怪肚子中折腾泄愤，那时弥勒佛就可以收走人种袋，擒拿黄眉老怪。

弥勒佛想出的这个方法怎么样呢？

从结果看，黄眉老怪成功被抓，效果极好。但是，这个方法本身，其实很拙劣。与其说弥勒佛是用神通降伏了黄眉老怪，不如说是与弟子黄眉老怪演了一出戏，成功将闯祸的黄眉老怪捞了出去。

对弥勒佛的方法，孙悟空提出了两个疑问。一是我变成西瓜后，你怎么分辨得出？二是若妖怪不被引诱，一见面就放大招用人种袋装人，怎么办？

弥勒佛笑呵呵解答："我为治世之尊，慧眼高明，岂不认得你！"至于如何引诱妖怪前来，弥勒佛让孙悟空伸出左掌，在上面写了个"禁"字。

在《西游记》中，佛派的高人大多会修习慧眼神通，如来就曾经对观音等人说，你们的慧眼只能看到三界万物本身，他的慧眼却能看到万物的来源。即，你们只能看到表象，他却能看到本质。慧眼修习到一定程度，自然就拥有破幻功能。

即便没有慧眼神通，只要细心观察，同样可以看出破绽。比如当初二郎神大战孙悟空，后来孙悟空大战牛魔王，看破对方法术更多的都是依仗经验。像一块瓜田，里面有几十个西瓜。你只要把所有西瓜的数量、方位大致记好，在心里有准备的情况下，完全可以轻松找到孙悟空变化后多出来的那个西瓜。

孙悟空真正想问的是第二个问题。此前的几次，孙悟空、群仙大战黄眉老怪，其实每次在武力上都不落下风，都是因为实在无法克制人种袋，最终才落败。弥勒佛此时让孙悟空孤身前往，孙悟空还真的有点担心。

那么，弥勒佛的“禁”字有没有特别神通呢？

孙悟空左掌握拳，前往挑战。听闻孙悟空一人前来，黄眉老怪哈哈大笑。交战时，见孙悟空单用右手挥舞金箍棒，黄眉老怪再笑。孙悟空说：“儿子！你禁不得我两只手打！若是不使搭包子，再着三五个，也打不过老孙这一只手！”在孙悟空如此挑衅的情况下，黄眉老怪豪气勃发地说：“也罢！也罢！我如今不使宝贝，只与你实打，比个雌雄。”

黄眉老怪上前大战，孙悟空迎着黄眉老怪展开左掌，让对方看到这个“禁”字。之后，黄眉老怪就只顾着追打孙悟空，再不用人种袋了。

与其说黄眉老怪不用人种袋是因为弥勒佛“禁”字神通的束缚，还不如说是被孙悟空三言两语嘲讽，中了激将法。因为是黄眉老怪表态不用人种袋在前，孙悟空亮出“禁”字在后。

孙悟空把黄眉老怪引到山坡下后，就势滚到瓜地变成了一个熟瓜。原文说：“妖精停身四望，不知行者那方去了。他却赶至庵边叫道：‘瓜是谁人种的？’”

当孙悟空变成西瓜消失后，其实有很多种可能。比如妖精转身回洞府，或者继续向前追赶。可是，那黄眉老怪对自己领地内突然多出来的西瓜地没有一丝一毫的怀疑，他不但放弃追赶，还跑向西瓜地要吃西瓜。这不是很可疑吗？

原著中可是明确交代，唐僧师徒经过小西天时，“行彀多时，又值冬残，正是那三春之日”。西瓜可是大热天才有的，可当时还是阳春三月，那黄眉老怪竟然丝毫不起疑心，大口大口地吃西瓜。

唯一的可能就是，“禁”字法术其实毫无效力，这一切都是弥勒佛和弟子黄眉老怪约定好的。当黄眉老怪见到“禁”字后，就表示任务已经结束，禁止再用法宝，不许再折腾了。

此时黄眉老怪要做的，就是顺着弥勒佛已经定好的剧本演下去。既然有块西瓜地，自然要吃西瓜。既然端来一个熟瓜，自然要将其吃掉。

当按照主人安排，吃掉孙悟空变成的西瓜后，黄眉老怪的肚子大痛——孙悟空被黄眉老怪折腾得好苦，心中恼恨，就在黄眉老怪肚子里翻江倒海。

此时，黄眉老怪说：“罢了，罢了！谁人救我一救！”

周围除了孙悟空，只有一位瓜农，黄眉老怪却说谁来救我。很明显，他早就知道弥勒佛在附近，或者说知道弥勒佛就是瓜农。他的言下之意是，罢了罢了，我不演了，主人快来救救我吧！

果然，弥勒佛现出本相，然后收了袋子，说：“孙悟空，看我面上，饶他命罢。”孙悟空不肯出来，还在黄眉老怪肚子里折腾。弥勒佛又说：“悟空，他也彀了，你饶他罢。”

弥勒佛这两句话的态度并不相同。第一次时，态度比较生硬，直接称呼孙悟空的姓名，并且说看在自己面子上——显得他面子多大似的，放过黄眉老怪。见孙悟空不听，弥勒佛第二次说话时就软了很多，称猴哥为“悟空”，亲昵了一些，还说人家黄眉老怪也受够了，你就放过他吧。

既然弥勒佛已经如此表态，孙悟空若再不出来，就是不懂事了。

上级对下属说话，一般都有三个层次：对普通下属，直接命令，口气生硬，如弥勒佛对孙悟空的第一次说话；对有实力的下属，大家有商有量，如弥勒佛对孙悟空的第二次说话；对有实力但不听话的下属，直接灭杀。

孙悟空从黄眉老怪口中跳出后，还要打人，弥勒佛却把黄眉老怪收入人种袋中，明摆着护短。孙悟空很生气，弥勒佛却一板脸孔，骂道："孽畜！金铙偷了那里去了？"黄眉老怪连忙说，金铙被孙悟空打破了。弥勒佛立刻冷着脸对孙悟空说："铙破，还我金来。"

弥勒佛不愧是高层仙佛，懂得如何掌控局势。之前他还因为庇护黄眉老怪在面对孙悟空时有些气短，当下见机则马上抬出金铙被毁事件，气势立刻恢复。

孙悟空还不出完整的金铙，心里提心吊胆，又见到弥勒佛吹口仙气就把金铙还原，心中更是畏惧。

之后，弥勒佛拿起金铙，带走黄眉老怪，回家去了。

初见弥勒佛时，孙悟空曾经半是玩笑、半是质问地说："好个笑和尚！你走了这童儿，教他诳称佛祖，陷害老孙，未免有个家法不谨之过！"弥勒佛却说："一则是我不谨，走失人口，二则是你师徒们魔障未完，故此百灵下界，应该受难。我今来与你收他去也。"

弥勒佛解释，是黄眉老怪擅自下山的，他顶多有个失察责任。而唐僧师徒注定有八十一难，黄眉老怪摆下小雷音寺抓捕唐僧，不但无罪，反倒有功呢。说来说去，这主要还是唐僧与孙悟空等人"应该受难"——命该如此。

孙悟空很不满，但是无可奈何。毕竟无论是单挑实力，还是团体势力，孙悟空和弥勒佛都完全不在一个层级上。

但是，孙悟空自有他的解恨法子：“临行时，放上一把火，将那些珍楼、宝座、高阁、讲堂，俱尽烧为灰烬。”

大家看到了吗？这些珍楼、高阁可不是黄眉老怪幻化而成的。这就证明黄眉老怪确实是得了正果的佛派仙人，人家的小雷音寺也确实是玉帝赏赐的。可谁让弥勒佛理亏呢？眼睁睁看着孙悟空放火把他名下的产业毁了，他也不方便出头。

当然，从这一把火后，孙悟空也正式站到了弥勒佛的对立面。他们两人以后的关系是注定好不了了。

第九节　泄露师承

离开小雷音寺之后，唐僧师徒继续前行，来到七绝山下的村庄时，村中老农询问孙悟空来历，孙悟空却说：“祖居东胜大神洲，花果山前自幼修。身拜灵台方寸祖，学成武艺甚全周。”话中这灵台方寸山都出来了，几乎就要道破菩提祖师的身份了。

当年，孙悟空学艺有成，临别之时菩提祖师交代：“你这去，定生不良。凭你怎么惹祸行凶，却不许说是我的徒弟，你说出半个字来，我就知之，把你这猢狲剥皮锉骨，将神魂贬在九幽之处，教你万劫不得翻身！”

前文我们已分析过，菩提祖师乃太上老君，他所谋划的事情牵涉广大，在事成之前绝不能泄露分毫。否则，不但孙悟空有性命之忧，甚至会破坏他苦心经营千万年的计划。因此，临别时菩提祖师一改往日慈祥面目，恶狠狠地叮嘱孙悟空。孙悟空也知道事关重大，当场表态：“决不敢提起师父一字，只说是我自家会的便罢。”

在外人面前，孙悟空一直小心翼翼。大闹天宫时，孙悟空对如来叙述学艺经历时说：“水帘洞里为家业，拜友寻师悟太玄。炼就长生多少法，学来变化广无边。”他只是提到了拜访朋友，寻访名师，最终明悟大道——如当初对菩提祖师所言，孙悟空的意思就是自己的神通乃自家领悟所得。

孙悟空此时为何会如此大胆呢？难道他不怕菩提祖师万里追杀吗？

其实，七绝山的这次还不是孙悟空第一次泄露菩提祖师的身份。早在孙悟空学成武艺回到花果山，群猴询问孙悟空二十年来经历时，孙悟空就说：“到西牛贺洲地界，访问多时，幸遇一老祖，传了我与天同寿的真功果，不死长生的大法门。”面对群猴，孙悟空不但说出自己的武艺乃他人传授，并且点明学艺之处乃是西牛贺洲。

孙悟空这不是刚离开菩提祖师，就违背对师父的承诺吗？虽然他没有指名道姓说是菩提祖师传授的，可西牛贺洲有几位高手？只要天庭去查，就有可能查出菩提祖师的真实身份。

在与黑熊精交手时，孙悟空介绍自己来历时，更坦然相告说：“一点诚心曾访道，灵台山上采药苗。那山有个老仙长，寿年十万八千高。老孙拜他为师父，指我长生路一条。”孙悟空明确地说自己在灵台山上学艺，山中有个寿与天齐的老仙长，正是他恩师。

孙悟空为何一而再，再而三地泄露师承秘密？他究竟有何图谋？

其实，孙悟空和我们一样，对菩提祖师的真实身份非常感兴趣。他一直在多方打探菩提祖师的身份。因为，孙悟空在仙界混得越久，越是觉得菩提祖师神秘。

孙悟空学艺归来时，曾经有一段走三山、访五岳的经历。从后文孙悟空与牛魔王的对话可以知道，当初七大圣结拜前后，大家可能稍微展示过一二种神通，但彼此并没有交手，最终七大圣的排名也是按照身材高矮排序罢了。孙悟空对牛魔王这大哥，也并不是打心眼里佩服。大家聊天的时候，百分百会谈到彼此的师承，讲到三界各位顶尖高手。孙悟空必然会发现一个很奇怪的现象，就是以菩提祖师那种大天尊级别的神通，三界之中竟然没有人知道他的名号。尤其是来自西牛贺洲的牛魔王，竟然根本不知道西牛贺洲有菩提祖师这一号人物。

等到孙悟空上天当弼马温，当齐天大圣时，他更加惊讶，满天仙佛竟然还是无人知道菩提祖师是谁。此后，取经路上，孙悟空故地重游，竟然再也找不到灵台方寸山。昔日他居住了十多年的洞府，竟然凭空消失了。

孙悟空会怎么想？

他必然会想，菩提祖师究竟是谁？他神秘出现又神秘消失，其中的原因是什么？只有弄清菩提祖师是谁，孙悟空才能弄明白自己生存的意义。

于是，在不违背对师父的承诺的前提下，孙悟空多次放出口风——只是提到灵台方寸山。所谓灵台方寸山，稍稍思量，就知道是“心”的代称。严格来说，孙悟空没有说出菩提祖师名讳，依然不算违背承诺。

以人间时间算，孙悟空在天界为官将近两百年，他对三界仙人的实力和分布已经比较了解。西牛贺洲最厉害的仙人就是西方佛老如来。孙悟空的第一个猜测对象，必然是如来。

有人说，如来初见孙悟空时说：“但恐遭了毒手，性命顷刻而休，可惜了你的本来面目！”认为这意味着如来知道孙悟空的出身、来历。但若菩提祖师真的是如来，如来如此暗示，以孙悟空的聪明，就应当有所明悟。原文说：“那大圣闻言，暗笑道：‘这如来十分好呆！我老孙一筋斗去十万八千里。他那手掌，方圆不满一尺，如何跳不出去？’”

从此处孙悟空的内心独白看，孙悟空面对如来时，是毫无畏惧，更完全没听懂如来所谓暗示。并且，与如来交手之后，孙悟空一直嚷着说：“如来哄了我！”对如来的实力，孙悟空并不是彻底服气。

从菩提祖师看过孙悟空腾云姿势，略一沉思就为孙悟空量身打造出三界独一无二的筋斗云一事可以看出，菩提祖师的实力根本不是五方五老之一的如来能相提并论的。

不过，孙悟空为何会在黑熊精面前、在七绝山老农面前泄露机密呢？孙悟空究竟在什么时候才意识到菩提祖师就是太上老君的呢？

黑熊精所在的黑风洞，距离观音禅院不过二十里。观音禅院往东，是鹰愁涧，往西是高老庄。在途经鹰愁涧时，唐僧说听到水响。孙悟空说：“我记得此处叫作蛇盘山鹰愁涧，想必是涧里水响。”

这表示什么？表示孙悟空当年学艺时，曾经从鹰愁涧走过——不是从空中飞过，而是从陆地走过。

鹰愁涧还是南赡部洲地盘，往西走过观音禅院、高老庄，就到了流沙河。过了流沙河，就是四圣试禅心的故事。在那一回，黎山老母明确交代，当地已经是西牛贺洲了。离开四圣庄，就到了五庄观。可是，在原著中没有任何地方表明孙悟空知道五庄观，知道人参果。

这不是很奇怪吗？孙悟空是经过鹰愁涧，渡过大海（极有可能就是流沙河），然后来到了西牛贺洲，可为何连地仙之祖镇元大仙的五庄观都没有听说过呢？

唯一的理解就是，从孙悟空踏上西牛贺洲起，他就进入了太上老君制造的幻境之中。孙悟空见到什么人、看到什么景，都被太上老君（菩提祖师）操控了。

正因为如此，孙悟空在距离西牛贺洲极近的地方，公然说出自己曾经拜灵台方寸山仙人为师，就是要看看与灵台方寸山不远的黑熊精有没有听说过灵台方寸山，知不知道菩提祖师。

可惜，黑熊精一听，说：“你原来是那闹天宫的弼马温么？”由黑熊精嘲笑孙悟空是弼马温可知，黑熊精也是修行了千年的妖怪，知道大闹天宫事件，但他对孙悟空口中的灵台方寸山没丝毫反应。

孙悟空的这次探查，以失败告终。

至于七绝山这次，孙悟空的用意已经大不相同。

在大闹天宫时，孙悟空对太上老君很鄙视。太上老君被他一撞就撞了打跌。这种糟老头为何会让大家敬畏呢？孙悟空想不通。

在平顶山，金角、银角大王大战孙悟空，虽然一度把孙悟空弄得七窍流血，但最终是孙悟空取得了胜利。面对太上老君时，孙悟空已有三分尊重，却依然有七分戏谑，对他尚口称“你那老倌”。当时的孙悟空，是绝不会把太上老君等同菩提祖师的。

取经路上，孙悟空降妖伏魔时虽然也有请出菩萨和大仙帮忙的，但是真正让孙悟空服软的只有两个：拥有金刚琢的青牛精和拥有人种袋的黄眉老怪。

与青牛精一战，孙悟空四处求助。以往高高在上的如来直言相告：“你这猴儿口敞，一传道是我说他，他就不与你斗，定要嚷上灵山，反遗祸于我也。”

孙悟空这时第一次意识到，强大似如来，在拥有金刚琢的青牛精面前也只能低头。那么，这青牛精的背后，将是何等强大的存在？

从这一刻起，孙悟空一改往日的戏谑，对太上老君加了十二分的尊重。这才有后来孙悟空对南山大王所说的“李老君乃开天辟地之祖，佛如来是治世之尊”。

正是从青牛精这一回开始，孙悟空开始意识到菩提祖师或许就是太上老君。只是，他还有疑虑。毕竟，菩提祖师乃是佛祖打扮。

既然不是如来，有没有可能是弥勒佛呢？

在七绝山之前的小雷音寺故事中，孙悟空大战黄眉老怪，也亲眼见识了弥勒佛之强大。但黄眉老怪一心取孙悟空性命、弥勒佛则霸道蛮横，与菩提祖师的严谨、慈爱完全不沾边。经历小雷音寺故事，孙悟空彻底排除了菩提祖师是弥勒佛的可能。

在兜率宫求见太上老君时，太上老君亲口告诉孙悟空一个惊天秘密："我那金刚琢，乃是我过函关化胡之器。"

整部《西游记》中太上老君只对两个人提到了"化胡为佛"的事情，一个是对观音，一个是对孙悟空。他提及"化胡为佛"，就是点明自己佛派真正祖师的身份。他告诉观音，是为了笼络观音；告诉悟空，是为了点醒悟空。

既然太上老君亲口点破玄机，孙悟空又排除了如来、弥勒的可能性，那菩提祖师是太上老君还不是明摆着的吗？

何况，在真假美猴王事件后，如来已经许诺孙悟空可以坐莲台（拥有佛位）。在这样几个前提下，孙悟空不无自傲地说出自己"身拜灵台方寸祖，学成武艺甚全周"，也就可以理解了。

第十节　蟒精厉害

在西游世界，多数妖怪武力值的强或弱都还是比较好判断的。可是，有那么一个妖怪，用修仙小说的概念来说，连化形期都没突破，连人话都不会说，比西游世界成千上万的小妖修为还要低，却和孙悟空、猪八戒大战了好几个小时。并且这妖怪虽然落于下风，却始终不败。

这个奇怪的妖精，就是七绝山的蟒蛇精。

蟒蛇精究竟有多厉害？

在孙悟空一行人到达前，驼罗庄的老百姓先后请了两拨人来降妖。

第一次，请的是一个和尚。这个和尚来自山南，即来自小雷音寺的方向。那和尚先是念《孔雀经》再念《法华经》，焚香叩拜，手摇铃铛，看起来像模像样。一会儿怪风起处，妖精赶来，只是伸爪一拍，就把和尚的脑袋拍得像个烂西瓜。

本来，妖怪没有被降伏，庄上百姓完全可以要回用来降妖的五百两银子。毕竟，庄子上的人生活都很清苦，一两银子可是好几个月的收入呢。可如今出了人命，庄上百姓也就只字不提，反倒掏钱给和尚买棺材，好好安葬。和尚的徒弟哭闹起来，庄上百姓又凑了些钱，充作抚恤金。本来，事情办到如此地步，庄上百姓已经仁至义尽，没想到和尚的徒弟觉得老百姓好欺负，竟然还告上衙门，要追加赔偿。

有的人说，《西游记》崇佛抑道，我看未必。书中有许多回目都把和尚描述得既没什么神通，也没什么操守。比如车迟国的和尚很悲催，谁让他们求不来雨呢？乌鸡国宝林寺的和尚则对唐僧前倨后恭、趋炎附势。反倒是各国的道士，许多都有真才实学，能呼风唤雨，保国安邦。

第二次，请的是一个道士。虽然这道士也被蟒蛇精打死了，但他也是有法术的。书中说：“令牌敲响，符水施为。驱神使将，拘到妖魑。”看来，这道士和车迟国的虎、羊、鹿三仙有点像，学了一些驱神役鬼的法门。只是他没有想到，自己遇上的是一条修行了上千年的变异蟒蛇精。

蟒蛇虽然凶狠，可是那凡人道士竟然也和蟒蛇从白天斗到了天黑。书中交代，蟒蛇精还没有修成人道，比较畏惧阳气。也就是说，其白天的实力比较弱，一旦到了晚上，就神通暴涨。因此，一到天晚，道士就被拍死在山间溪水边。

当然，凡间的道士再厉害，也没有到达仙人的地步。真正体现蟒蛇精神通的，是与孙悟空、猪八戒的那次大战。

书中没有明言蟒蛇精什么时候出来的。不过，唐僧师徒从黄昏时分入住，吃饭聊天，然后李老汉才把附近的八九个老汉都叫来商议请孙悟空降妖的事情。古人睡觉都很早，当时顶多是七八点钟，也就是古代的一更左右。

怪风响起时，大家知道妖怪来了，都去躲避。孙悟空拉着猪八戒和沙僧去院中观看。猪八戒看到空中明晃晃两盏灯，还以为是妖精打着灯笼。孙悟空告诉他，那灯是妖精的两只大眼睛，把他吓得拱开一片地，把头埋进去，学起了鸵鸟。

之后，孙悟空上前与蟒蛇精大战，猪八戒忙说：“哥哥，不要供出我们来。”猪八戒的畏惧之心，溢于言表。

书中说：“（孙悟空与蟒蛇精）在那半空中，一来一往，一上一下，斗到三更时分，未见胜败。”后来又说：“又斗多时，不觉东方发白，那怪不敢恋战，回头就走。”

一般来说，东方发白大约是在五点，即古代的五更天。也就是说，孙悟空先和蟒蛇精打了两个多小时，然后，猪八戒上来帮忙，与孙悟空双战蟒蛇精又打了四五个小时。

我们回顾一下过往的战斗，能够禁得起孙悟空、猪八戒双战的妖精寥寥可数。莫非，这蟒蛇精竟然有牛魔王的实力？

那根本说不通啊！书中孙悟空介绍说：“这怪物还不会说话，想是还未归人道，阴气还重，只怕天明时阳气胜，他必要走。”一个还未修成人道，不能变化成人身，还畏惧太阳的妖怪，神通能高到哪里去呢？

书中又借猪八戒的眼睛，道破了孙悟空之所以和蟒蛇精大战几个小时“不分胜败”的原因：“那怪只是舞枪遮架，更无半分儿攻杀，行者一条棒不离那怪的头上。”

原来，蟒蛇精根本就不是孙悟空的对手。与孙悟空交手时，蟒蛇精只是胡乱挥舞，疲于招架，而孙悟空的金箍棒时刻不离蟒蛇精的头顶，即随时可以一棒子打死蟒蛇精。

后来，孙悟空追入七绝山，被蟒蛇精一口吞入。猪八戒很害怕，但孙悟空是怎么表现的呢？看原文：

“行者在妖精肚里，支着铁棒道：‘八戒莫愁，我叫他搭个桥儿你看！’那怪物躬起腰来，就似一道路东虹，八戒道：‘虽是像桥，只是没人敢走。’行者道：‘我再叫他变做个船儿你看！’在肚里将铁棒撑着肚皮。那怪物肚皮贴地，翘起头来，就似一只赣保船，八戒道：‘虽是像船，只是没有桅篷，不好使风。’行者道：‘你让开路，等我叫他使个风你看。’又在里面尽着力把铁棒从脊背上一搠将出去，约有五七丈长，就似一根桅杆。那厮忍疼挣命，往前一撺，比使风更快，撺回旧路，下了山有二十余里，却才倒在尘埃，动荡不得，呜呼丧矣。”

这段原文足以证明孙悟空要弄死这蟒蛇精非常简单。那么，孙悟空为何迟迟不下杀手呢？因为孙悟空有顾忌。

这驼罗庄在什么地方？李老汉初遇唐僧时，曾经介绍说：“和尚，你要西行，却是去不得啊。此处乃小西天，若到大西天，路途甚远。且休道前去艰难，只这个地方，已此难过！”原来，这庄子所在地，叫作小西天。

大家明白了吧！黄眉老怪说自己的地盘叫作小西天，自己的寺庙叫作小雷音寺。事实证明，小西天与小雷音寺都不是黄眉老怪幻化的，而是确实存在的，其主人公自然就是弥勒佛。如来住在大西天、大雷音寺，弥勒就让弟子弄一个小西天、小雷音寺，处处要与如来比对。

不久前，孙悟空临走时放了一把大火，把小雷音寺烧了个精光。这一走过了一个月，依然还是小西天（可见黄眉老怪的地盘之大）。并且，这蟒蛇精不是自古以来就有的妖怪，而是三年前六月忽然冒出来的妖怪。孙悟空的第一反应应该是什么？

莫非，这蟒蛇精与弥勒佛有什么关系？

正因为有这个猜测，孙悟空才迟迟不肯下杀手。当猪八戒加入后，孙悟空更是偷懒，让猪八戒去当主力。等追杀到了七绝山，孙悟空百般折腾蟒蛇精，见弥勒佛还没有现身，孙悟空这才放心，一下就把蟒蛇精弄死了。

可以说，若非孙悟空有这般顾忌，那蟒蛇精估计在孙悟空手上走不出三个回合。

第十一节　八戒筑蛇

七绝山故事很短，前后只有一回。可是，这一回中，猪八戒做出了一个很不寻常的举动，即乱筑已被孙悟空打死的蟒蛇精。本文来说说猪八戒乱筑蟒蛇精之谜。

书中说得明白，当猪八戒赶到时，那蟒蛇精已经“倒在尘埃，动荡不得，呜呼丧矣”。也就是说，正常人都可以看出蟒蛇精已经死了。

猪八戒的眼力远在正常人之上，他必然也看出蟒蛇精已死。于是，问题就来了：既然蟒蛇精已经死了，猪八戒为何还要挥舞钉钯，对着蟒蛇精乱筑呢？要知道，孙悟空可还在蟒蛇精的肚子里，猪八戒乱筑极有可能伤害到孙悟空。

要想解开这个谜，让我们先看看唐僧师徒来到七绝山后猪八戒的种种表现。

在乱筑蟒蛇精之前，猪八戒的言谈举止就很不正常。

初遇蟒蛇精时，狂风大作，飞沙走石。百姓和唐僧都躲在屋中，孙悟空则拽着猪八戒与沙僧前往院中，查看妖怪形貌。孙悟空昂然站立，眺目远望，可谓英雄气十足。沙僧蒙着头脸，虽有些狼狈，却终究站在院中，算得上颇有胆气。

天蓬元帅猪八戒是啥表现呢？原文说："慌得那八戒战战兢兢，伏之于地，把嘴拱开土，埋在地下，却如钉了钉一般。"猪八戒还没见到蟒蛇精，竟然就吓得钻地埋头，可谓丑态毕露，窝囊废一个。

只是，猪八戒真的有这么差劲吗？要知道猪八戒当年也曾降妖伏魔，屡立战功，方才能成为天蓬元帅，统领天河八万水军。就算是在取经路上，猪八戒也曾大战孙悟空、牛魔王等狠人、猛人而毫无惧色。

为何在七绝山遇上一个无名小妖，猪八戒竟然变得如此怂包？真相只有一个，就是猪八戒在装。他装得越怂，就越是可以消弭孙悟空的戒心。

猪八戒为何要消弭孙悟空的戒心呢？因为他一直在找寻机会，准备狠狠教训一顿孙悟空。

事情还要从真假美猴王事件说起。

取经许多年来，猪八戒与孙悟空虽有许多磕磕绊绊，但总体来说还能和睦相处。两人虽然师出同门（无论是从太上老君角度讲，还是从唐僧角度讲），眼下又同样肩负取经任务，本就应该同甘共苦、风雨同舟。

可是，在真假美猴王事件后，猪八戒发现情况不对了。

在以前，孙悟空与猪八戒一样，同为弟子，共同降妖，在到达灵山后得到的功果也会大体一样。可是，在真假美猴王事件后，孙悟空的地位明显提高，远远将猪八戒、沙僧甩在身后。

在这种情况下，猪八戒的心里不可能没有半点反应。

“不患寡而患不均。”在以前的安排中，唐僧一人成佛，孙悟空三兄弟得菩萨、罗汉果位。可现在，凭什么同为弟子的孙悟空可以和师父一样成佛？猪八戒、沙僧可都听说了如来对孙悟空所谓“功成归极乐，汝亦坐莲台”的承诺。

猪八戒和沙僧可不像唐僧那么好骗。他们都知道所谓六耳猕猴就是孙悟空。一个痛打师父、要挟上级的人不但没受到惩罚，反倒被提拔重用，这世道还有天理吗？

猪八戒想不通。

沙僧在真假美猴王事件中已经冲动过一回，但亲眼见证了观音如何包庇孙悟空后，如今的他已经死了心，接受了现实。

猪八戒则一直在找寻机会——既然上级不肯出面，那他就亲自出手。

猪八戒从来不是一个冲动的人。就连当初醉酒调戏嫦娥，那也不过是一场戏而已。一个好色的男人连女色一关都能扛过，他还有什么考验经受不住？

猪八戒一直都在等待机会。那么，他为何会选择在七绝山上孙悟空与蟒蛇精大战时出手呢？

初遇孙悟空时，猪八戒拼尽全力与孙悟空大战，并且用九齿钉钯猛筑孙悟空的脑袋。因为若当时取胜，猪八戒就有可能是大师兄。

当亲眼见证孙悟空的脑袋被号称三界最锋利的兵器九齿钉钯狠

狠筑过却毫发无伤时，猪八戒被深深震撼。在很长一段时间里，猪八戒都臣服于孙悟空的武力——孙悟空竟然拥有三界罕见的金刚不坏之体，无论与谁打斗，首先就立于不败之地。

可是，之后孙悟空的种种遭遇让猪八戒明白，孙悟空的所谓金刚不坏之体，所谓铜头铁脑并非坚不可摧，其中隐藏着大破绽。

在真假美猴王事件之前，猪八戒亲眼看到孙悟空的脑袋被蝎子精的倒马刺刺伤，孙悟空疼痛难忍。在真假美猴王事件之后，猪八戒又亲眼看到孙悟空被火焰山升腾的焰火烧得一路狂奔，屁股上的毫毛更被烧得精光。

猪八戒何等聪明，他必然已经明白：孙悟空只有在有准备、运转真气保护头脑或者全身时，才能达到铜头铁脑或者金刚不坏的境界。若是突然遇袭，来不及施展护体功法，孙悟空的身体一样会被攻破，会被打伤。

明白孙悟空功法的破绽后，猪八戒知道时机将至，他已经做好准备出手。不过，猪八戒顾虑深远，在出手前就已经考虑到种种后果。他必须做到一击命中且可全身而退。

在七绝山遭遇蟒蛇精时，猪八戒意识到绝佳的机会到来了。

天亮了，蟒蛇精飞回七绝山山洞。孙悟空抢先追赶，猪八戒尾随在后。等到达七绝山时，周围已经再无第四人。

当看到蟒蛇精现出本相时，猪八戒更加大喜。原文说：

“眼射晓星，鼻喷朝雾。密密牙排钢剑，弯弯爪曲金钩。头戴一条肉角，好便似千千块玛瑙攒成；身披一派红鳞，却就如万万片胭脂砌就。盘地只疑为锦被，飞空错认作虹霓。歇卧处有腥气冲天，行动时有赤云罩体。大不大，两边人不见东西；长不长，一座山跨占南北。”

这蟒蛇精与一般的蟒蛇不同——他已经头上长角，身上长鳞，能行动如风，能化蛇信为兵器。可以说，这蟒蛇精只要稍待时日，必定可以褪去蛇皮，化为蛟龙。

与那些天生蛟龙相比，这蟒蛇精虽然还畏惧日光，不能开口说话，但是其神通已然不俗。加上这蟒蛇精形体极大，竟然横跨两山，见多识广的猪八戒也不禁慨叹：“若要吃人啊，一顿也得五百个，还不饱足！”

蟒蛇精为何要显出本相？因为他的本体有两大神通，远在妖态之上。其一，吞噬。蟒蛇的胃液能迅速融化食物。平常的一只大蟒蛇吃下一头熊后，几个小时就能消化殆尽。其二，缠绞。一旦被蟒蛇缠绕，任凭你是仙人也很有可能被绞杀。

若孙悟空陷入与蟒蛇精的缠斗中，必然心无旁骛。在那个时刻，就是猪八戒出手的最佳时机。

事情的发展和猪八戒预料得差不多。孙悟空与蟒蛇精相遇，蟒蛇精一张口就把孙悟空吞下。原文说：“八戒捶胸跌脚大叫道：‘哥耶！倾了你也！’”

猪八戒其实还是在做戏，孙悟空怎么可能这么容易死呢？果然，蟒蛇精腹中传来孙悟空话语。之后，两人一问一答，孙悟空在蟒蛇精腹中横冲直撞，蟒蛇精被搞得飞来飞去。最终，蟒蛇精轰然落地，恰恰就在猪八戒身前。

此刻，孙悟空身在蟒蛇精腹中，不能看见外面场景，再加上刚刚弄死妖怪，正是得意之时。

最得意之时，正是孙悟空防备最虚弱之时。就在此刻，猪八戒冲上前去，挥舞九齿钉钯，就朝蟒蛇精，更准确地说是朝蟒蛇精腹中的孙悟空筑去。

蟒蛇精腹中的孙悟空有没有受伤呢？书中没有明言，但我们从孙悟空的后续表现可以看出端倪。

孙悟空急匆匆钻出蟒蛇腹，并且恶狠狠地质问猪八戒："呆子！他死也死了，你还筑他怎的？"孙悟空用的是反问句，这充分表达出了此刻心中强烈的不满。

在猪八戒口中，孙悟空有七十二变，即拥有七十二条性命，自然不会轻易死亡。但是骤然遇袭时，孙悟空八成来不及运转护体神通，身体有可能已经受伤。

但是，孙悟空身在蟒蛇腹中，看不到猪八戒挥舞钉钯时的情景，也就无法确认猪八戒到底是在筑蛇，还是在筑自己。在没有明确证据的情况下，就算孙悟空把状告到唐僧，甚至是观音、如来那里，对猪八戒也不会造成什么实质性影响。

猪八戒早就料到孙悟空的反应，他傻乎乎地回答："哥啊，你不知我老猪一生好打死蛇？"这猪八戒用装傻充愣巧妙地糊弄了过去。在骂了猪八戒一顿后，孙悟空也只得隐藏伤势，与他一起返回庄院。

在朱紫国时，孙悟空让人见药就收三斤，在会同馆中收取了数千斤药材，就算开个大药铺也足够。猪八戒、沙僧都提出疑惑。孙悟空解释说自己是不想让御医们猜到自己的药方。

其实，孙悟空极有可能是借为朱紫国王收取药材的名义，找寻灵药，为自己治病。

第十二节　悟空救王

朱紫国王生了重病，孙悟空揭了皇榜，入宫给国王看病。国王本就缠绵病榻数年，乍听得孙悟空声音凶狠无礼，长相又刁钻古怪，当场吓得战战兢兢，趴在龙床上起不来。国王表态，这病不看也罢。孙悟空听了，哈哈大笑说："列位错怪了我也。若像这等慢人，你国王之病，就是一千年也不得好。"

取经一路走来，孙悟空越来越成熟，不但懂得如何说话，更懂得如何掌控局面。比如此处，他故意放出大话——若你们如此轻慢我，估计国王的病一千年也好不了。

别人就奇怪了，凡人不过是一百年的寿命，怎么会一千年都好不了呢？孙悟空解释说："他如今是个病皇帝，若没有我治疗，死了还是个病鬼。转世投胎还是个病人，那可不是一千年病都好不了吗?"一番话说得百官目瞪口呆。

在初次与人谈判时，很多高手经常用这一招，先用一句耸人听闻的话吸引对方注意，然后再娓娓道来。

果然，孙悟空在吹了一通后，提出了一个非常奇葩的解决办法：既然国王怕见他，那就不见。他老孙完全可以抛弃传统医术望、闻、问、切那一套，以“悬丝诊脉”查出病情。

众人一听，全都骇然。唐僧听了，迎面骂道：“你这泼猴，害了我也！你跟我这几年，那曾见你医好谁来！你连药性也不知，医书也未读，怎么大胆撞这个大祸！”

唐僧说得没错，孙悟空从五行山下跟了他，一晃已经十年，何时见孙悟空看医书，救人命？在号山火云涧边，孙悟空被烟火水气弄得半死不活，反倒是猪八戒大展回春妙手，救了孙悟空。

孙悟空辩解了几句，说自己早年得了几个秘方，虽然不常用，但有奇效，让师父放心。之后，孙悟空拔出尾巴上三根毫毛，变成三根丝线，分别缠绕在左手腕下、右手腕下，查看了朱紫国王的寸脉、关脉、尺脉。好一会儿，孙悟空看病完毕，收了金线，然后厉声高叫，说出自己的判断。孙悟空的话大部分都是一些中医术语，不必深究。唠叨了一番后，孙悟空总结说：“诊此贵恙是一个惊恐忧思，号为双鸟失群之证。”一听此话，国王在帘幕内满心欢喜，高声回答：“指下明白，指下明白！果是此疾！请出外面用药来也。”

用几根丝线就能够诊断病情，这实在太神奇了。这种神奇的事情，在历史上还真的有记载。最著名的就是唐太宗李世民请药王孙思邈给长孙皇后治病之事了。因为古代男女有别，后宫妃嫔更是尊贵之身，不容别的男子触碰，所以后宫之人一般都是由医女负责诊脉，御医进行会诊。当时，孙思邈提出，必须自己亲自诊脉，才能明确病情。徐茂公提醒孙思邈说，不能触碰皇后凤体。孙思邈略一思考，从怀中取出红线，让缠在皇后右手腕上。很快，孙思邈就诊断明白病情，乃长孙皇后胎位不正。唐太宗询问如何救治。孙思邈说，只需要在皇后中指上扎一针就可见效。于是，医女将皇后的手臂托着伸出帘子，孙思邈猛一针扎下，长孙皇后全身颤抖。孙思邈退下后不久，长孙皇后就顺利产下皇子。

在清朝的笔记中，也曾经记载过乾隆皇帝时期的御医用悬丝诊脉给妃嫔治病的事情。不过总体来说，这种医术过于神奇，多数人并不相信。

相比其他神医，《西游记》中孙悟空的悬丝诊脉更加神奇。人家不但断言国王平常的小便多红色，大便带血，还说国王是由于惊恐过度、思念过度才导致的疾病。

不过，也正因为孙悟空诊断得太准确了，才让我不相信。因为，即便神医亲手给国王诊脉，也只能看出与病情有关的一些问题。国王内心思念金圣宫、对妖怪恐惧不安这种事情，怎么可能在病症上看得出来呢？

其实，孙悟空早就知道了国王得病的原因，他之所以搞出什么悬丝诊脉，不过是故弄玄虚，把自己塑造成神医，接受国王膜拜罢了。

那么，孙悟空是在什么时候得知国王病情的呢？

在唐僧师徒来到朱紫国后，唐僧入宫倒换官文，孙悟空与猪八戒便上街了。猪八戒后来不愿走了，躲在墙角打瞌睡。孙悟空却没有闲着，他眼观六路，耳听八方。数十百里内，人们的言谈全被他听入耳中。

招贤榜中是这样介绍国王病情的：“近因国事不祥，沉疴伏枕，淹延日久难痊。本国太医院，屡选良方，未能调治。”上面对国王得病的真实原因只字未提。但是，三年来，赛太岁五次来到朱紫国，每次都飞沙走石，动静极大。朱紫国王自以为宫禁森严，自家的丑事不会外传。可是，好事不出门，坏事传千里。三年下来，肯定有各种传言从宫中、从朝堂传到民间。

原著中又说，去年的四月，国王命人在宫中修了一座避妖楼，一旦有风吹草动，大伙儿都躲进地下宫殿。三年来，国王又多次派出军队前去麒麟山探查，对赛太岁有了初步了解。他如此大张旗鼓地调动军队，民间不可能没有听到风声。

可以百分百地肯定，孙悟空在揭皇榜前，就已经打听到妖怪作祟、抢去金圣宫、国王被吓得半死等事情。

那么，孙悟空是如何治好朱紫国王病的呢？

孙悟空逢药就收三斤，收了几千斤药。其实，最后他只用了几种最普通的药：一两大黄、一两巴豆、半盏锅灰、小半盏马尿。孙悟空这药方若是被别的医生看了，必定会说孙悟空庸医害人。

听闻要用大黄、巴豆，沙僧和猪八戒都不同意。他们对各种药性也都有了解，毕竟都是活了上千年的聪明人，对什么都知道一点。那大黄、巴豆是泻药，若一用就是一两，病人的身体根本受不了。可是，孙悟空不听。

为何要用锅灰？孙悟空说，锅灰又叫百草霜，能治百病。这也是孙悟空在胡扯，其实锅灰就是用来“丸药”，即揉制药丸的。

若是别人按照孙悟空的药方抓药，国王必定拉稀而死。国王之所以没死，只因他喝的马尿不是寻常马尿，而是白龙马的马尿。

孙悟空介绍说：“你不知就里，我那马不是凡马，他本是西海龙身。若得他肯去便溺，凭你何疾，服之即愈，但急不可得耳。”后来，猪八戒去向白龙马讨尿，白龙马不肯给。他说：“我若过水撒尿，水中游鱼食了成龙；过山撒尿，山中草头得味，变作灵芝，仙僮采去长寿。”原来，真龙的尿非常神奇，鱼吃了可变成龙，草沾了可变成灵芝。

后来，国王要喝药，孙悟空提出，必须用无根水送服。孙悟空不想久等，就唤来东海龙王，让下点雨。东海龙王打了几个喷嚏，绕着皇宫下了一场小雨，最后收拢得到三盏无根水。书中这么描述那东海龙王的三杯唾液：“异香满袭金銮殿，佳味熏飘天子庭！”

这个龙尿、龙唾液对于凡间人类来说，无异于琼浆玉液，但对于孙悟空、猪八戒等人来说已经寻常。玉帝请如来吃饭，吃的是龙肝凤髓。对于天尊级别的仙人来说，龙肉龙肝不过是一道好菜而已。

修仙级别越高，能提高功力的东西自然越少；反之，级别越低，仙界的凡俗之物都大有奇效。

正因为知道龙尿可以治疗凡人百病，对固本培元有奇效，孙悟空才放心大胆地揭下皇榜，让国王服下大剂量泻药。

第十三节　孔雀受伤

朱紫国王生病三年，被孙悟空以龙尿、龙唾液治好。之后，按照流程，孙悟空进入了降妖模式。最终，赛太岁落荒而逃。在生死关头，观音出现，救下了赛太岁，并告诉孙悟空，赛太岁乃自己坐骑，下界乃是为朱紫国王消灾。

孙悟空一听疑惑了，他说："菩萨反说了，他在这里欺君骗后，败俗伤风，与那国王生灾，却说是消灾，何也？"

于是观音说出一段往事，以证明确实是这朱紫国王犯错在先，才有坐骑赛太岁金毛犼下界为妖之事。原文如下：

"当时朱紫国先王在位之时，这个王还做东宫太子，未曾登基，他年幼间，极好射猎。他率领人马，纵放鹰犬，正来到落凤坡前，有西方佛母孔雀大明王菩萨所生二子，乃雌雄两个雀雏，停翅在山坡之下，被此王弓开处，射伤了雄孔雀，那雌孔雀也带箭归西。佛母忏悔以后，吩咐教他拆凤三年，身耽啾疾。那时节，我跨着这犼，同听此言，不期这孽畜留心，故来骗了皇后，与王消灾。"

见里面竟然牵涉佛派高层，孙悟空不敢多说。随即，观音"四足莲花生焰焰，满身金缕迸森森"，在孙悟空的仰望中，潇潇洒洒回归南海而去。

孙悟空把这番往事告诉了朱紫国王与金圣宫，算是给了他们三年拆凤之难一个说法。不过，孙悟空心底深处是不是就相信了观音这所谓因果之说呢？

原文没有明说，在公开场合，孙悟空不能也不敢和观音唱反调。不过，观音所说的往事中有着重大破绽，根本经不起推敲。射伤雀雏故事中，有什么破绽呢？

原著七十七回写到孔雀明王菩萨来历："那凤凰又得交合之气，育生孔雀、大鹏。孔雀出世之时最恶，能吃人，四十五里路把人一口吸之。我在雪山顶上，修成丈六金身，早被他也把我吸下肚去。”

原来，上古有神鸟凤凰，乃百鸟之王。到了他们这个级别（当与九灵元圣相似，达到禽兽类巅峰），已经突破了性别。他们孕育后代，根本不需要有配偶。在感受到天地交合的气息后，凤凰心有所感，便以精气凝聚成两个后代，长者为孔雀，幼者为大鹏。

孔雀一出世就有莫大神通。如来在大雪山修成了丈六金身，得成大道（在《西游记》中，如来不是在菩提树下得道），但是在孔雀张口一吸之下，依然站立不稳，被吸入孔雀腹中。

后来，这孔雀被如来招安，进入佛派，成为孔雀明王菩萨。数万年过去，孔雀明王菩萨心有所感，也孕育了两个后代，即一雄一雌两个小孔雀。

孔雀明王菩萨的神通虽不能与凤凰相比，但是她与如来尚有一战之力，可见神通远在一般的菩萨，甚至是佛之上。她孕育的后代必然也是神鸟，必然也神通广大。

西游世界的妖族成就仙道，有两种途径：一种是拜在高人门下，学习修仙功法，比如孙悟空、猪八戒、沙僧，等等；另一种是自身就带有上古神兽（神鸟）血脉，只要激发身体内的血脉之力，就能够逐渐强大，就像这孔雀、大鹏。这也是孔雀刚出生就能与如来大战的真正原因。

也就是说，孙雀明王菩萨这两个幼孔雀再怎么窝囊，也是万鸟之王凤凰的嫡系后代，体内凤凰之血旺盛，即便是刚刚出生，至少也拥有罗汉、菩萨以上的神通。

《西游记》中的朱紫国王在寻常妖怪面前都瑟瑟发抖，被赛太岁吓得三年卧床不起，各种证据都证明这朱紫国王是如假包换的凡人。身为凡人的朱紫国王，为何能够射伤神鸟之体的幼孔雀呢？

真相只有一个，那就是观音又撒谎了。

真相究竟如何呢？我们可以从观音撒谎的动机进行推理。

观音是取经行动的实际负责人。为了让唐僧师徒能够顺利通过八十一难，观音上天入地，费尽心机。观音不但要取得其他仙人信任，让他们派出坐骑、仆从下界，并且要使种种布局最终能够为取经行动服务，使西牛贺洲的人间国度成为信仰佛派的国度。

为了达成这个目的，观音多次拜访太上老君，于是才有金角、银角大王下界，才有青牛精下界。通过太上老君介绍，才有太乙救苦天尊坐骑九灵元圣下界。

道派老祖是观音动员的重点，玉帝的支持也非常重要。因为观音的游说，玉帝让奎木狼下界，并答应只要凤仙郡侯信仰佛派，就原谅其藐视天帝的罪过。

但是，取经行动归根到底还是佛派内部事务，佛派本身必须出力，并且应当占大头。

早在宣布取经行动开始时，如来就表明了态度，力挺观音。加上观音在仙界的超然地位，佛派诸多菩萨无一不给面子，于是才有黄风岭上的黄风怪，乌鸡国中的青狮精，狮驼岭上的狮魔、象魔。

但是，仅仅有这些还不够。所有如来的亲近人马都必须出力，中间人士也必须表明立场。在取经行动面前，人人都不允许偷懒，更不允许骑墙。

正是在这种情况下，观音找到了孔雀明王菩萨。观音为何要找孔雀明王菩萨呢？

孔雀明王菩萨在西方佛派的处境其实比较尴尬。

孔雀与如来看似母子，其实甚有仇怨。在跳出孔雀之体后，如来一心要杀死孔雀，但是在诸佛劝阻下没有成功。不仅如此，在诸佛要求下，孔雀竟然还被封为菩萨。

孔雀吃如来时，如来刚刚得道，还未成为佛祖。换言之，孔雀明王菩萨乃是燃灯佛祖加封的菩萨，代表的是过去派势力。

如来在成为佛祖后，做出了一个让绝大多数仙佛都目瞪口呆的举动——他在公开场合宣布，认昔日仇敌孔雀明王菩萨为母，尊其为西方佛母。

如来的宽宏大量让无数人佩服，更使得原来燃灯派系的许多人马转变了立场。比如接引佛祖就是过去派出身，却公开支持取经行动。

只是，如来心底深处真的原谅并接受了孔雀明王菩萨吗？

没有。一个简单的证据就是，孔雀明王菩萨的亲弟弟、如来名义上的干舅舅金翅大鹏，在如来当上佛祖之后万千年依然零落江湖，始终是野妖一枚，无法进入西方佛派，不能得到天庭仙箓。

要想得到如来的认可，孔雀明王菩萨必须做出一些事情，以证明自己的忠诚。

于是，真相浮出水面——

在观音的安排下，孔雀明王菩萨派出两个孩子，一雌一雄两个小孔雀飞往朱紫国。他们故意在朱紫国王射猎的途中出现，并且故意让朱紫国王射中，使得朱紫国王背负了射伤佛母之子的罪名。

然后，观音吩咐坐骑金毛犼下界，抢走金圣宫，造成拆凤三年的悲剧。再后来，唐僧师徒降妖，救回金圣宫。因朱紫国王身负罪孽，所以他虽然受了三年折磨，依然深深感谢唐僧师徒，并诚心归依佛派。朱紫国王都成了佛派信徒，其国文武百官乃至万千百姓自然也都成为佛派信徒。

观音此布局可谓高妙。当然，孔雀明王菩萨的儿子也不会白挨一箭，如来自然要给出相应的回报。

或许就是孔雀明王菩萨泄密，告诉了兄弟金翅大鹏唐僧师徒的行踪，金翅大鹏才会霸占取经的必经之路狮驼国。再加上有文殊、普贤两位菩萨坐骑的配合，金翅大鹏最终也通过参与取经行动，成为如来驾前护法，修成正果。

第十四节　化酒为雨

在《西游记》中，明确施展过呼风唤雨神通的妖怪有三位：乌鸡国假国王青狮精、车迟国虎力大仙、通天河金鱼精。这三位的综合实力相比孙悟空大大不如，若是与孙悟空打斗，不过数个回合就会落败。

那么，神通广大、法力无边的孙悟空会不会求雨呢？

在凤仙郡，孙悟空当着许多人的面公开说：“我老孙翻江搅海，换斗移星，踢天弄井，吐雾喷云，担山赶月，唤雨呼风，那一件儿不是幼年耍子的勾当！何为稀罕！”

按照孙悟空的说法，他自然是会求雨的。并且，在朱紫国，孙悟空还曾经当众表演过一场化酒为雨的神通。

当时，麒麟山獬豸洞赛太岁麾下先锋官前来朱紫国索要宫女。孙悟空出面迎战，一两招之间就把先锋官的兵器打断。妖怪落荒而逃。孙悟空也不追赶，回到酒席，诉说自己大败妖怪的光辉事迹。国王亲眼看到孙悟空能腾云驾雾，惊骇不已，于是举杯向孙悟空敬酒。

恰在此时，官员来报：西门火起。孙悟空接过酒杯却不喝酒，反手把酒朝后泼去。国王大吃一惊，以为是自己怠慢了孙悟空，连连道歉。孙悟空只是微笑，却不解释。

不久，官员来报：西门外忽然天降大雨，灭了妖火。但那雨很奇怪，竟然酒气扑鼻，香气四溢。

此刻，孙悟空方才说：“陛下，你见我撇杯，疑有见怪之意，非也。那妖败走西方，我不曾赶他，他就放起火来。这一杯酒，却是我灭了妖火，救了西城里外人家，岂有他意！”孙悟空说得明白，是“我”灭了妖火！自然是说明这忽然降下的及时雨乃是孙悟空所为。

朱紫国王一听，震撼不已。眼前这猴和尚个子矮小，却不仅能腾云驾雾，更能化酒为雨，简直就是传说中菩萨、佛一般的人物。

孙悟空轻而易举地征服了朱紫国王，征服了朱紫国百官、百姓。

朱紫国王离开席位，表态愿意把国王之位相让，带三宫九嫔出城为民。孙悟空当然拒绝了朱紫国王的好意，并且主动表示愿意帮助国王救回金圣宫，剿灭妖怪，彻底断了朱紫国的祸根。朱紫国王顿时泪流满面，感激涕零。

可以说，化酒为雨一事，让孙悟空出尽了风头。

孙悟空所说的究竟是不是事实？这雨真的是他那一杯酒变化而来的吗？

坊间有一种观点说，地煞七十二变包含什么通幽、驱神、担山、禁水、借风、布雾、祈晴、祷雨……在很多读者看来，孙悟空怎么可能不会求雨呢？其实，《西游记》原著中没有说地煞变具体是什么。这种观点纯粹是后人附会，并且多种法术重复，分类也不严谨。

在原著中，地煞变也好，天罡变也好，都是一种躲避天劫的神通，最主要的体现方式就是变化之术。也就是说，会地煞变并不代表孙悟空就会求雨。

和一般的仙侠小说不同，在西游世界，私自降雨要受到天规处罚。一般来说，人间降雨都由九天应元府做出统筹安排。要想搞计划外降雨，就必须由精通五雷法的人间仙人举行祭祀大典，打报告申请，由玉帝批准后，下发公文到九天应元府，由普华天尊安排四部仙人前去降雨。

雨，对于天庭仙人来说，是迫使人间百姓祭祀、供奉仙人及缴纳香火的最佳武器。从这个意义上来说，孙悟空就算会求雨，也不能随便下雨。

何况，孙悟空确实不会下雨。

几个时辰前，朱紫国王服药需要无根水，可是朱紫国已经许久不下雨了。孙悟空有心抖抖神威，就告诉猪八戒、沙僧说："我看这王，倒也是个大贤大德之君，我与你助他些儿雨下药，如何？"

孙悟空是怎么求雨的呢？他让猪八戒、沙僧一边一个为自己充当护法，然后"步了罡诀，念声咒语，早见那正东上，一朵乌云，渐近于头顶上"。原来，孙悟空所谓求雨，就是念咒唤来东海龙王，让敖广帮他下雨。

敖广提出自己不敢私自下雨，出行匆忙也没有带雨具——这敖广能成为人间水族领袖也非偶然，他明知孙悟空每次找他都是求雨，可是出行时偏偏不带雨具。孙悟空乃是雁过拔毛的主儿，岂会放过敖广？他强调，只要点无根水服药就行。敖广这才答应打几个喷嚏应付差事。

于是，在朱紫国皇宫大殿附近这个极小范围内，东海龙王下了一场小雨。小到何等程度呢？朱紫国皇宫所有妃嫔、太监、宫女齐齐出动，拿出各种器具装水。足足一个时辰之后，统共才装了三盏水。

让东海龙王降雨之事，孙悟空自然不会告诉别人。朱紫国王、文武百官都以为是大唐神僧降下甘霖。

回到化酒为雨的话题。

酒宴间，朱紫国西门外下的是一场大雨。原文说："好雨呀！才西门上起火，被一场大雨，把火灭了。满街上流水，尽都是酒气。"

以孙悟空之能，他根本不会降雨。以一杯酒之量，更无法做到满街流水。那真相是什么呢？八成是孙悟空故技重施，一听西门着火，就念咒唤来东海龙王，让龙王去降雨。

在范围较小的情况下，雨量稍稍大些，也不致违背天规。何况，玉帝赐予了孙悟空“叫天天应，叫地地灵”的特权，就算被纠察灵官举报，东海龙王也可以将责任推到孙悟空身上。

至于满街的酒香，应当是东海龙王吸取了哪个酒庄中的酒，和水一起喷洒所致。

为了打造孙悟空的光辉形象，敖广又一次充当了无名英雄。

第十五节　全歼小妖

听了朱紫国王诉说冤情后，孙悟空主动求战，前往麒麟山。山下，孙悟空遇上了一个颇有良心的小妖。作为佛派弟子，讲究普度众生，孙悟空却二话不说挥棒就将这小妖打死了。一贯爱憎分明的孙悟空为何善恶不分了？他打死小妖的真正原因是什么？

这位小妖有一个非常萌的名字，叫作“有来有去”，还有个非常萌的“身份证”，上面一行写着非常萌的文字：“心腹小校一名，有来有去。五短身材，扢挞脸，无须。长川悬挂，无牌即假。”

不过，这段很萌的文字反映的却是一个残酷的事实——妖界不好混，妖怪也难当。

在西游世界当小妖，是个很不幸的事情。在小妖这个世界里，必须烧火做饭，要巡查山川，要看家护院，等等。总之，小妖都混得很憋屈。若是厌弃了这种苦日子，想要逃跑——对不起，若没有其他山头的腰牌，跑到外面也会被当成奸细。各路妖王都用军事化管理方式把麾下小妖管得死死的。只要妖王不死，小妖几乎没有逃跑的可能。

回到本文的问题，何处可见这名叫有来有去的小妖是个善良的小妖呢？

因先锋官被孙悟空打败，赛太岁大怒，派有来有去前往朱紫国下战书。这有来有去边敲锣边嘟囔："这一去，那国王不战则可，战必不利。我大王使烟火飞沙，那国王君臣百姓等，莫想一个得活。那时我等占了他的城池，大王称帝，我等称臣，虽然也有个大小官爵，只是天理难容也！"

这有来有去身为妖怪，竟然同情人类，莫非在麒麟山群妖中混得极差，于是产生逆反心理？

有来有去能代表赛太岁出使朱紫国，能随意出入洞府中心地带，更能见到金圣宫，这足可以看出，有来有去在麒麟山群妖中地位超然。就连金圣宫身边的小妖都知道，这有来有去乃是大王心腹。

既然在赛太岁麾下颇有前途，那么有来有去为何会同情人类呢？

一句话道出真相："只是天理难容也！"在有来有去看来，妖也好，人也好，都应当遵循天理，与人为善，而不是仗势欺人、弱肉强食。面对有来有去，孙悟空也不禁赞叹："妖精也有存心好的，似他后边这两句话说天理难容，却不是个好的？”

那么，孙悟空是怎么对待这个有善心的小妖呢？

原文说：“行者拱手抽身就走，那妖依旧敲锣前行。行者就行起凶来，掣出棒，复转身，望小妖脑后一下，可怜就打得头烂血流浆迸出，皮开颈折命倾之！”

孙悟空一边赞赏这小妖是个“存心好的”，一边却挥棒打死了他。孙悟空如此言行不一，是为了什么？

此事看来极小，其实正反映了整个西游世界遵循的法则。孙悟空打死小妖，原因有三个。

其一，攒积分，挣功果，利益至上。

原文中明确点出孙悟空打死有来有去的原因：“即将棍子举起，着小妖胸前捣了一下，挑在空中，径回本国，且当报一个头功。”

在后文中，作者还用黑色幽默的笔调，写了一个猪八戒抢功的桥段。孙悟空驾云回到朱紫国皇宫之上，他没有直接飞下，而是先把有来有去的尸体扔下。猪八戒一看半空中飞下一个妖怪，急匆匆赶过去，舞起钉钯一筑，口中还说：“此是老猪之功！”孙悟空笑吟吟降下云头，问猪八戒：“是你甚功？”猪八戒强调：“莫赖我，我有证见！你不看一钯筑了九个眼子哩！”孙悟空笑得更灿烂了，他说：“你看看可有头没头。”

原来，孙悟空早就料到猪八戒会抢功。他在扔下妖怪尸体、震慑朱紫国君臣之前，就已经把有来有去的脑袋给揪了下来。

于是，猪八戒只能讪讪一笑，自我解嘲说：“原来是没头的！我道如何筑他也不动动儿。”

早在组建取经团队之初，唐僧手头上就有一本功劳簿，上面详细记载着在哪个山头谁谁打死了大妖几个、小妖几个。在取经路上，多次出现猪八戒抢功事件，也多次出现孙悟空以记功为名，怂恿猪八戒去干一些脏活、累活的事情。

孙悟空不分善恶、打死有来有去的一个重要原因，就是攒积分、挣功果。虽然打死一个小妖攒下的积分可能比较低，但是蚊子虽小也是肉，小妖虽弱也加分。在西游这个利益至上的世界，孙悟空此举才符合主流。

其二，自古仙妖不两立，你是妖，故该死。

在孙悟空的观念中，仙妖从来不两立。既然有来有去是妖怪，就算他心存善念，也不能否认其身怀罪孽的事实。

不过，孙悟空本人不也是妖怪出身吗？为何对同为妖怪的有来有去如此刻薄呢？所谓“本是同根生，相煎何太急”，大家都是妖，有必要这么绝情吗？

事实上，孙悟空绝不承认自己是妖。

在号山降伏红孩儿故事中，孙悟空谈起牛魔王时曾经如是说：“我老孙当年与他相会，真个意合情投，交游甚厚，至如今我归正道，他还是邪魔。”

在孙悟空看来，自己虽然曾经在花果山为妖，如今却归了正道。那什么叫作归正道呢？很简单，就是有了天庭官方编制，即有了仙箓。

在西游世界，人间帝王、百姓都可以看作被欺凌、被奴役的芸芸众生，三界群仙则代表官方势力，各路妖魔则是黑恶势力。自古兵匪不两立，身为官方代表的孙悟空，自然要代替天庭清剿人间黑恶势力。有来有去有善心不假，但摆脱不了邪魔身份。孙悟空不会因为他发过善念，就放过这个邪魔。

其三，屁股决定脑袋，孙悟空的认识还有局限。

在取经路上，经常发生这样一幕：在妖王魔王被高层仙人救走之后，孙悟空返回妖洞，将成百上千的群妖“尽情打死”。

孙悟空的这种做法，是奉命而为吗？

根本不是。没有任何仙佛交代孙悟空把西天路上的妖怪打绝。相反，观音曾经亲口劝说孙悟空，即便对方是妖怪，也不要随意打杀。

在黑风山降伏黑熊精前，孙悟空被一个道士撞见，他二话不说就把对方打死了。原文说：“菩萨大惊道：‘你这个猴子，还是这等放泼！他又不曾偷你袈裟，又不与你相识，又无甚冤仇，你怎么就将他打死？’”在观音看来，即便对方是妖怪，也只有在违犯天规戒律（偷袈裟）或者彼此有私仇时，才能将其打死，否则就是放泼，就是胡为。

观音对妖怪的看法为何与孙悟空不同呢？

有句流行语叫“屁股决定脑袋”，屁股下面坐什么位置，将直接决定看世界的观点。在取经路上，唐僧就像财宝，白龙马像运送财宝的镖车，孙悟空、猪八戒、沙僧则像保镖，但凡见到有拦路抢劫的，孙悟空一律打杀。观音则不然。她不但要考虑镖车必须安全到达目的地，更要考虑镖车到达灵山之后的事情。

有一个问题是孙悟空从来没有思考过的——天庭仙人何等强大，即便是最强大的妖魔，在官方面前也只能颤抖，可为何天庭对妖怪喊打喊杀了千万年，妖怪却一直没有被灭绝？

只因妖怪有两大必须存在的理由。

其一，养寇自重。

对天庭仙人来说，人间百姓的香火供奉非常重要，香火、信仰之力是他们生存、修炼的必需品。

可人间百姓凭啥要供奉天庭仙人呢？或者是久旱不雨，或者是妖怪作乱！若是人间妖魔都被打绝了，人间百姓都过上了幸福生活，那么谁还会祈求仙人庇佑呢？

养寇自重很无耻，可对于天庭来说很必要。

其二，充当打手。

许多高层仙人都喜欢挑选一个强大妖魔充当自己的坐骑。如来也提醒观音，在东去路上遇上强大妖魔，就劝他做取经人的徒弟；若是不肯，就用三个箍儿强制收伏。

观音出门极少坐金毛犼。她或者是步行出门，或者是坐五色宝莲台。可是，金毛犼又必须存在。像金毛犼、金鱼精、青狮精、白象精这种坐骑，最重要的功能不是充当脚力，而是充当打手。这类仙人本就是妖怪出身，下界之后扮演反派人物根本不需要化装。金鱼精吃人，金毛犼抓金圣宫，青狮精杀死国王，狮魔、象魔吃尽狮驼岭百姓看似作恶，其实都是在为主效力。

于是，这些妖魔在回到主人身边时，无一受到惩罚。

第十六节　金圣霸气

在《西游记》中，殷温娇、百花羞、金圣宫三位女子都曾被恶贼（妖魔）强行掳走，做了压寨夫人。可是，三位女子最终的命运迥然不同——殷温娇在羞愧中自杀身亡；百花羞背负丧子之痛晚景凄凉；唯独金圣宫在妖魔洞府中威风八面，回到朱紫国依旧为万凰之王。

遭受类似厄运，金圣宫为何混得那么霸气呢？

金圣宫能幸福回归，表面看来是因仙人相助。

作为一个女子，尤其是一个古代女子，守住贞节非常重要。在没有外力援助下，身陷魔窟的弱女子根本无法保全自己。于是，殷温娇、百花羞都被辣手摧花，丧失了贞节。

相比百花羞，殷温娇背负的心理压力更大一些。她本是有夫之妇，面对凌辱，在古代人的观念中应当以死殉夫，保全名节。可是，蝼蚁且偷生，何况是人？殷温娇先是借口腹中有胎儿，之后又借口不知儿子下落一直未寻死。一直等到十八年后，儿子唐僧找上门来，且丈夫陈光蕊复活，殷温娇再没有了活下去的理由。

金圣宫很幸运。她能逃过一劫，纯属巧合。大罗天仙张紫阳送仙衣，不是出自观音的精心布局吗？

原文中，孙悟空愤愤然说：“菩萨，虽是这般故事，奈何他玷污了皇后，败俗伤风，坏伦乱法，却是该他死罪。”若张紫阳送衣服是出自观音授意，那此刻观音就应该挑明赛太岁没有玷污金圣宫，可是观音只是强调：“悟空，你既知我临凡，就当看我分上，一发都饶了罢，也算你一番降妖之功。若是动了棍子，他也就是死了。”

原来，是那张紫阳与观音一起参加佛会时，偶然听到孔雀明王菩萨与观音的一番密谈。为了弥补观音行动的漏洞，张紫阳主动送出仙衣。与其说张紫阳是不忍看到金圣宫失去贞节，不如说他是想尽办法与人间五老之一的观音套近乎。

不过，若没有仙衣护体，这金圣宫被破了身子，她回到朱紫国后会不会幸福呢？依我看，金圣宫的生活不会有太大变化，她依然可以过上幸福生活。

只因金圣宫与殷温娇、百花羞相比，属于完全不同类型的人。殷温娇是一个温良贤淑的大家闺秀，面对恶贼只能忍气吞声。百花羞是一个娇娇切切的皇族公主，除了哀求流泪别无他法。金圣宫则不然。此人虽然是女子之身，可是气性胆略不弱须眉，权谋韬略堪比豪杰，加上其外貌娇美，对男人更具有天然的杀伤力。

看几个细节，就会明白金圣宫能在妖洞、皇宫中过得幸福绝非偶然。

第一个细节，朱紫国王对金圣宫的态度。

在孙悟空大展回春妙手治好了国王后，几人在一起喝酒聊天，谈起了往事。从谈话中可知，朱紫国王在金圣宫被妖怪掳走后，三年间不间断地派出兵马前去查探敌情。虽然以凡人的力量斗不过妖魔，可是他对赛太岁的巢穴所在也查得一清二楚。

关键一点，当听闻孙悟空愿意出马营救金圣宫时，朱紫国王万分激动，立刻离席下跪说：“若救得朕后，朕愿领三宫九嫔，出城为民，将一国江山尽付神僧，让你为帝。”

在绝大多数帝王心中，从来被灌输的观念都是权力至上。为了保住皇权，可以牺牲一切。当初赛太岁掳走金圣宫的时候，朱紫国王选择了沉默。他的这种反应是明智的，也是怯懦的。

不过，三年之后，尤其是在几乎所有人看来金圣宫百分百已经失去贞节的情况下，朱紫国王不但愿意迎接金圣宫回宫，并且愿意为了她将帝位让出。

这说明什么？

说明金圣宫在朱紫国王的心目中比帝位还要重要。朱紫国王与金圣宫之间绝非帝后之间的利用关系，而是存在一段刻骨铭心的爱情。

第二个细节，金圣宫对赛太岁的态度。

金圣宫被掳到妖洞之后，三年来对赛太岁是何等态度呢？书中从几个侧面进行了反映。

孙悟空变化成小妖有来有去，进入妖洞，见了金圣宫，两人定下盗取紫金铃的计策。然后孙悟空告诉妖王，金圣宫有请。赛太岁大喜说：“娘娘常时只骂，怎么今日有请？”

由此可见，在赛太岁面前，金圣宫从来都是一副高高在上、凛然不惧、宁死不屈的姿态。选择这种姿态，要冒着很大的风险。孔雀明王菩萨与观音交给金毛犼赛太岁的任务只是“拆凤三年”，至于这三年间对掳走的金圣宫应该如何处置，则全凭赛太岁自由发挥。

赛太岁的算盘打得很响。他本想把金圣宫掳来做压寨夫人，既可以享受软玉温香，又可以完成主人交代的任务。可没曾想，金圣宫身上莫名其妙地出现“蛰阳之毒”，男人根本碰不得。在这种“可远观而不可亵玩焉”的情况下，正常男人都会选择另一种极端方式——得不到就将其毁灭。

那为何赛太岁没有把金圣宫打入死牢，让她受尽折磨呢？为何金圣宫如此高冷，在妖洞三年依然地位尊崇呢？且看第三个细节。

第三个细节，金圣宫对有来有去的态度。

金圣宫和殷温娇、百花羞不同，在困难面前，她绝不苟且，而是宁可玉碎，不为瓦全。在妖洞三年，金圣宫日日思念朱紫国王，面对赛太岁及麾下群妖，从来都是藐视加无视。

孙悟空变成的小妖有来有去与金圣宫见面时，只是打了个问询，说了声“接喏”。金圣宫一听便大怒说：“这泼村怪，十分无状！想我在那朱紫国中，与王同享荣华之时，那太师宰相见了，就俯伏尘埃，不敢仰视。这野怪怎么叫声接喏？是那里来的这般村泼？”

金圣宫为何敢大骂一个妖怪？只因在她看来，自己乃是朱紫国王后，即便是太师宰相见了自己，也要趴在地上不敢抬头，何况是区区小妖？

在西游世界，人间帝后虽然没有法力，但是在仙界的级别不低。唐太宗入地府时，十殿阎罗都出门迎接。乌鸡国王更被如来封为罗汉。灭法国王大肆屠僧，观音却劝说孙悟空对他不许用强。

何况，这赛太岁虽然名籍在观音麾下，却是一个没什么文化、没什么见识的山野之妖。孙悟空在妖洞前叫骂，口称朱紫国来的外公。稍稍有头脑的，就明白孙悟空是想在名号上占点小便宜，偏偏这赛太岁还懵然无知，进入后宫去请教金圣宫在朱紫国有没有姓外的高人。

赛太岁为何要请教金圣宫呢？原来，在他的心目中，“娘娘赋性聪明，出身高贵，居皇宫之中，必多览书籍”。

三年来赛太岁虽然没有得手，但是对于金圣宫这种出身高贵、性情高傲的女子满是仰望。

第十七节　金圣御夫术

在孙悟空到来之前，金圣宫一直扮演的是冰山美人的角色。若金圣宫仅仅是一味高冷，不知变通，不通权谋，那她也未必能把握自己的命运。

事实是，在与孙悟空一番沟通后，金圣宫不但能够迅速投入角色，以色诱赛太岁，并且表演得惟妙惟肖，毫无破绽。尤其是在孙悟空第一次盗走紫金铃失败之后，金圣宫更是自由发挥，再次诱骗赛太岁乖乖交出紫金铃。

这金圣宫能够身居朱紫国正宫之位多年，而且离开三年后其他妃嫔也无法得到升迁，关键一个原因就是金圣宫深通御夫之道。无论朱紫国王也好，还是赛太岁也好，在她的一番手段之下都只能拜伏。

金圣宫是怎么做到的呢？简单来说，有三大绝招。

第一招，欲进还退，归罪对方。

原文中金圣宫说："我蒙大王辱爱，今已三年，未得共枕同衾，也是前世之缘，做了这场夫妻。谁知大王有外我之意，不以夫妻相待。我想着当时在朱紫国为后，外邦凡有进贡之宝，君看毕，一定与后收之。"

在局外人看来，三年间金圣宫吃好的喝好的，在妖洞中待得很爽。可是，赛太岁连她手都没摸过。相比之下，是谁吃亏？是谁应该感到惭愧？

可是，金圣宫一番话完全颠覆了常理。她主动表示，自己早已经接受了赛太岁，虽然身有蛰阳之毒，不能同房，但自己也莫名其妙。关键一点是，赛太岁没把她当成自己人，有什么好宝贝都不交给她收着。

听闻金圣宫这一番怪罪的话，赛太岁不但没有生气，反倒觉得心里暖烘烘的。金圣宫这番话，乃是绝对的妻子口吻。

于是，明明是金圣宫要骗取紫金铃，结局却是赛太岁喜孜孜地主动交出。我们不得不佩服，这金圣宫的手段真高明。

第二招，出奇制胜，酒色不分。

孙悟空变成有来有去在一旁伺候，趁人不见带走了紫金铃。可是，孙悟空不会使用之法，在妖洞外放出焰火，把自己也吓得手忙脚乱。赛太岁取回紫金铃后，上下一番严查。虽然他推测出是孙悟空变成有来有去盗走了紫金铃，但是金圣宫也应有收藏不严的罪过。

如何再次让赛太岁交出紫金铃呢？

金圣宫主动去找赛太岁，并且说："深夜之际，特请大王安置。"三年来，金圣宫第一次邀请赛太岁晚上去她那里睡觉。赛太岁一听大喜。到了金圣宫住地，金圣宫早就摆下酒宴。席间，金圣宫不但让手下以歌舞助兴，更亲自端起酒杯，与赛太岁喝了两杯交杯酒，把赛太岁高兴得找不到北。

原文说："娘娘与那妖王专说得是夫妻之话。你看那娘娘一片云情雨意，哄得那妖王骨软筋麻，只是没福，不得沾身。"正因为金圣宫与赛太岁之间三年来绝没有说什么情话，此刻金圣宫一说，赛太岁立刻缴械投降。若是面对朱紫国王，二人卿卿我我多年，金圣宫就该劝国王以国事为重，切莫贪欢了。

第三招，亲密无间，爱其一切。

为了盗取紫金铃，孙悟空拔下毫毛变作虱子、臭虫来咬赛太岁。赛太岁奇痒难耐，只能宽衣解带。赛太岁不好意思让金圣宫看到自己身上有虱子，开始时忍着疼不脱衣。

这时，金圣宫说："常言道，皇帝身上也有三个御虱哩。且脱下衣服来，等我替你捉捉。"金圣宫主动表示，自己对有虱子的赛太岁也不嫌弃。赛太岁一听，万分感动，最终又将紫金铃交给金圣宫，让她好好保管。

其实，早在中途，孙悟空变成的侍女春娇就已经换走了真铃。

金圣宫表演起来很认真，并没有因为拿到了紫金铃就翻脸。在喝酒尽欢之后，她还主动邀请赛太岁：“净拂牙床，展开锦被，我与大王同寝。”

赛太岁连忙表示：“没福，没福！不敢奉陪，我还带个宫女往西宫里睡去，娘娘请自安置。”然而，赛太岁口中虽然拒绝，心中必定很满意、很高兴。

拥有如此气性、如此手腕、如此头脑的美女金圣宫，牢牢地把命运掌握在了自己手中。如此女子，又怎么会不幸福呢？

第十八节　紫阳送衣

观音收走了赛太岁后，孙悟空以一条草龙带着金圣宫娘娘回到了朱紫国。国王见了金圣宫万分欢喜，上前就来拉扯娘娘的手，不想手却如被蝎子扎了一般，直接疼翻在地。猪八戒哈哈嘲笑，孙悟空一旁解释说：“娘娘身上生了毒刺，手上有蜇阳之毒。自到麒麟山，与那赛太岁三年，那妖更不曾沾身，但沾身就害身疼，但沾手就害手疼。”众官听说，道：“似此怎生奈何？”此时外面众官忧疑，内里妃嫔悚惧，旁有玉圣、银圣二宫将君王扶起。

《西游记》不愧是四大名著之一，对这个突发事件下各种人物的心理写得非常逼真。

在前文，孙悟空曾经询问国王是否真想接回金圣宫。孙悟空为何这么问？因为中国人的贞节观念极重。尤其是古代中国的男人，绝大多数无法接纳已经失去贞操的女子，即便这个女子是自己的糟糠之妻，即便妻子是被逼无奈。

朱紫国王闻言，不但回答得斩钉截铁，并且做出了一个让所有人大感意外的举动。他离开席位竟然当众给孙悟空下跪，还说："若救得朕后，朕愿领三宫九嫔，出城为民，将一国江山尽付神僧，让你为帝。"

见国王这番出格举动，猪八戒哈哈大笑说："这皇帝失了体统！怎么为老婆就不要江山，跪着和尚？"八戒是个比较市侩的人，正因市侩，常常短视，缺少大英雄的情怀与气魄。孙悟空听了，却万分感动，立刻上前扶起朱紫国王，打听到妖精的住处，马上腾云前去降妖。

在《西游记》原著中，朱紫国王不但是一个重情重义的好丈夫，而且是一个仁德有道的好君王。三年来他虽然疾病缠身，但国家却依然繁花似锦，百姓安康。对这样的人，即便是凡人，孙悟空也很尊敬。

孙悟空向大家解释金圣宫身上毒刺的来历，就等于告诉文武百官和三宫六院，金圣宫虽然被掳走三年，但依然是清白身子。这一点对金圣宫来说非常重要，会直接影响她后半生的幸福。这一点对朱紫国王也很重要，会直接影响他在臣民心中的形象。

听了孙悟空的解释，文武百官忧疑，为国王忽然摔倒而忧愁，对金圣宫被掳三年还保持清白表示怀疑；后宫妃嫔全是悚惧，为国王摔倒而惊悚，为金圣宫可能保持清白回来而惊惧。要知道，金圣宫一别三年，朱紫国王念念不忘。虽然有玉圣、银圣二宫，但一直没有给她们晋级。在过去的三年间，肯定有无数妃嫔想尽办法劝国王另立金圣宫。如今金圣宫回来了，并且可能是保持清白身子回来了，让她们怎么不担心害怕？

就在大家全都仓皇不定时，天空中出现一个神仙解了大难。书中交代："肃肃冲天鹤唳，飘飘径至朝前。缭绕祥光道道，氤氲瑞气翩翩。棕衣苫体放云烟，足踏芒鞋罕见。手执龙须蝇帚，丝绦腰下围缠。乾坤处处结人缘，大地逍遥游遍。此乃是大罗天上紫云仙，今日临凡解魇。"

这个紫云仙，即紫阳真人张伯端。张伯端在历史上可谓赫赫有名，是全真教南宗五祖之一，他的弟子创立的紫阳派在道宗中名气极大。

在《西游记》中，张紫阳仅仅出现了这一次。从他的出场诗歌看，张紫阳乃三清门下正宗弟子，因此得道成仙后进入大罗天。从"乾坤处处结人缘，大地逍遥游遍"看，张紫阳的职务主要是在人间寻访有缘人，以度化成仙。

张紫阳在仙界的地位如何呢？我们看看孙悟空和张紫阳的问候语，就可以明白："行者上前迎住道：'张紫阳何往？'紫阳真人直至殿前，躬身施礼道：'大圣，小仙张伯端起手。'"

孙悟空只是略迎一迎，直接称呼紫阳真人的俗家姓氏；紫阳真人则一直走到孙悟空跟前，且躬身行礼，对孙悟空称"大圣"，对自己称"小仙"。孙悟空对紫阳真人不过是略加尊重，紫阳真人对孙悟空则是执下属礼。可见，孙悟空在仙界的地位比紫阳真人要高。

紫阳真人前来干吗呢？原文中详细解说了来历："小仙三年前曾赴佛会，因打这里经过，见朱紫国王有拆凤之忧，我恐那妖将皇后玷辱，有坏人伦，后日难与国王复合。是我将一件旧棕衣变作一领新霞裳，光生五彩，进与妖王，教皇后穿了妆新。那皇后穿上身，即生一身毒刺，毒刺者，乃棕毛也。今知大圣成功，特来解魇。"

紫阳真人这番话信息量很大。

第一，紫阳真人说，金圣宫之所以能保持清白，全靠他的法宝旧棕衣。这棕衣一旦穿上，就会生出一身毒刺，让妖王无法近身。

第二，紫阳真人说，他主动献衣是不想妖怪侮辱皇后，有坏人伦。

紫阳真人为何会这么做呢？是因为紫阳真人心地善良、关爱皇后幸福吗？根本不是。紫阳真人这么做的原因只有一个，即讨好佛派，交好观音。

当观音说赛太岁是为了帮朱紫国王消灾解难才下界为妖，劫走金圣宫时，孙悟空很不满意，反驳说："菩萨，虽是这般故事，奈何他玷污了皇后，败俗伤风，坏伦乱法，却是该他死罪。今蒙菩萨亲临，饶得他死罪，却饶不得他活罪。让我打他二十棒，与你带去罢。"

面对孙悟空的质疑，观音当时无言以对，只能摆出菩萨的架子，希望孙悟空看在她的面子上不要计较。由此可见，观音是不知道赛太岁三年来都没有碰金圣宫的。

有人会说，不对，如果紫阳真人是要讨好观音，为何不把自己献上宝衣的事情告诉观音呢？

这就是聪明人办事的方法。若紫阳真人在三年前就告诉观音，我送了衣服给金圣宫，可保全她的清白，观音不但不会感激紫阳真人，反倒有可能责怪紫阳真人多事。

但是，被孙悟空责备后，观音对此羞辱已经记在心头。等回到普陀山询问坐骑金毛犼时，自然就明白有仙人送了宝衣，赛太岁没有玷污皇后清白。在那时，观音必定感激紫阳真人。

作为下属，能自觉地、默默地帮助上级，这种人是否能干倒在其次，关键是忠心可嘉。

第三，紫阳真人曾经参加三年前的佛会。

随着安天大会的开展，佛派的势力迅速扩张。如来在策划取经行动的同时，每隔一段时间就会召开一次佛会，以结交三界大仙。五六百年来，有不少仙人转换立场，成为亲佛派仙人。

除了这个紫阳真人是亲佛派外，还有哪些仙人与佛派有交往呢？

最有名的，自然是地仙之祖镇元大仙。他老人家千万年来都被排挤在蟠桃会外，听闻如来举办盂兰盆会，发出邀请，便立刻前往。金蝉子当年不过是给镇元大仙端了一杯茶水，他就要赠送金蝉子转世的唐僧两个人参果。这镇元大仙混得可真够差的！

大家记得安天大会吗？在王母献桃后，是寿星上前献上灵芝仙草。寿星说："始闻那妖猴被老君引至兜率宫锻炼，以为必致平安，不期他又反出。幸如来善伏此怪。"

从寿星的话语中我们可以看出，这老寿星摆明了对太上老君相当不感冒。他表面上说太上老君锻炼妖猴必定平安，其实是在嘲笑太上老君不如如来，公开力挺如来，贬低太上老君。

寿星乃是人间三仙岛诸仙之首。除了蓬莱仙岛的寿星外，福星、禄星都是亲佛派，方丈仙岛的东华帝君更是“常去灵山参佛面”。

当然，这些三界仙人亲近佛派的目的并不单纯，大家都是无利不起早，更没有一个是省油的灯。比如那寿星，就极有可能得到了玉帝授意，刻意亲近如来，以把握佛派的一举一动。原因很简单，老寿星寿与天齐，且是蟠桃会上常客。如来能给他的，玉帝全都能给。

第十九节　悟空之收获

在真假美猴王故事之后，唐僧对孙悟空的态度有了明显转变，面对孙悟空的好感激涕零，面对孙悟空的坏只会打掉牙往肚里咽。而孙悟空还是那副脾性，对唐僧既尊敬爱戴，又时常敲打。

在进入朱紫国之前有一个细节可以看出唐僧的心态变化。看原文：

“师徒走着，远远看到前方有一座城池，上面有杏黄旗飘动，仿佛有三个大字。唐僧询问：‘徒弟们，你看那是什么去处？’孙悟空笑道：‘师父原来不识字，亏你怎么领唐王旨意离朝也！’唐僧有点恼了，说：‘我自幼为僧，千经万典皆通，怎么说我不识字？’孙悟空说：‘既识字，怎么那城头上杏黄旗，明书三个大字，就不认得，却问是甚去处何也？’唐僧愤然道：‘这泼猴胡说！那旗被风吹得乱摆，纵有字也看不明白！’八戒、沙僧听了，也在一旁帮腔说：‘师父，莫听师兄捣鬼。这般遥望，城池尚不明白，如何就见是甚字号？’孙悟空傲然说：‘却不是朱紫国三字？’”

看看这段对话，孙悟空是不是依仗火眼金睛欺负唐僧，抬高身价？唐僧虽然不满，却再也不提念《紧箍咒》的事情。这只因《紧箍咒》已经念不得了，佛祖都答应了孙悟空“功成归极乐，汝亦坐莲台”。人家孙悟空名分上虽然是唐僧弟子，其实地位已经和唐僧平齐，甚至更高。

原著中基本上在每段取经故事开头，孙悟空和唐僧都会斗一番嘴皮子，而且每次都是孙悟空大胜、唐僧惨败。孙悟空就是要用这种方式证明并强调自己取经团队第一人的地位。

在朱紫国中，孙悟空的这种权力欲更加膨胀。与其说他救朱紫国王是出自医者仁心，不如说是为了出风头。

唐僧师徒走入朱紫国，住进驿站时，驿站官员对他们不冷不热，毕竟他们只是几位外国使者。孙悟空有点生气。后来，唐僧入朝倒换关文。负责做饭的沙僧说没有油盐酱醋了，孙悟空便拉着猪八戒上街买东西去了。

临出门时，驿站中人已经告诉孙悟空，在大街西面拐角鼓楼处有一个郑家杂货店，有各种调和（油盐酱醋）购买。可孙悟空偏偏不去，他一心想寻个事端，建功立业。后来，猪八戒不愿意走了，躲在一个角落打瞌睡。孙悟空就自己乱逛。

当孙悟空看到国王的求医皇榜时大喜，心中说："古人云，行动有三分财气。早是不在馆中呆坐。即此不必买甚调和，且把取经事宁耐一日，等老孙做个医生耍耍。"于是，孙悟空吹口仙气变成一股狂风，众人连忙躲避。孙悟空趁机揭走皇榜，将其塞入猪八戒怀中。

孙悟空为何不公开揭皇榜？

唯有皇榜遗失，众人才会惊慌寻找。唯有先发现猪八戒，通过猪八戒找到孙悟空，才能体现孙悟空身份的高贵。并且，猪八戒最是了解孙悟空的。临行前，猪八戒交代官员："列位住了，我师兄却不比我任你们作戏，他却是个猛烈认真之士。汝等见了，须要行个大礼，叫他声孙老爷，他就招架了。不然啊，他就变了嘴脸，这事却弄不成也。"

果然，众位官员对孙悟空行叩头大礼。但孙悟空依然不肯前行，他放出话来："这招医榜，委是我揭的。你去教那国王亲来请我，我有手到病除之功。"要想孙悟空出手，必须朱紫国王亲自来接。大家听了全都骇然，还从来没见过这么狂的医生呢。

官员心惊胆战地把孙悟空的话回禀国王，国王听了不但不恼，反而大喜，认定孙悟空敢说大话，必有真本领。他吩咐宰相带领百官前去驿站，以君臣大礼，行三跪九叩，请孙悟空来皇宫看病。

当百官行礼时，原文说："唬得那八戒躲在厢房，沙僧闪于壁下。那大圣，看他坐在当中端然不动！"等宰相提出邀请，孙悟空还说："你王如何不来？"一直到百官说，国王病重，实在不能来，孙悟空才答应前往。

到此时，猪八戒、沙僧都觉得孙悟空的架子摆得有点过分，提醒说："哥哥，切莫攀出我们来。"猪八戒担心孙悟空万一治不好国王，就要惹出大祸，想尽早和孙悟空划清界限。孙悟空哈哈大笑而去。

当孙悟空治好国王回到驿站，两个驿站官员前来叩拜。孙悟空说："早间那般待我，如今却跪而请之，何也？"猴哥从来都不是一个大度的人。馆使也实话实说："老爷来时，下官有眼无珠，不识尊颜。今闻老爷大展三折之肱，治我一国之主，若主上病愈，老爷江山有分，我辈皆臣子也，礼当拜请。"孙悟空见馆使如此懂事，"欣然登堂上坐，八戒、沙僧分坐左右"。

看到了吧，孙悟空非常看重权势，非常迷恋这种高高在上的感觉。

此后孙悟空降妖的目的也并不单纯。

当国王再三举杯祝酒，恳请出手后，孙悟空说干就干，等不及酒宴结束，就飞走救人去了。

刚走不久，就撞到小妖有来有去。孙悟空一棒子将其打死，本来想把尸体扔下山崖，却想起离席前说了豪言，心想此刻不如回朱紫国，报一个头功。孙悟空就用金箍棒挑着有来有去的尸体——好命苦的小妖，飞回朱紫国。他不好好飞下，却把小妖的尸体先扔下云端，把朱紫国王吓个半死。

国王又惊又喜，认为这孙悟空不但能飞天遁地，并且一出手就抓到赛太岁的先锋，再出手又抓了心腹小校，本领果然非凡。

孙悟空向国王讨要了一个金圣宫的宝串，再次飞升前往降妖。在金圣宫的帮助下，孙悟空顺利骗取了紫金铃，击败了赛太岁。在张紫阳前来取走了宝衣后，国王与金圣宫从此终于可以亲热了。大家便开开心心喝酒庆祝。席间，孙悟空让唐僧把当初有来有去下的战书拿来，送给国王，并且从头至尾把如何降妖的曲折故事一一说出。

结果如何呢？“那举国君臣内外，无一人不感谢称赞。”大家感谢什么？称赞什么呢？唐僧说：“一则是贤王之福，二来是小徒之功。今蒙盛宴，至矣，至矣！就此拜别，不要误贫僧向西去也。”

从唐僧的话语可以知道，大家感谢的是孙悟空，称赞的还是孙悟空，和取经团队无关，和师父唐僧也无关。

这与此前降妖捉怪不同，比如在陈家庄时，庄民感谢的是唐僧师徒四人，虽然出力最多的是孙悟空，但给师徒四人塑像塑得最像最俊的则是唐僧。在陈家庄人看来，师父毕竟是师父，徒弟那就是徒弟。可是，到了后来，孙悟空越来越不甘心站在唐僧的光芒之后。比如祭赛国降伏万圣龙王时，孙悟空不但将金光寺改名伏龙寺，还让龙婆来守卫宝塔。他这么做，不但是为佛派扬名，更是为他孙悟空立万，以让世人明白，正是齐天大圣孙悟空降伏了龙王，才取回了佛宝。

此刻，朱紫国事件中，唐僧、八戒、沙僧已经沦为纯粹的配角，他们能够在这里被好吃好喝地招待，全是因为孙悟空个人的努力。

因此，朱紫国经历了赛太岁劫难后，虽然变成了一个信仰佛派的国家，基本达到了如来、观音设置这一劫难的目的。但是他们没有想到的是，这朱紫国以及后来的一些国度，信奉的其实只是孙悟空，即后来的斗战胜佛。

第二十节　被低估妖王

在《西游记》中，观音的坐骑金毛犼，即麒麟山獬豸洞的赛太岁，是最被读者忽视的妖王。在传统神话中，犼是龙之子，样子像狗，生性嗜杀好斗。犼与麒麟、獬豸都是上古神兽，三者颇为相像。观音的坐骑金毛犼的实力其实极为强悍。论起实力，他和牛魔王、青牛精、黄眉老怪、大鹏雕是一个档次，当属西游第一流妖王之列。但若论起名气，别说他比不了这四大魔王，就连黄风怪、红孩儿都比他有名。

赛太岁的真正实力如何？为何他会被低估呢？

赛太岁询问孙悟空来历时，孙悟空交代了一番。赛太岁闻言说："你原来是大闹天宫的那厮，你既脱身保唐僧西去，你走你的路去便罢了。怎么罗织管事，替那朱紫国为奴，却到我这里寻死！"赛太岁作为观音的坐骑，自然是知道孙悟空的。孙悟空在十年前就加入取经团队，赛太岁三年前才下界，当然知道唐僧师徒取经事件。因此，听闻孙悟空介绍来历，赛太岁既没有自吹，也没有自卑，只是强调，你孙悟空既然保护唐僧取经，那好好西去，为何要多管闲事！

从文中可见，赛太岁对孙悟空丝毫不畏惧，他称孙悟空为“那断”，认为孙悟空来降妖只是“到我这里寻死”。

赛太岁为何如此自信呢？因为他不但单挑实力强悍，并且拥有观音手中最强的攻击性法宝——紫金铃。

孙悟空曾经和赛太岁单挑，当时双方打斗了五十个回合，不分胜败。取经路上，能够和孙悟空大战五十个回合不分胜败的，基本上都可以列入第一流妖王行列。也就是说，武艺一项在这一程度基本到达巅峰，很难进步了。当然，孙悟空有一项所有妖怪都没有的优势，即精力无限。无论是打五十个回合，还是大战三天三夜，孙悟空从来不说累。而其他同水平的妖王，无一例外都疲惫不堪。

要想名列一流妖王，除了本身单挑实力要强外，还必须拥有一流法宝，牛魔王有芭蕉扇、青牛精有金刚琢、黄眉老怪有人种袋、大鹏雕有二气瓶。

相比金刚琢和人种袋，赛太岁的紫金铃并不会逊色多少。只是，孙悟空两次巧施手段将紫金铃骗到手上，赛太岁根本没有机会用紫金铃来斗三界仙佛。

若是发挥全效，紫金铃有多厉害呢？

先看紫金铃的来历。赛太岁介绍说：“太清仙君道源深，八卦炉中久炼金。结就铃儿称至宝，老君留下到如今。”

原来，这紫金铃也是太清天尊即太上老君八卦炉中炼制的顶级法宝。太上老君曾经与观音赌赛，即将观音的杨柳枝放入八卦炉中烘烤四十九天，取出后再放入玉净瓶，看能否复活。结果，玉净瓶中的甘露成功将几乎烤焦的杨柳枝复活，显示了强大的治愈能力。太上老君自叹不如，就把紫金铃作为赌赛奖品，送给了观音。

太上老君为何要与观音进行这么一场赌赛呢？莫非只是为了日后治疗镇元大仙的人参果树？当然不是。在天庭的蟠桃园中有着许多远比人参果树还要珍贵的蟠桃树。此事应该是太上老君和观音针对蟠桃树做的一项测试。

若太上老君发动反天计划夺取佛派大权后，内外夹攻玉帝，势必挑起第二次仙界大战。那时候元始天尊、灵宝天尊都会出手。作为三界奇珍的蟠桃树很可能受到波及。若玉帝统治被推翻，他肯定会在倒台前把蟠桃树毁去。蟠桃树若被毁，不仅对玉帝是重大损失，对整个仙界也是致命性打击。身为道祖的太上老君，并不希望发生那样的惨剧。因此，他要在大战前准备好后招，即在蟠桃树遭受重创后，还能够将其复活，以重新利用。

这也是太上老君愿意扶持观音、与观音结盟的重要原因。为此，太上老君是心甘情愿地将自己压箱底的宝物之一紫金铃送出的。

紫金铃的威力究竟如何呢？

原著中虽然没有用紫金铃击败三界仙佛的剧情，却有几个精彩的片段，足以侧面烘托出紫金铃的强大。

第一处，孙悟空来到妖怪洞府前，忽然见到山坳里火光冲天，火焰中还有一股恶烟，比火更毒。书中说：“火光迸万点金灯，火焰飞千条红虹。那烟不是灶筒烟，不是草木烟，烟却有五色：青红白黑黄。熏着南天门外柱，燎着灵霄殿上梁。烧得那窝中走兽连皮烂，林内飞禽羽尽光。但看这烟如此恶，怎入深山伏怪王！”

这紫金铃的火已经非常霸道，而神烟更是强悍。那烟是五色神烟，可以点燃灵霄殿，可以烧毁各种神兽奇禽。见到这烟，孙悟空的第一反应是什么？

是恐惧。《西游记》中的孙悟空，不怕火，只怕烟。当初红孩儿用三昧真火烧孙悟空，孙悟空几次进出，浑然无事。但被红孩儿劈面喷了一口烟后，孙悟空就被熏得眼泪直流，连避火诀都念不了。

这紫金铃的神烟，与红孩儿的烟相比，只会强，不会弱。

后来山坳里又冒出飞沙来，有极少沙灰飞入孙悟空鼻子内，孙悟空不禁打了两个喷嚏。

第二处，金圣宫向孙悟空介绍紫金铃的厉害。

金圣宫说：“那里是甚宝贝！乃是三个金铃。他将头一个幌一幌，有三百丈火光烧人；第二个幌一幌，有三百丈烟光熏人；第三个幌一幌，有三百丈黄沙迷人。烟火还不打紧，只是黄沙最毒，若钻入人鼻孔，就伤了性命。”孙悟空说：“利害！利害！我曾经着，打了两个嚏喷。”

在金圣宫看来，紫金铃最厉害的是其中的神沙，只要人一吸入，立刻就会死掉。可见这沙子是一种毒沙。大家别看孙悟空只是打了个喷嚏，要知道，当时不过是赛太岁在洞中向群妖展示紫金铃威力时，一些余火、余烟、余沙飞出了洞外，偶然被寻访山洞的孙悟空给撞到。虽距离那么遥远，却依然可以让金刚不坏之体的孙悟空打两个喷嚏，可见那毒沙之厉害。

因此，孙悟空连连肯定地说“利害！利害！”

第三处，孙悟空用真紫金铃攻击赛太岁。

孙悟空利用金圣宫成功骗取了紫金铃，之后与赛太岁大战。赛太岁手中拿的是假紫金铃，自然无效。孙悟空则将三个铃铛塞子打开，一起摇晃，结果“红火、青烟、黄沙，一齐滚出，骨都都燎树烧山”。孙悟空又吹口仙气，变一股狂风，“真个是风催火势，火挟风威，红焰焰，黑沉沉，满天烟火，遍地黄沙！把那赛太岁唬得魄散魂飞，走投无路，在那火当中，怎逃性命”。

作为紫金铃的主人，赛太岁对紫金铃的功效最是了解。正因为了解，他才会见到紫金铃发动，就立刻逃命。

三界仙佛大都只会避火诀，而没有避烟诀、避沙诀。当初黄风怪的“三昧神风”为何厉害？不就是用风卷起沙子，飞入人的眼睛吗？这紫金铃更是将罕见的火、烟、沙三毒融为一体。我认为，即便是拥有金刚不坏之体的孙悟空，若面对这紫金铃的正面攻击，也必然会被弄得半死不活，更不要说其他天庭神将、西天菩萨了。

对紫金铃的威力，正主儿观音更是自信满满。

后来，观音向孙悟空解释了赛太岁下凡的原因，然后让孙悟空交出紫金铃。孙悟空不肯交。一路走来，孙悟空吃了太多没有法宝的亏。以他的武艺，可以打遍三界无对手。可即便是一个小妖，若拿着金刚琢、人种袋这种级别的法宝，他也只有哭着逃跑的份儿。

因此，孙悟空说：“老孙不知。”观音恼了，大喝一声说：“你这贼猴！若不是你偷了这铃，莫说一个悟空，就是十个，也不敢近身！快拿出来！”看看，对孙悟空的神通了如指掌的观音都认为，即便是比孙悟空强大十倍的高手，也无法靠近紫金铃主人。——注意观音的用词，可不是击败，而是连近身都不成。

因此，这紫金铃的攻击应当可以让所有地仙以下仙人死亡，并可以击败多数天仙的三界奇宝。

孙悟空还不肯拿出，观音只好黑了脸，说要念《紧箍咒》。孙悟空这才慌了，赶紧把紫金铃交出。

翻遍西游，这是观音唯一一次对孙悟空怒斥。孙悟空本是观音重点笼络的对象，可紫金铃实在太重要了，若是其他法宝，观音或许就做个人情送给孙悟空了。

第二十一节　最信任之人

唐僧师徒五人从流沙河汇聚齐全，一路走来，走到朱紫国时，已经过了足足十年。十年来，孙悟空与唐僧、猪八戒、沙僧、白龙马可谓饱经患难。五人之间有着各种矛盾，却也有着不少真情。那么，究竟是矛盾多，还是真情多呢？若是面临生死危机，孙悟空真正可以信任的人是谁呢？

是师父唐僧吗？

小雷音寺前，孙悟空力劝唐僧“决不可擅入，恐遭毒手”。唐僧却愤然说：“既有雷音之景，莫不就是灵山？你休误了我诚心，担搁了我来意。”

自从孙悟空加入取经队伍之后，唐僧陆续见证了孙悟空的许多神通。白虎岭上孙悟空三打白骨精，更是让唐僧深刻领教了什么叫作火眼金睛。

宝象国中，孙悟空施展破幻术，让唐僧从老虎变回了唐僧。见到悟空，唐僧连连说：“贤徒，亏了你也，亏了你也！”对昔日错怪悟空，惭愧不已。

可是，人性总是多变的。在数月之后，数年之后，昔日获救的感激渐渐就被师道尊严、被膨胀的自我取代。唐僧又做张做智，在许多场合故意不听孙悟空劝。

为此，唐僧吃了不少亏。

号山前，红孩儿化为七岁孩童，连连呼喊救命。孙悟空看破幻术，几番施展神通，只想帮助唐僧避过一难。谁料想唐僧不但不领情，反倒责备孙悟空冷血无情，全没有出家人的慈悲心肠。等到被抓之后，唐僧才泪水涟涟，祈求孙悟空救他。

金峴洞前，孙悟空刻意划出圈子保护唐僧安全，但唐僧偏偏不听，随同猪八戒进入妖怪所化庄园，落入贼窝。直到太上老君带走青牛精后，唐僧方得脱难。面对孙悟空，唐僧惭愧道：“徒弟，万分亏你！言谢不尽！早知不出圈痕，那有此杀身之害！”

可是，唐僧从来都是善忘、多变的主儿。没过多久，就有了小雷音寺之祸。但小雷音寺还不是终点。再后来，唐僧不听孙悟空劝阻，执意要去化斋，结果被盘丝洞女妖擒拿；在金平府，他执意要去礼佛，结果被三个假扮佛祖的犀牛精抓获……

唐僧是唐太宗钦定、观音点化的取经人，其前世更是如来二弟子金蝉。可以说，这优越的出身使唐僧在取经团队中拥有天然的优越感。虽然唐僧手无缚鸡之力，但“师父”的地位使唐僧绝不甘心听命于徒弟孙悟空。当然，实力与地位的悬殊也同样使孙悟空不甘心听命于师父唐僧。

真相浮出水面：唐僧与孙悟空之间，信任只是一时，矛盾才是永恒。只要实力与地位悬殊这个前提不改变，师徒二人的矛盾就永不会消弭。

是二师弟猪八戒吗？

猪八戒与孙悟空师出同门，按照常理来说，猪八戒应当是孙悟空最坚强的后盾。事实却恰恰相反。

在朱紫国，孙悟空以龙尿为引，治好了国王。在谢恩宴席上，国王频频举杯，向孙悟空敬酒。在国王要敬第四杯酒的时候，猪八戒半路杀出。原文说：“八戒在旁见酒不到他，忍得他咽咽咽唾，又见那国王苦劝行者，他就叫将起来道：‘陛下，吃的药也亏了我，那药里有马——’这行者听说，恐怕呆子走了消息，却将手中酒递与八戒。八戒接着就吃，却不言语。”

只因没得酒喝，猪八戒就要戳穿孙悟空苦心经营的神医面目。孙悟空也极为了解这个师弟，赶紧把酒让给八戒。八戒有了酒吃，于是闭嘴。

乍一看，这一幕在取经路上诸多坎坷离奇的降妖经历中实在平凡，平凡到微不足道。然细细一想，这一小小细节正体现了猪八戒本性中的重大缺陷，昭示猪八戒与孙悟空之间绝不可能亲密无间。

猪八戒这个人，有着天然的两个缺点：好色、贪吃。

孔圣人说："食色，性也！"此语用在猪八戒身上，正是浑然天成。因为做了和尚，猪八戒不得不把色欲深深压制，然而对口腹之欲的追求却愈发渴望。很多时候，猪八戒都把自己的大吃特吃解释成挑担辛苦。其实不然！

取经团队的行李约莫有二百斤。对于凡人，这自然算重，可是猪八戒乃是仙人下界。他要是没把力气，能够一天到晚拎着个五千四百斤的钉钯吗？挑行李对于猪八戒来说，虽然是体力活，但也并非如他整天念叨的那般辛苦。

猪八戒只是把挑担辛苦当成自己要大吃特吃的借口。加上取经路上极度无聊，多数时光不过是一日复一日的走路，时间一久，就连猪八戒本人也不记得自己到底是必须吃，还是想要吃。

当然，贪吃也好，好色也好，对于一位神通广大的仙人来说，都只是小毛病——猪八戒贪杯于是调戏嫦娥之事，已经被证明是太上老君导演、猪八戒倾情演出的一场戏。

然而，凡是有这些小毛病的人，都是一些缺乏自律、无法坚持自我的人。这种人往往短视，只看到眼前的蝇头小利，至于什么大义、什么亲情，都可以抛却。

取经团队中，猪八戒其实是与孙悟空利益最一致的人，他们共同的目标都是潜入佛派。本来，他们应当彼此扶持，彼此帮助。事实却是，猪八戒总是在唐僧面前挑拨离间，时刻挑衅孙悟空。

可以说，只要猪八戒贪吃、好色的性格缺陷不改，他与孙悟空的关系就让人担忧。只要有人拿出足够的利益去引诱，猪八戒就极有可能是第一个跳出来背叛孙悟空的人。

是三师弟沙僧吗？

孙悟空在公开场合还是很照顾沙僧的。四圣庄前，猪八戒提出挑担辛苦，应该重新分工。若是论资排辈的话，沙僧最晚加入取经团队，自然应当多吃点苦头。没想到孙悟空一口回绝："老孙只管师父好歹，你与沙僧，专管行李马匹。但若怠慢了些儿，孤拐上先是一顿粗棍！"孙悟空摆出大师兄的架子，一锤定音，从此敲定猪八戒管行李、沙僧管马匹。

猪八戒还不肯罢休，嘟嘟囔囔说白龙马只驮个唐僧太轻松，完全可以再带上行李。孙悟空再次否决："他不是凡马！"并且强调："这个都是各人的功果，你莫攀他。"

在以后的许多争端中，孙悟空也时刻注意维护沙僧与白龙马的利益，以至给读者造成了一种印象：取经团队中，唐僧与猪八戒是一派，孙悟空与沙僧、白龙马是一派。

其实，沙僧骨子里哪一派都不是。他自成一派。

沙僧乃是卷帘大将临凡。切莫把这卷帘大将当成掀门帘的小厮，书中沙僧说："南天门里我为尊，灵霄殿前吾称上。"人家沙僧乃是玉帝身边的禁军大统领，就连四大天王都是他下属。

沙僧在玉帝身边工作多年，深得玉帝信任，也养成了处事低调、待人随和的风格。所有对沙僧不了解的人，都会把沙僧当成一个老实巴交的厚道汉子。

可是，真正了解沙僧的人却知道，此人城府深沉，心机老辣。与沙僧交往，稍不留神，就会被卖。

就像孙悟空待沙僧不错，可沙僧待孙悟空呢？

在很多人印象中，唐僧念《紧箍咒》时，沙僧总是在旁边劝说。其实不然。在原著中，但凡唐僧、猪八戒与孙悟空起了冲突，沙僧基本上都是远远退开，躲在阴影处。波月洞里孙悟空再度回归时，就曾埋怨沙僧说："你这个沙尼！师父念《紧箍儿咒》，可肯替我方便一声？"

取经路上孙悟空冲锋陷阵，降妖伏魔，有时候遇上多个妖怪，双拳难敌四手，就需要猪八戒出马。遇到这种情形时，孙悟空都会嘱托沙僧好好保护师父。沙僧每次都是满口答应。可是，翻遍西游，每次妖怪前来，即便是再弱的妖怪前来，都可以轻松抓走唐僧。

从此种表现来看，沙僧的战斗力几乎等于零。若沙僧真的如此无用也就罢了，实际上沙僧无论是水战还是陆战，实力都与猪八戒不相上下，而猪八戒的水平也只不过比孙悟空略逊一筹。

于是，我们只能慨叹，孙悟空这两个师弟都是靠不住的。不过，相比猪八戒旗帜鲜明地站在孙悟空的对立面，沙僧的立场很隐蔽，带来的伤害也更大。取经路上，由于沙僧的渎职造成唐僧被抓的事件不胜枚举，大大增加了西游通关的难度。

取经五人组中只剩下白龙马了。孙悟空可以信任白龙马吗？

孙悟空很幸运，在取经团队当中总算还有一个铁杆粉丝。

在整部《西游记》中，因为角色所限，白龙马在大多数情况下不能发言，只能老实吃草、老实走路。

白龙马在取经路上仅有两次开口。其一，在宝象国。其二，在朱紫国。不过，他虽只有两次说话，每次开口也不过短短数句，却颇为赤诚，毫无伪饰。

面对强大妖魔黄袍怪，无论是猪八戒，还是沙僧，都没提出请回孙悟空。孙悟空之前特别交代沙僧，遇上妖魔提他孙悟空的名字，但沙僧只字不提。等到唐僧被抓，沙僧被擒后，猪八戒就要散伙回家。

此刻，白龙马出场。他先化身美女与黄袍怪大战。伤败之后他开口求猪八戒前往花果山请孙悟空。猪八戒担心孙悟空不回来。白龙马说："他是个有仁有义的猴王。到此处见这样个情节，他必然不忿，断乎要与那妖精比并，管情拿得那妖精，救得我师父。"

不得不说，白龙马才是真正有大局观的那个人，也是真正敬佩孙悟空的那个人，更是愿意全身心相信孙悟空的那个人。

只是，白龙马的地位很尴尬。

虽然白龙马对猪八戒口称"师兄"，但白龙马并非唐僧弟子。早在观音招募他的时候就说得明白，他此去西天，只是给取经人做个脚力（坐骑）。

换言之，在取经队伍中发生争执的时候，白龙马只能列席，无权投票。于是，孤掌难鸣的孙悟空多次被唐僧、猪八戒联手击败。一直到真假美猴王事件后，孙悟空才真正确定取经团队主事人的身份。

另外，白龙马的实力也太弱了些。

白龙马与孙悟空两次交手，第一次斗了十一二个回合，第二次不过三五个回合就溜了。相比取经路上的那些妖魔，白龙马这个实力只能算是三流。若是水战，白龙马会更强一些，但也远在猪八戒、沙僧的真实水平之下。

也就是说，就算孙悟空愿意把后背交付给白龙马，白龙马也很难护卫得周全。

其实，孙悟空不单是在取经团队中很孤单，就算放眼三界芸芸万仙中，孙悟空真正可以将性命相托的也几乎没有。东海龙王敖广算是孙悟空的一个朋友，但也仅仅是普通朋友而已。

不过，在取经成功之后，猪八戒与孙悟空之间的主要矛盾就将消失，同样被太上老君操控的命运会将他们二人捆绑在一起。在那时，或许猪八戒会成为孙悟空真正可以同生共死的兄弟。

第二十二节　盘丝洞七妖

原著第七十二、第七十三回，是盘丝洞蜘蛛精的故事。在原著中，盘丝洞中七个妖女都是蜘蛛精，后来被孙悟空用金箍棒给打死了，可谓来历清楚、去向明白。

只是，事情真的如此简单吗？

在我看来，盘丝洞中的七个妖女的言行举止非常奇怪，孙悟空在面对这七个妖女时的反应也很奇怪，作为一方神祇的土地对蜘蛛精的介绍更加奇怪……总之，这两回可谓迷雾重重，很不简单。

从白骨精、金角大王开始，吃唐僧肉可得长生的流言就四散开来，西天路上几乎没有妖怪不知道这个消息。

面对唐僧这个诱饵，妖怪们大体分成两类。

一类是草根妖怪，比如白骨精、红孩儿、蝎子精。他们都想方设法抓捕唐僧。若是抓到，或者谋划如何吃（红孩儿请父亲同吃），或者考虑如何使用（与唐僧成亲，取其元阳）。总之，他们都会牢牢把唐僧抓在手中。即便到了生死关头，很多人宁可一死，也不愿意交出唐僧。

另一类是高层下凡妖怪，比如黄袍怪、金角大王、银角大王、青牛精、黄眉老怪。他们在表面上和其他草根妖怪一样，也抓唐僧，声称要吃唐僧肉，但是在成功抓捕唐僧后，唐僧就被扔到了一边。高层妖怪下凡都肩负着秘密任务。比如，金角大王、青牛精要证明太上老君的强大，黄眉老怪要证明弥勒的强大，于是，他们的主要精力都放在与孙悟空以及三界仙佛斗法上了。因为他们明白，抓唐僧是为了凑成八十一难，那是上层允许的，但吃唐僧、害唐僧就是破坏取经、藐视天庭，必会受到严惩。

那么，盘丝洞七妖女属于哪一种类型呢？

从其出身看，七妖女明显属于草根类。她们本是修炼成精的七个蜘蛛精，十年前霸占了濯垢泉，住在盘丝洞。一直到她们被打死，也没有任何仙界高层出面。可是，草根出身的蜘蛛精是怎么对待唐僧的呢？

第一，七妖女根本没有主动抓捕唐僧。

那一天，阳光明媚，春花灿烂，唐僧走到人家家门前化斋。院子中，四个美女低头正在做针线活，三个美女正在踢气球。三月天，天气转暖，美女们运动后更是香汗淋漓，她们衣衫单薄，性感非常。唐僧看了一眼，就呆住了。书中说："三藏看得时辰久了，只得走上桥头，应声高叫。"眼看从上午看到下午，三个美女都踢完一场球赛了，唐僧才想起化斋的事情来。美女们听说是化斋的，于是热情相邀，请里面坐。唐僧很高兴，开开心心跟在后头。

等到走入石门内，里面就是另一个世界了，到处是石桌、石凳，阴气森森。吃的是人肉人脑，唐僧闻一闻，尽是腥膻味道。唐僧对美女们说不吃荤腥，要走，美女们就把唐僧捆了起来。

看到了吧，人家七妖女根本就没有主动抓捕唐僧，连陷阱都没设，是唐僧自己送货上门，走入人家洞府的。这一点，和黄袍怪、青牛精、黄眉老怪何其相像！

第二，抓捕唐僧后，七妖女放出蛛丝吸引孙悟空注意。

捆了唐僧后，七妖女做了一件更奇怪的事情。她们都脱了上衣，露出肚脐。唐僧一看妖女们脱衣服了，吓得半死，心中想："这一脱了衣服，是要打我的情了，或者夹生儿吃我的情也有哩。"唐僧以为七位美女脱了衣服要鞭打自己，或者直接把他给吃了也有可能。唐僧的猜测当然是错的。

蜘蛛精为何要如此做呢？书中说："（蜘蛛精）一个个腰眼中冒出丝绳，有鸭蛋粗细，骨都都的，迸玉飞银，时下把庄门瞒了不题。"

蜘蛛精吐出蛛丝的目的，真的是为了把洞口"瞒"住吗？根本不是。因为她们如此做不但隐藏不了庄门，反倒把孙悟空等人给引了过来。原文说：

“却说那行者、八戒、沙僧，都在大道之旁。他二人都放马看担，惟行者是个顽皮，他且跳树攀枝，摘叶寻果，忽回头，只见一片光亮，慌得跳下树来，吆喝道：‘不好，不好！师父造化低了！’行者用手指道：‘你看那庄院如何？’八戒、沙僧共目视之，那一片如雪又亮如雪，似银又光似银。八戒道：‘罢了，罢了！师父遇着妖精了！我们快去救他也！’”

本来，盘丝洞前的庄园没有任何异常，唐僧走了许久，孙悟空等人也没有疑心。蜘蛛精完全可以积极备战，或者悄悄把唐僧转移。可是，她们反倒放出丝线，用一片银白吸引了敌人的视线，将敌人引了过来。

第三，孙悟空、猪八戒即将打上门之前，七妖女竟然还跑去洗澡。

封好了洞门后，七个妖女跑去洗澡。难道她们不知道唐僧的徒弟们就在不远处吗？她们早就知道唐僧的身份，也知道唐僧手下有个齐天大圣。面对孙悟空即将到来的寻仇，她们凭啥有恃无恐呢？

只有两个可能。其一，她们本身足够强大，可以无视孙悟空等人。其二，她们本身虽然不够强，却有强大的背景支持，孙悟空不敢招惹她们。

那七妖女属于哪一种可能呢？我们且向下看。

第四，临走时，七妖女丢下了唐僧这个重要人质。

猪八戒大闹濯垢泉后，七个蜘蛛精“霎时间把丝篷收了，赤条条的，跑入洞里，侮着那话，从唐僧面前笑嘻嘻地跑过去。走入石房，取几件旧衣穿了”。在被猪八戒骚扰后，七妖女没一点害怕样子，竟然笑嘻嘻的，并不觉得有性命之忧。然后，她们下令七个干儿子守护洞门，丢下被捆绑的唐僧，离开盘丝洞走了。

书中表面上说七妖女如此做是为了找师兄蜈蚣精帮忙，可是她们犯了一个常识性错误。七妖女已经绑架了唐僧，触怒了取经团队，要想保命，她们唯有紧紧抓住唐僧这个人质才行，而把唐僧丢在洞里，无异于将唐僧送还取经队伍。

早知如此，何必当初？既然不准备吃唐僧，那当初干吗要抓唐僧呢？大家看看，这七妖女的行事作风与金角大王又何其相像？

其实，不但七个蜘蛛精的举动很怪异，就连土地神、孙悟空的反应都很怪异。

究其原因，是七个蜘蛛精的身份并不简单，她们绝不仅仅是草根蜘蛛精。那么，蜘蛛精的真实身份是什么呢？

第二十三节　蜘蛛精真身

对盘丝洞妖精的真实身份，孙悟空心中颇有疑虑。为此，孙悟空两次询问土地，几番考虑放过妖精。

经历了太多高层捣蛋事件后，孙悟空捉妖的积极性虽然依然很高，但是对灭杀妖怪谨慎了很多。七绝山前，孙悟空久战蟒蛇精不下，就是一个典型案例。

此处，孙悟空走到妖怪洞府前，本想用金箍棒打那蛛丝缠绕的洞口。不过，他仔细查看那洞口的奇怪景象，想了很久，最终放弃了挥棒。

孙悟空看到了什么呢？原著中说："看见那丝绳缠了有千百层厚，穿穿道道，却似经纬之势，用手按了一按，有些粘软沾人。"

什么叫作穿穿道道，像经纬之势？这说的可不就是用丝线来织布，一层层，一道道，相互交叉吗？

孙悟空想起了什么？

为了保险，孙悟空念咒语唤来了当地土地神，询问盘丝洞妖怪的来历。面对传唤，土地神的表现很怪异。原文说：

"即捻一个诀，念一个咒，拘得个土地老儿在庙里似推磨的一般乱转。土地婆儿道：'老儿，你转怎的？好道是羊儿风发了！'土地道：'你不知，你不知！有一个齐天大圣来了，我不曾接他，他那里拘我哩。'婆儿道：'你去见他便了，却如何在这里打转？'土地道：'若去见他，他那棍子好不重，他管你好歹就打哩！'婆儿道：'他见你这等老了，那里就打你？'土地道：'他一生好吃没钱酒，偏打老年人。'"

在那盘丝洞土地口中，孙悟空是一个专门欺负老年人的坏蛋神仙。这是完全错误的。孙悟空虽然级别比土地高很多，但还是比较体恤老人的。即便有时候土地、山神冒犯了他，他也不过是假装生气，从来没有真正打过一个土地。

土地神之所以团团转，是因为他知道一个重大秘密，但他还没有考虑好如何告诉孙悟空。

果然，见到土地，孙悟空说："你且起来，不要假忙，我且不打你，寄下在那里。”然后孙悟空询问盘丝洞妖怪的来历，土地说出了一番很奇怪的话：“小神力薄威短，不知他有多大手段，只知那正南上，离此有三里之遥，有一座濯垢泉，乃天生的热水，原是上方七仙姑的浴池。自妖精到此居住，占了他的濯垢泉，仙姑更不曾与他争竞，平白地就让与他了。我见天仙不惹妖魔怪，必定精灵有大能。”“这怪占了浴池，一日三遭，出来洗澡。如今巳时已过，午时将来哑。”

我们细品土地的话，可以发现这样几个信息。

第一，盘丝洞附近有一口濯垢泉，乃天生热水。

作者补充了一段话，介绍人间九大天生热水。原来这濯垢泉的来历极大，竟然是上古时候被后羿射下的九个太阳所化的九泉之一。

第二，这濯垢泉本是天上七仙姑的地盘。

正因人间仅仅有九大天生热水，所以每一处必然都被大神通仙人占据。此处的濯垢泉，本就是天上七仙姑的地盘。

这七仙姑是谁呢？就是曾到蟠桃园摘桃子的七位仙女。和传统神话不同，她们并非玉帝的女儿，而只是王母娘娘的丫鬟。不过，宰相门前七品官，即便是天蓬元帅、太白金星在面对七位仙女时，也需要客客气气。

第三，如此珍贵的濯垢泉，七仙姑竟然白让给七妖女了。

作为天生热水，其功效绝非凡间那些热水可以相比。书中说：“佳人洗处冰肌滑，涤荡尘烦玉体新。”濯垢泉不但可以洗干净外在的尘垢，而且可以让神仙之体更加的纯粹。土地神特别介绍说，盘丝洞七妖女每天要洗三次澡——若非因为濯垢泉有神奇的炼体效果，七妖女也不至于每天洗三次澡。

可是，有偌大背景的七仙姑，为何将珍贵的濯垢泉拱手相让呢？这不合逻辑啊！听了土地神的一番话，孙悟空困惑依然。不过，既然土地神不肯说，必然有他的原因。孙悟空没有追问，放土地走了。

原文说："那土地老儿磕了一个头，战兢兢的，回本庙去了。"孙悟空既没有出言威胁，也没有挥棒动粗，为何土地战战兢兢呢？只因他搞不清楚自己说的话有没有泄露机密。他怕孙悟空追究，更怕天庭惩罚。

当孙悟空追到濯垢泉时，他本可以趁着七妖女洗澡，将她们全都打死。可是，孙悟空说："常言道，男不与女斗，我这般一个汉子，打杀这几个丫头，着实不济。"借口好男不跟女斗，孙悟空变个老鹰，叼走了七位妖女的衣服。

取经路上，每逢有妖怪作祟，孙悟空哪次不是冲在前头？孙悟空不打女妖怪？胡扯！当初打白骨精那么狠，不但毫不留情挥棒就打，并且一打就是三遍。

孙悟空此时不打的真正原因是还拿不准盘丝洞七妖女的身份。

孙悟空与猪八戒冲到盘丝洞时，七妖女的七个干儿子挡在门口。孙悟空问他们是谁，他们说的话吓了孙悟空一跳。小妖精们说："我乃七仙姑的儿子。你把我母亲欺辱了，还敢无知，打上我门！不要走！仔细！"

这伙小妖精竟然说盘丝洞中的七个蜘蛛精就是七仙姑。

这是小妖们往自己脸上贴金吗？绝非如此。唯有七妖女就是七仙女，才能解释为何她们吐出的丝犹如经纬一般，要知道七仙女在天界的主要工作就是纺织。而蜘蛛精纺织，不正是物尽其用吗？纺织是蜘蛛精的天赋技能咧！

也唯有七妖女就是七仙女，才能解释仙女们为何拱手把濯垢泉让给蜘蛛精，才能解释两拨女子的爱好竟然如此一致。

本来，盘丝洞七妖女若就此潜逃，也可以保全性命。可是，她们却跑到前方，找所谓的师兄万眼魔君蜈蚣精求助。后来蜈蚣精想用毒药谋害唐僧师徒，被孙悟空发觉。于是双方大战。七妖女一起施法，吐出丝绳，编织成一张大网。孙悟空驾筋斗云撞开天网，逃了出去。

面对寻衅闹事的七妖女，孙悟空不是暴怒上前乱打，而是再一次唤来土地神，询问妖精来历。

孙悟空说："我想你在此间为神，定知他的来历。是个什么妖精，老实说来，免打！"土地叩头道："那妖精到此，住不上十年。小神自三年前检点之后，方见他的本相，乃是七个蜘蛛精。他吐那些丝绳，乃是蛛丝。"

孙悟空的说话语气和当初截然不同，言辞间已经包含了斥责的意思。身为当地土地，定然知道妖精的来历。可是，土地此前却刻意隐瞒没有说清，若他这会儿还隐瞒，肯定要被严惩。

土地无奈，只能交代。他说了三句话，句句都在撇清责任。第一句，妖怪到盘丝洞不到十年，时间短暂。第二句，了解底细需要时间，经过七年调查，土地才知道对方是蜘蛛精。第三句，那丝绳是蛛丝，而并非其他什么丝。

听到土地这么说，孙悟空十分欢喜："据你说，却是小可。"

请大家注意孙悟空的用词。

孙悟空早就怀疑盘丝洞七妖女就是天上的七仙女，有种种迹象可以证明这个猜测，并且九分都是实情。但是，即便七妖女就是七仙女，谋害唐僧、破坏取经也是大罪。在这样的情况下，孙悟空该怎么做呢？

不降妖除魔，就不能保证取经顺利进行；但打死妖怪，又怕得罪天庭高层。因此，孙悟空一拖再拖。

等到离开盘丝洞，来到黄花观，七妖女还不依不饶地出手，这时候孙悟空已经动了杀心。

但是，孙悟空还需要有一个保险，这个保险就是当地土地的证明——土地证明，孙悟空打死的不是七仙女，而是盘丝洞的七个蜘蛛精。

即便以后王母娘娘找碴儿，孙悟空也可以说，自己的所作所为都是依据当地土地神的情报作出的判断。

第二十四节　七仙女被贬

堂堂天界七仙女，为何会被贬落凡尘十年呢？

七仙女第一次出场，是在原著第五回。

当时，王母娘娘开蟠桃会，派遣七仙女前往蟠桃园摘取仙桃。一开始，蟠桃园土地想要阻止，说，必须先禀告主管孙悟空才能放人入园。七仙女说，时间紧迫，若耽搁了，王母娘娘会怪罪。于是，在土地的陪同下，七仙女进入了蟠桃园。可是，她们左右找寻都不见孙悟空的踪影——孙大圣吃饱了桃子，正在树上打瞌睡呢。

七仙女在征得土地同意后，开始摘桃。在前排摘了两篮，在中间摘了三篮，在后排找寻了很久，只看到一颗半红半白的桃子。没想到孙悟空正在那树上睡觉，七仙女摘桃时惊醒了孙悟空，他大喝说："你是那方怪物，敢大胆偷摘我桃！"七仙女一同下跪求饶，说明身份与来意。

之后，孙悟空询问哪些人被邀请参加蟠桃会，七仙女一一说了。听闻自己不在名单上，孙悟空心中大怒，他念个咒语，将七仙女定住，然后直奔瑶池而去。

我在前文曾经分析过，玉帝让孙悟空出任蟠桃园主管，其实别有用心。什么用心呢？

本来，孙悟空大闹龙宫，搅乱冥界，是在严重挑衅天庭威权。对于这种忤逆分子，常规手段就是镇压。可是，有九曜之一、天庭文官领袖太白金星的求情，玉帝也只好改镇压为招安。但孙悟空嫌弼马温官小，反下天庭，并且在花果山大败巨灵神与哪吒，证明了自己的实力。再加上太白金星再度求情，于是玉帝同意封孙悟空为齐天大圣。

可是，玉帝对孙悟空并不放心。孙悟空出生时天显异象，惊动九霄，短短三百余年后，即成为天仙，竖起齐天大圣反旗，背后究竟是谁在撑腰呢？为了搞清楚孙悟空背后的人是谁，玉帝才安排孙悟空主管蟠桃。

七仙女的背景故事说完了，然后我们想想，在整个事件中七仙女犯下什么罪呢？

七仙女犯下了两项大罪，每一项都是七仙女所不能承受的大罪。

第一项罪名：说了不该说的话。

按照玉帝的计划，他将在蟠桃会举办前，以监守自盗的罪名擒拿孙悟空。如此一来，孙悟空背后的势力就不得不出面营救。玉帝只要付出微小代价，就可以看清敌人的真面目。

可是，七仙女多嘴多舌，告诉孙悟空不在蟠桃会邀请名单行列。结果，孙悟空大怒，抢先出手，破坏了蟠桃会。

蟠桃会一年才开一次，能够参加宴会的无一不是三界中的一方诸侯、仙界强者。大家都为能参加蟠桃会而感到自豪、感到骄傲。亿万年下来，举办蟠桃会已经成为玉帝一年中最重要的工作。通过蟠桃会，玉帝的威权得以树立、得以稳固。

可是，成功举办多年的蟠桃会因为孙悟空的出现被搅乱成一团。蟠桃会被破坏，影响非常恶劣。绝不仅仅是孙悟空偷喝了几瓶御酒那么简单，更主要的是天庭的秩序受到了冲击，玉帝的尊严受到了挑衅。

是可忍，孰不可忍。后来，首恶分子孙悟空被镇压到五行山下，接受了应得的处罚。

孙悟空被镇压，并不代表事件的结束。玉帝结合大闹天宫事件，开始了大清洗行动。其中，七仙女也受到了牵连。

若非七仙女多嘴，孙悟空怎么会暴怒？怎么会在玉帝出手之前就搅乱蟠桃大会？导致孙悟空大闹天宫，令局面差点失控的始作俑者，就是七仙女。

第二项罪名，知道了不该知道的事。

蟠桃园有三千六百棵桃树，每棵树上都有成百上千颗桃子。可是，到七仙女去采摘桃子时惊讶地发现，前排与中排的桃子还好，可以挑选出那么五篮子熟桃，但后排那九千年一成熟，吃了就能与天地同寿的大桃子，竟然一个成熟的也没有了。

后来，七仙女如此回禀王母娘娘："只有两篮小桃，三篮中桃。至后面，大桃半个也无，想都是大圣偷吃了。"

我们曾经计算过，即便孙悟空天天吃桃，也不可能吃光一千二百棵树上的熟桃。并且，园中还有土地以及二三十个看园子的力士、仙使，他们也不会纵容孙悟空无节制地天天吃桃。

唯一的真相是，在孙悟空吃桃的同时，玉帝（王母娘娘）派人将熟桃子也摘了下来，然后把大桃全没了的罪名，扣在了孙悟空头上。

当天，玉帝请来如来大败孙悟空，并摆下安天大会宴请如来。王母娘娘第一个上前献礼，她告诉如来："今是我净手亲摘大株蟠桃数颗奉献。"

刚刚七仙女不是回禀说，蟠桃园中的大桃子一颗也没有了吗？为啥王母娘娘还端出了几颗大桃呢？

只因王母娘娘那里有存货。

也就是说，七仙女等于知道了所谓孙悟空偷盗蟠桃乃是玉帝与王母娘娘栽赃陷害。堂堂天庭之主竟然干出这等龌龊事，传说出去还不名声扫地？

七仙女犯下的这两项罪名，说大不大，说小不小。若七仙女本身实力强大，或背后有大天尊级别人物撑腰，那这两项罪名都不是事儿。可是，七仙女仅仅是王母身边的侍女。像这样的侍女，王母身边没有一千，也有八百。

不过，因为七仙女犯下的罪名都不在明面上，因此玉帝与王母娘娘对七仙女也没有进行公开处罚。

此后的五百年，七仙女小心谨慎地伺候王母娘娘，没有犯下任何过错。只是，玉帝的心眼儿有时候极大，有时候却极小。

在得到如来的取经报告后，玉帝、王母娘娘就叫来七仙女，让她们在唐僧离开长安的第二年（天上的第二天）下凡，执行公差。七仙女便去了自家的老地盘濯垢泉处等候唐僧到来。正因为是上级指派，七仙女并没有主动出击，抓捕唐僧后也没有为难，临撤退时也没有裹挟唐僧作为人质。

后来，七仙女与师兄蜈蚣精大战孙悟空，本来以为胜券在握，却没想到蜈蚣精翻脸不认人，明明手中有唐僧做人质，却放弃救援七仙女。最终，孙悟空把七仙女打死了。

那么，蜈蚣精为何会翻脸无情，置七个师妹于死地呢？

第二十五节　蜈蚣精来历

自从误打误撞修成了金刚不坏之体后，孙悟空对自己强横的身体非常自信，非常满意。相比全身，孙悟空的头最为强悍，号称铜头铁脑。

当年，猪八戒声称自己的钉钯可以破铜头铁脑，孙悟空很潇洒地站那儿不动，随便让猪八戒乱筑也毫发未伤。

后来，在毒敌山琵琶洞，蝎子精突发奇招，用尾巴上的毒刺狠狠扎了孙悟空一下，让孙悟空头疼了半夜。猪八戒嘲笑孙悟空爱吹牛，如今却被人扎破了头。但孙悟空坚持说没破。沙僧特意检查，也证明了孙悟空的头既没有肿，也没有破。

在《西游记》中，孙悟空唯一一次亲口承认金刚不坏之体被破，是在遭遇黄花观蜈蚣精时。

不少读者说起西游世界的强大妖怪，总是喜欢说青牛精、黄眉老怪等。其实，他们本身的实力和孙悟空相仿，只是仗着有强大的法宝才横行一方，击败诸多仙佛。

在《西游记》中更有那么一些不为人注意的妖怪，除了本身武艺不凡外，更倚仗自己的独特天赋，修成了三界罕见的神通。比如，黄风岭上的貂鼠精黄风怪、毒敌山琵琶洞里的蝎子精，还有本文要讲的黄花观中的蜈蚣精。

黄风怪的一口三昧神风，在三界当中可谓最强神风。蝎子精尾巴上的倒马刺，连如来的金身都可以刺破。而蜈蚣精的百眼金光更是具有强大的束缚能力，孙悟空用铜头去撞金光，竟然把头给撞破了。

这究竟是怎么一回事呢？

唐僧师徒经过黄花观时，进去讨碗斋饭。观主道人热情招待，请唐僧师徒吃泡了枣子的好茶。孙悟空看老道神情不对，就要求互换茶水，但老道不同意。在争抢间，唐僧、猪八戒、沙僧就晕倒在地。原来，那枣子中已经放了可以毒杀神仙的秘药。

黄花观观主号称百眼魔君，其实是个蜈蚣精。一来，盘丝洞蜘蛛精前来求助，希望蜈蚣精帮忙教训孙悟空。二来，蜈蚣精本人也想吃唐僧肉，于是和孙悟空大战。

这蜈蚣精的实力究竟如何呢？

先看双方武艺："那道士与大圣战经五六十合，渐觉手软。"

在西游妖魔中，蜈蚣精的实力胜过黄风怪、红孩儿，堪比黄袍怪（奎木狼），与全盛时期的猪八戒旗鼓相当。并且，我们细品原文可以发现，蜈蚣精并非武艺上不如孙悟空，只是在力量上略逊一筹，于是在打了五六十回合后，手渐渐软了。

再看西游中第一流妖怪，如青牛精、黄眉老怪、牛魔王、大鹏雕，他们不但武艺高强，而且体力也极好，都是力量型英雄。而蜈蚣精呢，应当偏重于修习法术，因此体力上就落于下风。

再看比拼神通："（蜈蚣精）剥了衣裳，把手一齐抬起，只见那两胁下有一千只眼，眼中迸放金光，十分厉害。"

“行者慌了手脚，只在那金光影里乱转，向前不能举步，退后不能动脚，却便似在个桶里转的一般。无奈又炮燥不过，他急了，往上着实一跳，却撞破金光，扑的跌了一个倒栽葱。觉道撞的头疼，急伸头摸摸，把顶梁皮都撞软了。”

一般来说，光是看得见却摸不着的，没有实体。可是，这蜈蚣精的千眼金光非常怪异，竟然拥有了实体。在天地之间，蜈蚣精用自己的千眼金光形成了一个大金光罩。

这个金光罩不但可以困敌，而且可以伤敌。在金光中，孙悟空竟然无法自由行动，并且体内气息乱窜，让整个人都暴躁不安——这种情况，和当初孙悟空被红孩儿的烟一口喷中，因无法捏避火诀而被三昧真火焚烧后的情况非常相似。

正因为在金光中非常难受，孙悟空才会尽力向天上冲去。前文讲过蜘蛛精也结了一张大网，孙悟空就是用一个筋斗云直接撞开飞了出去。可这次，金光不但没有被撞破，反倒把孙悟空的“顶梁皮都撞软了”。

这时，孙悟空心中再也没有那种豪气了。原文说：“晦气，晦气！这颗头今日也不济了！常时刀砍斧剁，莫能伤损，却怎么被这金光撞软了皮肉？久以后定要贡脓，纵然好了，也是个破伤风。”孙悟空不但亲口承认铜头铁脑受伤了，而且强调，伤口以后肯定要腐烂溃脓，即便好了，也会得破伤风。

翻遍西游，孙悟空对自己的铜头铁脑、金刚不坏之体如此没有自信，唯有这一次。

不过，这蜈蚣精的金光，犹如其他妖怪的天赋神通一样，虽然强悍，但都有局限。黄风怪的风很强大，但是只能退敌，连黄风怪自己也不敢进入黄风中击杀敌人。琵琶精的毒刺很强大，但是属于突袭，只能作为奇兵使用。一旦对方对此有足够重视，就很难刺伤对方。

蜈蚣精的金光可以困住东、西、南、北、上共五个方位，但是地面还是地面，不在他的施法范围内。最终，孙悟空就是利用这个破绽，变成穿山甲，钻出了金光罩的范围。

孙悟空逃出劫难后，躲在一角哭泣。越到后来，孙悟空越喜欢流泪。没法子，孙悟空越来越发现牛人太多了，尤其是有背景、有后台的牛人太多了。

那么，这号称百眼魔君的蜈蚣精有何来历？黎山老母变身寡妇前来指点孙悟空，让孙悟空去找紫云山的毗蓝婆菩萨。并且她在临别时再三强调，不要说是自己指点的。这是为什么呢？

第二十六节　坑杀蜘蛛精

西游世界的坑还有很多。表面看来，盘丝洞七个蜘蛛精是被孙悟空打死的，其实，真正害死蜘蛛精的是黄花观的蜈蚣精。

蜈蚣精不是蜘蛛精的同门师兄吗？为何会害死蜘蛛精呢？

蜘蛛精与孙悟空大战，孙悟空突破蛛网包围圈后，再次询问土地，确认了蜘蛛精的“妖怪”身份。于是，他拔出毫毛，变成七十个小孙悟空，人人拿着一个两角的叉儿去卷蛛丝。很快，每个人都卷了十多斤蛛丝。这样，躲藏在里面的七个超大蜘蛛也被七十个小孙悟空生擒活捉。看原文：

“行者道：‘且不要打他，只教还我师父师弟来。’那怪厉声高叫道：‘师兄，还他唐僧，救我命也！’那道士从里边跑出道：‘妹妹，我要吃唐僧哩，救不得你了。’行者闻言，大怒道：‘你既不还我师父，且看你妹妹的样子！’好大圣，把叉儿棒幌一幌，复了一根铁棒，双手举起，把七个蜘蛛精尽情打烂。”

即便是在完全控制了局面时，孙悟空还说只要放回师父和师弟，就放蜘蛛精们一条生路。按照常理，蜈蚣精应该放走唐僧，救回师妹。可是，那蜈蚣精竟然说自己要吃唐僧，不换蜘蛛精。孙悟空大怒，这才把蜘蛛精全部打死。

蜈蚣精真的是要吃唐僧肉吗？

之后，蜈蚣精与孙悟空斗法。孙悟空受困于蜈蚣精的金光罩，最后变成了穿山甲，从金光罩中逃了出去。但受伤的孙悟空头疼欲裂，全身酸软，找不出破敌的方法，于是只能躲在山背后大哭。在得黎山老母指点后，孙悟空前往紫云山求救。后来，毗蓝婆菩萨与孙悟空同来降妖，蜈蚣精被毗蓝婆一招降伏。此后，孙悟空去找唐僧等人。原文说：“行者径至后面客位里看时，他三人都睡在地上吐痰吐沫哩。”

从孙悟空大败离开，到请来毗蓝婆菩萨，一晃已经大半天。而从蜈蚣精宁愿舍弃七个师妹的性命，也要吃唐僧肉这点推测，蜈蚣精本应该在打败孙悟空后，立刻开始洗洗涮涮把唐僧吃了。为何这么长时间过去后，唐僧和猪八戒、沙僧还困在原地，一点没有移动呢？

可见，蜈蚣精根本就不想吃唐僧肉，他就是要借孙悟空的手，除掉蜘蛛精。

蜈蚣精为何要这么做？

首先，他也是天庭仙人。

从哪里可以看出蜈蚣精并非人间的草根妖怪呢？

一般的妖怪都住在深山老林，周围都恐怖阴森。而蜈蚣精呢？他所住的黄花观景色优美，犹如仙境。唐僧师徒远远看到时，曾经好一番议论。

原著中评价黄花观："直如刘阮天台洞，不亚神仙阆苑家。"唐僧师徒走近黄花观时，看到门前有一副对联："黄芽白雪神仙府，瑶草琪花羽士家。"这两处诗句都明确告诉我们，黄花观中居住的乃是道派神仙。

并且，若大家细看原文就可以发现，作者在写黄花观时所用的写法、所写的景观，几乎和五庄观故事一样。

走入黄花观，唐僧师徒看到一个道士在东面廊下制作药丸。书中有一段对蜈蚣精长相的描述："戴一顶红艳艳戗金冠，穿一领黑淄淄乌皂服，踏一双绿阵阵云头履，系一条黄拂拂吕公绦。面如瓜铁，目若朗星。准头高大类回回，唇口翻张如达达。道心一片隐轰雷，伏虎降龙真羽士。"

这第一句是说，蜈蚣精是一副道士打扮。中间两句讲的是蜈蚣精的模样。最后一句很关键，明明白白告诉我们，这蜈蚣精修行的是道门五雷仙法，乃三清门下的正宗传人（殿阁中供奉有三清塑像）。翻遍《西游记》，能被写得如此堂皇正派、如此仙气十足的妖怪，除了蜈蚣精，没有第二个。

其次，原著中有多处地方或明或暗地告诉我们，蜈蚣精和蜘蛛精的关系并不融洽，基本上是蜘蛛精在讨好攀附蜈蚣精，而蜈蚣精对蜘蛛精则不冷不热。

比如，蜘蛛精大清早就已经赶到黄花观，想让师兄帮忙出手，教训下唐僧和猪八戒。可是，一直到中午，她们也没有机会和蜈蚣精说起这件事。为什么呢？

当时，蜈蚣精一入后院，七个蜘蛛精就下跪求助。蜈蚣精说："你们早间来时，要与我说甚么话，可可的今日丸药，这枝药忌见阴人，所以不曾答你。如今又有客在外面，有话且慢慢说罢。"

蜈蚣精以自己制作药丸忌讳见女人为由，迟迟不接见七个师妹。事情真的是这样吗？

绝非如此。我们假设这世上真的有那么一种很变态的药丸，制作期间被女人看见就会失效，但暂停制药，抽空见个人可不可以呢？完全可以啊！

当唐僧师徒走入黄花观时，"那道士猛抬头，一见心惊，丢了手中之药，按簪儿，整衣服，降阶迎接道：'老师父失迎了，请里面坐。'"看到了吗，蜈蚣精一见唐僧师徒进来，立刻放弃制药，而且整顿衣衫，降阶相迎，态度非常恭敬。

为何蜈蚣精对唐僧师徒很恭敬，却把自家师妹晾在那里呢？

最大的可能就是，蜈蚣精在心底深处很抵制蜘蛛精，不想或不敢和蜘蛛精过于亲密。

又比如，蜘蛛精请求师兄千万不要放走了前厅的客人，蜈蚣精训斥说："你看贤妹说话，怎么专为客来才说？却不疯了？且莫说我是个清静修仙之辈，就是个俗人家，有妻子老小家务事，也等客去了再处。怎么这等不贤，替我装幌子哩！且让我出去。"

按照常理，人有亲疏，事有缓急。外面不过是几个初次见面的和尚，里面却是七个同门师妹，再怎么也应当是亲近自家师妹。可蜈蚣精没有，他摆出师兄的架子，命令蜘蛛精不管有任何事情都要在他招待客人之后再说。

一直等到七个蜘蛛精哭诉说，猪八戒变成鲶鱼在自己腿裆里钻来钻去，"欲行奸骗之事"，蜈蚣精才装作发怒的样子，表示愿意出手。

可是，就连这"仗义出手"也是假的。

蜈蚣精拿出毒药，毒倒唐僧、猪八戒、沙僧，激怒了孙悟空。之后，两人大战。这时七个蜘蛛精本可以在后院观火，可她们冲出来说："师兄且莫劳心，待小妹子拿他。"

本来，这时候应该师兄妹联手，八人大战孙悟空。奇怪的事情发生了，蜈蚣精竟然停止进攻，闲在一边，看蜘蛛精和孙悟空斗法。再后来，便出现了孙悟空拿住蜘蛛精，而蜈蚣精拒绝交出唐僧的一幕。

这蜈蚣精与蜘蛛精看似亲密，关键时刻却狠狠捅了她们一刀。他为什么要这么做呢？

最可能的一种理由是，蜈蚣精与蜘蛛精同样来自天庭，同样接受了为难取经团队、充作八十一难的任务。正因为同是仙人，差不多同时下凡，执行的又是同样的任务，身为女性、法力平平的蜘蛛精，对强大的蜈蚣精就形成了一种心理依赖。

但她们万万没有想到，蜈蚣精还从上级那里接受了另一个命令，即找寻机会，干掉她们。

蜘蛛精本是天上的七仙女，可是说了不该说的话，知道了不该知道的事，触犯了潜规则。玉帝不可能为了这种小人物而破坏自己完美高大的形象，于是，蜈蚣精就成了为他干脏活的那个人。

并且，我们可以注意到，蜈蚣精像所有来自高层的妖怪一样，在危急关头有仙人出面求情，令他不但逃脱一死，最终还获得正果。

这个前来营救蜈蚣精的仙人，就是毗蓝婆菩萨。

第二十七节　毗蓝婆菩萨

在《西游记》中，虫类最强的妖怪当属蝎子精与蜈蚣精。蝎子精最强的天赋神通是倒马刺，可用于偷袭；蜈蚣精最强的神通是百眼金光，可用于束缚。若二者能够结合，当真可以横扫三界，罕有敌手。

可是，让如来也束手、让观音也悚惧的蝎子精，在昴日星官出马下，仅仅啼叫一声，就浑身动弹不得，被猪八戒一钉钯给打死了。而黄花观中蜈蚣精的结局要好很多，被昴日星官的母亲毗蓝婆菩萨收服之后去紫云山当守山大神去了。

毗蓝婆菩萨为何要救蜈蚣精呢？

毗蓝婆菩萨用法宝轻松破了蜈蚣精的金光，蜈蚣精眼睛受伤，被定在那里不能走动。孙悟空在蜈蚣精手上吃了苦头，自然恨不得弄死对方。眼看孙悟空挥起金箍棒就要打，毗蓝婆一把扯住，让孙悟空先去救师父。

这是毗蓝婆菩萨第一次救蜈蚣精。

唐僧、猪八戒、沙僧服了解药后，猪八戒第一个爬起来，抄起九齿钉钯，问猴哥蜈蚣精在哪儿。孙悟空愤愤然说，蜈蚣精就在院里装盲人。猪八戒挥起钉钯就要筑，又被毗蓝婆菩萨拦住。

她说："天蓬息怒，大圣知我洞里无人，待我收他去看守门户也。"

这毗蓝婆菩萨非常明白局势，虽然是劝猪八戒别生气，却是对孙悟空说明理由。她救蜈蚣精的理由是：孙悟空你去过我洞府，知道我那里无人看守，我收了蜈蚣精让他为我看门去。

孙悟空亲眼见证了毗蓝婆菩萨的强大，并且此前降伏蝎子精的正是毗蓝婆菩萨的儿子昴日星官，这对母子都是大牛人、狠角色。于是，孙悟空只好说："感蒙大德，岂不奉承！"

这是毗蓝婆菩萨第二次救蜈蚣精。

毗蓝婆菩萨救蜈蚣精真的是因为无人守卫洞府吗？

在孙悟空前去紫云山千花洞时，文中特别强调千花洞附近非常安静，一个人也没有。以至孙悟空还想："这圣贤想是不在家了。"

他一直走到洞府深处，才看到毗蓝婆菩萨一人坐在床榻上。

我们回顾一下《西游记》中提到的其他菩萨，且不说威名赫赫的四大菩萨，就是灵吉菩萨、大圣国师王菩萨，哪一个不是门徒成千上万，呼来喝去，威风八面？以毗蓝婆菩萨的强大神通，要收服一批人当弟子，实在容易得很。

那么，毗蓝婆菩萨救下蜈蚣精的真正原因是什么呢？

其一，毗蓝婆菩萨早就知道蜈蚣精的种种手段。

在西游世界中，一个强大的妖魔往往和他的克星早有联系。

比如，在孙悟空变成虫子飞入黄风洞中时，就亲耳听到黄风怪说："怕他怎的，怕那什么神兵！若还定得我的风势，只除了灵吉菩萨来是，其余何足惧也！"黄风怪为何能在黄风岭安营扎寨？那还不是获得了灵吉菩萨的许可？

孙悟空邀请毗蓝婆菩萨降伏蜈蚣精时，见她出门没带兵器，很担心地说："我忒无知，擅自催促，但不知曾带什么兵器。"毗蓝婆菩萨道："我有个绣花针儿，能破那厮。"孙悟空一听，以为她轻敌，就说："老姆误了我，早知是绣花针，不须劳你，就问老孙要一担也是有的。"

这时候，毗蓝婆菩萨才说出自己那绣花针非金非铁，乃是儿子昴日星官的日眼中炼出来的神针。昴日星官乃二十八宿之一，真身是一只大公鸡。这神针极有可能是星官一身阳气精华凝聚而成，故能破各种毒虫秘法。

当见到唐僧、猪八戒、沙僧中了奇毒依然昏迷不醒时，毗蓝婆菩萨说："大圣休悲，也是我今日出门一场，索性积个阴德，我这里有解毒丹，送你三丸。”

这毗蓝婆菩萨在出门前，就已经料定用神针可以击破蜈蚣精的金光，并且已经带上了解毒药。若说这菩萨和蜈蚣精从不认识，我坚决不信。

其二，西游世界中妖怪与降伏者往往大有关系。

西游世界的所有妖怪与前来降妖的仙人多是主仆关系（主人与坐骑、宠物），也有一些是师徒关系（师父与童子）。有极少数例外，我们分析一下这些例外的几种情况。

先说观音收黑熊精、红孩儿。观音之所以不杀他们，主要是因为这两个妖怪的神通强大，可以充实观音的力量。

再说灵吉菩萨与黄风怪。严格来说，黄风怪并非被灵吉菩萨收服的，而是被如来的法宝所收服。任何一个仙人身怀定风丹，拿着降龙宝杖，都可以擒拿黄风怪。黄风怪最后的归宿是回到灵山。很明显，黄风怪是如来安排下灵山充作八十一难的。

然后说一说蝎子精与昴日星官。

黄风怪、白毛老鼠精都出自灵山。可是，在原著中只提到蝎子精曾经在灵山大雷音寺听经，并且扎了如来一下，并没有说蝎子精来自灵山。

我认为，这蝎子精和蜈蚣精都应当是来自天庭的仙人，甚至他们就是出自昴日星官的光明宫。蝎子精奉了玉帝的命令混入灵山，潜伏在大雷音寺。因灵山本无蝎子精，故如来用手推了她一把，想把这个奸细给弄死，没想到蝎子精反倒刺伤了如来。

因身份暴露，任务也就失败了。蝎子精无法回到天庭，只能在毒敌山隐匿。她不甘心就此沉沦，于是想与唐僧成亲，取其元阳，成就大罗天仙（正因为蝎子精来自天庭，故并不相信吃唐僧肉可得长生）。

后来，观音发现了蝎子精，并推荐孙悟空寻找昴日星官降伏她。昴日星官害怕蝎子精泄露自己与蝎子精的关系，于是用出杀招，并放任猪八戒将蝎子精打死。

而蜈蚣精虽然对唐僧下毒，但唐僧没死，并不算破坏取经。而且蜈蚣精也没弄伤如来这样的高层仙人，所以救下蜈蚣精也不会被高层仙人怪罪。

其三，毗蓝婆菩萨与观音，或者说与如来一派的关系并不好。

当黎山老母指点孙悟空时，特别要求别泄露出是自己指点的。后来，毗蓝婆菩萨果然询问此事，她说："是谁与你说的？我自赴了盂兰会，到今三百余年，不曾出门。我隐姓埋名，更无一人知得，你却怎么得知。"孙悟空扯谎说是自己瞎猜的。毗蓝婆菩萨看孙悟空不愿说，也没有强求。

黎山老母在《西游记》中一共出场两次，从行事作风看，她虽然是道派出身的仙人，却对如来的佛派非常亲近，尤其是对观音的工作非常支持——因为紫金铃事件，观音与孙悟空产生了一点小摩擦，观音不想在短时期内再见到悟空，于是让黎山老母代为出面指点。

这毗蓝婆菩萨呢？她虽然是佛派的菩萨，但对当下主事的如来似乎并不亲密。在《西游记》中，佛派一共有两大盛会：一个是每隔三百六十年（天界一年）举行的盂兰盆会，一个是每年一度的如来生日龙华会。这毗蓝婆菩萨在三百多年前参加了一次盂兰盆会后，就一直没出山，错过了无数个如来的生日宴会。

我个人猜测，这毗蓝婆菩萨极有可能是属于燃灯古佛一派的菩萨。正因为与她关系平平，黎山老母才会要求孙悟空别说是其指点的。

说到出手降妖的理由，毗蓝婆菩萨说："也罢，也罢，我本当不去，奈蒙大圣下临，不可灭了求经之善，我和你去来。"

什么叫本不当去呢？因为去降伏妖怪就是帮助如来。只是，一来孙悟空找上门来了，不好拒绝；二来取经是对整个佛派有利的事情。因此，毗蓝婆菩萨才出手。

在了解了盘丝洞蜘蛛精、黄花观蜈蚣精、千花洞毗蓝婆菩萨等人的来历背景后，我们换个角度来聊聊唐僧师徒。

第二十八节　唐僧动情

盘丝洞故事这一回叫作"盘丝洞七情迷本　濯垢泉八戒忘形"。后半句很好理解，讲的是猪八戒看到美女洗澡，于是走不动道了。前半句呢，什么叫作"七情迷本"？

其实，这七个蜘蛛精就象征着"七情"。唐僧为七个蜘蛛精所困，也就是被七情所困。

在道藏、佛经中都认为，所谓七情，即喜、怒、哀、惧、爱、恶、欲七种情感。和世俗对七情的看法不同，在修炼者看来，应当把七情斩断。

什么是喜？不该欢喜的你欢喜了，这是动了情；

什么是怒？不该恼怒的你恼怒了，这是动了情；

什么是哀？不该悲伤的你悲伤了，这是动了情；

什么是惧？不该害怕的你害怕了，这是动了情；

什么是爱？不该贪爱的你生了贪爱之心，这是动了情；

什么是恶？不该讨厌的你生了讨厌之心，这是动了情；

什么是欲？不该有欲念的你生了欲念之心，这是动了情。

总之，七情是修炼者的大忌。一旦心中动了情，就很容易迷失本性，甚至产生心魔，此即“七情迷本”。

唐僧本是大唐高僧，为何会被蜘蛛精兵不血刃地抓住呢？当然是因为他动了情。

唐僧师徒离开朱紫国后，一晃过去半年。当下眼看春暖花开，景物怡人，前方有一处人家，唐僧就提出要去化斋。取经十来年了，唐僧一直都是在马上高坐，化斋探路都是由弟子出力。此刻听闻师父要去化斋，三个徒弟都出言反对。

孙悟空笑道：“你看师父说的是那里话。你要吃斋，我自去化，俗语云：‘一日为师，终身为父。’岂有为弟子者高坐，教师父去化斋之理？”

孙悟空自从在真假美猴王事件中打了唐僧一棒，出了口恶气之后，对唐僧的态度大有好转。虽然他时不时地还会呛唐僧几句，但在大面上对唐僧尊重了许多。虽然唐僧无能庸碌，但师父就是师父，孙悟空再闹腾，顶破天也只是能享受与师父同样的待遇，至于超越，绝无可能。

猪八戒说："常言道，三人出外，小的儿苦，你况是个父辈，我等俱是弟子。古书云：'有事弟子服其劳。'等我老猪去。"

取经路上猪八戒也曾经化过两次斋，但都是在孙悟空被唐僧赶走之后。当时唐僧又饥又渴走不动道，猪八戒只能出外化斋。可是，猪八戒那时或者钻到草窝中睡大觉，或者磨磨蹭蹭牢骚满腹。

猪八戒平时最是偷懒，此刻为何主动提出化斋？只因孙悟空都已经表态了，猪八戒这种善于见风使舵的主怎么会落于人后？猪八戒明白，表忠心只是动动嘴皮子的事情，不花一分钱、不出一分力，若真到要化斋时，自然有孙悟空前去。

沙僧则只是微笑，不说话，他在等待时机。

果然，唐僧没有像以往一样听从徒弟的劝解，而是坚持前去化斋。他说："平日间一望无边无际，你们没远没近的去化斋，今日人家逼近，可以叫应，也让我去化一个来。"

取经一路走来，唐僧就是一个累赘，总是陷入各种各样的麻烦之中，然后就是三个徒弟前后奔忙，为捞出师父不懈奋斗。唐僧不甘心自己一直都做饭来张口的废物，他要自己去化一顿斋饭——何况，眼前不远处就有一户人家，不需走远路，且貌似无危险，若自己能够化来一顿斋饭，也能稍稍改变一下在取经团队中的窝囊地位。

沙僧自然听出了唐僧话语中的愤怒，他当即表态说："师兄，不必多讲，师父的心性如此，不必违拗。若恼了他，就化将斋来，他也不吃。”

堂堂师父竟然沦落到要用绝食来对抗徒弟，真是混得够窝心的。

可是，化斋本是弟子们的职责。西天路上妖魔众多，由身怀神通的弟子化斋，才能避免陷入困局。此时唐僧坚持化斋，其实是不该动的怒动了，不该生的欲念却生了，即动了情也。

于是，从马上下来之刻起，唐僧就注定了被妖魔所困。

唐僧在最初还是有一定警惕性的。可是，等走到庄园前看到院中景象，再看到七个美女的姿容，唐僧不由得又动了喜、爱二情，把警惕心抛到九霄云外了。

盘丝洞庄园何等模样？

“石桥高耸，潺潺流水接长溪；古树森齐，聒聒幽禽鸣远岱。桥那边有数椽茅屋，清清雅雅若仙庵；又有那一座蓬窗，白白明明欺道院。”

西天路上，那些妖魔的洞府无不是在深山峻岭之中，周围尽是些虎豹豺狼，放眼看去到处是森森白骨。可眼前这庄园清新雅致，处处有出尘之意，简直就是人间仙境。

再看院中的七位女子，唐僧更是安下心来。其中四位女子在做针线活，三位女子在踢球。眼前这七位女子，先不论长相如何，她们或者娴静贤淑如贤妻良母，或者率直天真如邻家小妹，相比唐僧往日所见的那些吃人不吐骨头的男妖，简直就是两个世界中人。

唐僧躲在大树后面看美女，一看就是半个时辰。若眼前的施主是个男的，他早就上前了。他不停地给自己打气：“我若没本事化顿斋饭，也惹那徒弟笑我，敢道为师的化不出斋来，为徒的怎能去拜佛。”

不知不觉中又过去了半个时辰，唐僧这才走上前去开口化斋。没想到这七位美女人人好客，提出不能在大路上斋僧，落落大方地邀请唐僧进入庄园。唐僧被美女三言两语说得心花怒放：“善哉，善哉！西方正是佛地！女流尚且注意斋僧，男子岂不虔心向佛？”

唐僧不该欢喜且欢喜，不该贪爱却贪爱，喜滋滋地跟随七个女妖走入魔窟，结局自然是身陷囹圄。

据土地说，这七个女妖乃七个蜘蛛精，最爱的事情就是洗澡，并且是一天三次去洗澡。这七个蜘蛛精为何那么爱洗澡呢？濯垢泉中又隐藏着什么秘密呢？

第二十九节　蜘蛛精洗澡

唐僧被困盘丝洞之后，孙悟空前去探查。随着取经的不断推进，孙悟空行事越是谨慎，再不肯像以前一样好勇斗狠、率性冲杀。

孙悟空跳到高处探望，见前方庄园明晃晃一片，猜到师父又落入妖精手中。到了近前再看，见庄园四周都是千百层丝绳。孙悟空挥棒想打，但思考再三，却又放下了。

他念咒唤来盘丝岭土地，询问妖怪来历。在土地的话语中，孙悟空听到了一个奇怪的信息。

上地说："离此有三里之遥，有一座濯垢泉，乃天生的热水，原是上方七仙姑的浴池……这怪占了浴池，一日三遭，出来洗澡。"

西游世界的妖魔稀奇古怪，有的爱吃童男童女，有的爱吃小儿心肝，有的虽不爱吃人，却好色多淫。总之，趣味恶的多，三观正的少。像蜘蛛精这么讲卫生、爱洗澡的妖魔，更是人间独一份儿。

蜘蛛精为何爱洗澡呢？纯粹是因为讲卫生吗？

要想弄明白这个问题，首先要弄清楚濯垢泉的来历。

这蜘蛛精爱洗澡，但并不是在家中洗澡，而是每次都要走三里路，到一个叫作濯垢泉的地方洗澡。

这濯垢泉在西游世界可是大有来历。土地法力微弱，地位卑微，只是知道濯垢泉乃是天生热水（温泉），却不知道濯垢泉的真正来历。

作者用旁白身份告诉读者："自开辟以来，太阳星原贞有十，后被羿善开弓，射落九乌坠地，止存金乌一星，乃太阳之真火也。天地有九处汤泉，俱是众乌所化。那九阳泉，乃香冷泉、伴山泉、温泉、东合泉、潢山泉、孝安泉、广汾泉、汤泉，此泉乃濯垢泉。"

原来，这濯垢泉来历奇大。远古时期（也不知道是多少大天劫之前），天地间原有十个太阳，酷热无比，大神后羿以神弓射下九个太阳。太阳精魂乃金乌神鸟，坠落人间之后，气息不灭，于是九个落下的太阳化成了九处温泉。濯垢泉就是其中之一。

若这濯垢泉仅仅是水热，也算不得什么。其实，这濯垢泉还有一项三界罕闻的神奇功效。

濯垢，从表面上来讲，就是洗涤身上的污垢。七个蜘蛛精平常的活动无非是做针线活、踢球，运动之后洗个澡就行了，何必一定要每天洗三次，并且是固定在早中晚各一次去洗澡呢？

这说明，在濯垢泉洗澡并非为了洗去身体表面的污垢。

那濯垢泉到底可以洗去什么呢？这就要说到蜘蛛精的来历了。

土地神提到，这濯垢泉本是有主人的。其主人就是大名鼎鼎的天界七仙姑（和民间所说的七仙女不同，《西游记》中的七仙姑是七个衣衫各异的王母婢女，并非玉帝女儿）。七仙姑很爱洗澡，千百年来时常下界。可是，在十年前也不知道发生了什么事情，七仙姑忽然消失，然后就出现了七个蜘蛛精。

土地神说："自妖精到此居住，占了他的濯垢泉，仙姑更不曾与他争竞，平白地就让与他了。我见天仙不惹妖魔怪，必定精灵有大能。"

土地因法力所限，看不出真相。其实，并非七仙姑主动让出濯垢泉，而是七仙姑下界为妖，成为那七个蜘蛛精。

和以前一样，七个蜘蛛精同样爱洗澡。不同的是，蜘蛛精洗澡的频率大大增加，变成了一天三次。

这是为什么呢？因为蜘蛛精吃了人。

在西游世界修行的方式主要有两种：一种是像孙悟空一样，修习仙家术法走正途修仙；另一种是像各种妖魔一样，靠吃人提升修为。

人类的肉体虽然不像龙族（比如白龙马）一样，能够救命疗伤，延年益寿，但是相比普通的飞禽走兽，蕴含的天地灵气明显要多。绝大多数妖魔热衷吃人，正因为吃人可以提升自身修为。

可是，吃人之后有一个严重弊端——身具妖气。

有了妖气之后，虽然不影响自身的修行，却会令修行者成为三界仙人追杀的对象。有时候就算没有吃人，亲手打死了人，也会沾染妖气。

当初孙悟空因三打白骨精回到花果山，心中恼恨，吹了一阵神风，杀死了数千凡人，结果身上妖气浓厚。在猪八戒邀请回归时，孙悟空主动跳入东海，洗尽了妖气方才回归。

孙悟空修习的是道家高级功法，之后又修习了佛门《多心经》，对于去除妖气、保持内心洁净都有奇效。

七个蜘蛛精呢？

书中提到，唐僧进入妖洞后，蜘蛛精们端上来的饭菜都是“人油炒炼，人肉煎熬，熬得黑糊充作面筋样子，剜的人脑煎作豆腐块片”。

七个蜘蛛精在下界为妖之后，无法像在天庭一样吃到仙谷仙菜。她们又不是什么大神通仙人，没有仙家高品仙诀，为了保持人形，只有退而求其次，选择吃人。

可是，吃了许多人的蜘蛛精，在孙悟空的火眼金睛下竟然没有半点妖气。

在唐僧化斋之前，孙悟空已经探查过前方庄园，并没有察觉出一点妖气。这七个女子在孙悟空眼中，就是正常人类女子，因此孙悟空才放心让唐僧前去化斋。

等见到庄园前有用法术施展的千百丝绳护住门洞，孙悟空这才明白这七个女子必定是妖精。

在濯垢泉中，孙悟空亲眼看到了七个蜘蛛精光着身子洗澡的样子。孙悟空对自己说，好男不跟女斗，最终放弃了打妖怪。其实，真正的原因是，孙悟空瞪大了眼睛看到的只是七个光身子的美女，而完全看不到妖气。

这七个女子身有法术却没有妖气，莫非是有仙箓的仙人？正因孙悟空看不明白，才心有顾虑，不敢出手。

孙悟空当时并不知道濯垢泉的真正来历，自然也很难猜到濯垢泉的真正用途——洗去妖气。

七仙姑本就是蜘蛛修炼成仙，进入天庭后，她们虽然吃仙谷仙菜，但是“江山易改，本性难移”。身为妖修的她们，没有修习正统道佛的法门，无法彻底消除妖气。于是，或者三年，或者五年，妖气在体内积聚到了一定程度，她们就会下界到濯垢泉洗澡，洗去妖气之后再回到天庭。

可是，因七仙姑多嘴，惹出孙悟空大闹天宫，玉帝大怒，将她们贬斥下界。下界之初的许多年，七仙姑一直谨守律条，不吃人，不为乱。直到接到高层命令，帮扶取经行动，充作唐僧一难，七仙姑方才以妖怪形态出现，开戒吃人。从此，七仙姑不见了，住在濯垢泉的，只剩下七个蜘蛛精。

而孙悟空之所以三番五次放过蜘蛛精，不是因为对方是女子，而是因为看不透对方的身份。

后来，唐僧被困黄花观，孙悟空冲破蜈蚣精的金光阵，再度招来土地。土地叩头禀告：“那妖精到此，住不上十年。小神自三年前检点之后，方见他的本相，乃是七个蜘蛛精。他吐那些丝绳，乃是蛛丝。”

此前，土地只是说七个女子是妖精，却没有道破真身。此刻，在孙悟空的威逼下，土地不得不全盘托出，点出七位女子乃是蜘蛛精。

原文说：“行者闻言，十分欢喜。”在明确对方是妖怪之身后，孙悟空二话不说，施展身外化身大法，三下五除二就把七个蜘蛛精全部打死了。

第三十节　八戒破色戒

参加取经队伍后，猪八戒两度犯下色戒。

第一次是在四圣庄，猪八戒意图一夫娶四妇，结果被诸位菩萨吊了半夜，留下揭帖公开批判。

第二次是在盘丝洞濯垢泉，猪八戒调戏七个蜘蛛精。与前次不同，这次猪八戒不但动口了，动手了，并且还得手了。可是，无论是在唐僧带领的取经团队中，还是在如来、观音的监察档案中，猪八戒都没有受到任何惩戒。

这是怎么回事呢？

首先，我们可以明确，猪八戒在濯垢泉确实破了色戒。

整个破戒过程，可以分成三个阶段。

第一阶段，动口。

原文说：“（猪八戒）拽开步，径直跑到那里，忽的推开门。”

推开门这个细节很重要。这说明，蜘蛛精在濯垢泉洗澡还是很注意公众影响的。她们特意在濯垢泉四周修建了围墙，安装了门窗。

就算蜘蛛精是妖怪，猪八戒不告而入也是不对的（孙悟空去降妖时，都需要先叫阵。除非对方久不开门，才去打破洞门）。

并且，猪八戒一进门就忍不住笑道：“女菩萨，在这里洗澡哩，也携带我和尚洗洗何如？”猪八戒之淫邪目的，一目了然。

七个蜘蛛精断然拒绝，并且以礼法中“七年男女不同席”（七岁以后的男孩与女孩不能同床睡觉）来警告猪八戒。没想到猪八戒不容分说，丢了钉钯，脱了僧袍，就跳下水去。

第二阶段，动手。

猪八戒动手的这一段，吴承恩写得比较隐晦。

妖怪一见猪八戒下水，立刻人人喊打。猪八戒遂变成一个鲶鱼精，在水底游来游去。仅仅是如此也算不得什么，关键是猪八戒躲闪的目的非常猥琐，原文说“只在那腿裆里乱钻”。

猪八戒得手了没有？原文说：“（猪八戒变的鲶鱼）水上盘了一会，又盘在水底，（七个蜘蛛精）都（被）盘倒了，（蜘蛛精）喘嘘嘘的，精神倦怠。”

第三阶段，反击。

猪八戒得手之后，跳上岸去，显出本相。蜘蛛精见了猪八戒，“心惊胆战”。她们心中羞愤，让猪八戒留下姓名。猪八戒毫无畏惧，告诉她们自己乃是取经人的徒弟、天蓬元帅猪悟能是也。

猪八戒点出自己在天庭与佛派的双重身份，把蜘蛛精吓得“魂飞魄散，就在水中跪拜”。——这猪八戒可不就是恶霸一枚吗，明明欺负了人，还特嚣张。

猪八戒却不依不饶，拿着钉钯冲上打蜘蛛精，明摆着是要毁灭罪证。蜘蛛精百般求饶无效，最终只能奋起反抗，从肚脐眼中喷出丝绳来，把猪八戒摔得七荤八素。

原文说：“也不知跌了多少跟头，把个呆子跌得身麻脚软，头晕眼花，爬也爬不动，只睡在地下呻吟。”

猪八戒在濯垢泉做下的这番丑事，七个蜘蛛精就是人证。若非被猪八戒调戏、羞辱，她们早就把唐僧放走了。就算被猪八戒羞辱了，她们也没有折磨唐僧，而是跑到黄花观，向师兄蜈蚣精告状，希望师兄帮自己出头，教训猪八戒这个登徒浪子。

另外，取经团队周围有三十九位护法神，他们的职责可不单单是保护唐僧的性命，更为重要的是监视取经团队的一举一动，把一切可以危害到取经大局的隐患消除。

并且，孙悟空对猪八戒的性情那是了如指掌。

可是，无论是孙悟空还是观音，对猪八戒在濯垢泉的恶行都采取了不闻不问的态度。这是为什么呢？

首先，猪八戒师出有名。

当孙悟空告诉猪八戒、沙僧，妖精就在濯垢泉洗澡，自己拿了衣服走人后，猪八戒批评他说：“师兄，你凡干事，只要留根。既见妖精，如何不打杀他，却就去解师父！他如今纵然藏羞不出，到晚间必定出来。他家里还有旧衣服，穿上一套，来赶我们。纵然不赶，他久住在此，我们取了经，还从那条路回去。常言道，宁少路边钱，莫少路边拳。那时节，他拦住了吵闹，却不是个仇人也?”

猪八戒不愧是混迹天庭官场多年的老油条，说起官话来一套一套的。他批判孙悟空在降妖伏魔的重要工作面前有懈怠之心，竟然看人下菜碟，并且把放纵女妖的危害一一说明，甚至连未来取经回归的隐患都说了出来。

孙悟空的短视与猪八戒的远虑对比鲜明，高下立判。孙悟空自然无言以驳，只好问猪八戒怎么做。猪八戒提出，必须先打杀妖怪，再去救师父。

孙悟空其实不是不打女妖的，无论是之前打蝎子精，还是之后打老鼠精，孙悟空可都没半点犹豫。此次留情的关键是，他没有弄清楚蜘蛛精的身份，不想莫名其妙得罪人。

见猪八戒说得慷慨，孙悟空心中冷笑——正好让猪八戒去试探下妖精。

其次，八戒调戏的是妖精。

西游世界非常残酷，也非常现实。

七个蜘蛛精在被调戏后，选择的是找自己的师兄帮忙，即以私人复仇的方式解决问题。并非蜘蛛精不想走官道，实在是身份所限。此刻她们扮演的是妖精，既然是妖，在三界那就是人人喊打的黑恶势力。自然，蜘蛛精就是想投告也无门。既然民不告，那么官不纠。

何况，猪八戒乃取经人的徒弟、天庭的前任天蓬元帅，也算是场面上的人物。如果这濯垢泉风流案被曝光，对取经行动甚至对整个西天佛派、天庭都会造成极为恶劣的影响。

至于四圣庄猪八戒受惩戒，那是因为他调戏的是菩萨，并且其中就有分管上级观音。若观音不惩戒猪八戒，反倒会落下纵容罪恶的污名。

再次，猪八戒倒打一耙。

猪八戒最擅长的莫过于倒打一耙。被七个蜘蛛精狠狠折腾了一顿后，猪八戒跌跌撞撞地回去见孙悟空。猪八戒心知自己的丑事不能被人知晓，于是一见到孙悟空就扯住说："哥哥，我的头可肿、脸可青么?"

在《西游记》中曾经说猪八戒"修成坚骨同天寿，炼就粗皮比铁牢"。猪八戒的身体虽然还没有练成金刚不坏之体，但是皮厚骨坚，堪比金铁，远超一般仙人。

猪八戒确实被蜘蛛精摔了许多跟头，可以他身体的强健程度完全可以迅速恢复常态。但是，猪八戒以鼻青脸肿的模样跑回去，还特意让孙悟空查看。他故意不运转功法，治疗伤痛，引得孙悟空询问。他就告诉孙悟空、沙僧："我被那厮将丝绳罩住，放了绊脚索，不知跌了多少跟头，跌得我腰拖背折，寸步难移。却才丝篷索子俱空，方得了性命回来也。"

猪八戒言下之意是，我刚刚是冒着巨大生命危险去濯垢泉与七个蜘蛛精打斗的，虽然没成功，但也没偷腥，没犯戒。

猪八戒不愧是精于伪装、善于交际的大忽悠。在前有铺垫，后有补充，中间无人举证的情况下，猪八戒明明犯了色戒却成功洗白，得以脱身。

第三十一节　万毒之王

在西游世界，要论毒，隐居在毒敌山琵琶洞的蝎子精在三界高层名头奇大。当年蝎子精潜入灵山，遭遇如来。如来以弹指神通对付她，她则使出绝招倒马刺。结果，如来修炼了数万年的金身竟被刺破，如来的指头剧痛，难以忍受。

观音也曾亲口表示："我也近她不得！"

与孙悟空、猪八戒大战时，蝎子精再展神威，不但以一敌二不落下风，并且以倒马刺刺破孙悟空的金刚不坏之体，在猪八戒的嘴巴上更是留下个深深的"吻痕"。

可以说，蝎子精倒马刺之毒三界罕见。

可是，在西游世界，蝎子精是三界第一的万毒之王吗？

不是的。

蝎子精之毒，只能让人局部疼痛，并且即便中毒后不医治，孙悟空在休息一晚后也大体恢复了。甚至西梁女国都城前子母河之水也比蝎子精的倒马刺更毒。没错，子母河的水其实是毒水。

乍一看，这子母河的水是用来让女儿国国人传宗接代、延续社稷的，何毒之有？但换个角度看就会发现，这子母河的水实在是罕见的奇毒。

不单单普通人类喝了子母河水会怀孕，就连猪八戒这样法力高强的仙人也同样中招。

取经路上猪八戒一贯偷懒，但其真实神通不过略逊孙悟空。尤其是他皮厚骨坚，体法兼修，自身的恢复、消化能力，远赛一般的地仙。唐僧扛不住子母河水，情有可原，可竟然连猪八戒这样的天庭高手，在子母河水面前也没有丝毫反抗之力，并且一旦喝下子母河水后，不过一两个小时就会全身乏力，腹中剧痛，眼看着肚子一点一点大起来。

唐僧与猪八戒躺在床上，嗷嗷喊疼。老婆婆告诉孙悟空，这种疼痛要持续三天，三天之后胎形稳定就能生产。也就是说，如果把这子母河水用到战场上，就算是仙人，也会在三天内丧失战斗力。

不过，西游世界最毒的还不是这子母河水，而是黄花观百眼魔君蜈蚣精的毒药。

黄花观前有一副对联，叫作“黄芽白雪神仙府，瑶草琪花羽士家”。孙悟空一见就笑说：“这个是烧茅炼药，弄炉火，提罐子的道士。”孙悟空言语中对这黄花观道士颇有轻视之意，只因修仙当以修炼本体金丹为正道，像采补、丹药都是外力，都是旁门。

不过，孙悟空的看法并不完全准确。就连道祖太上老君都钻研炼丹、炼器之道，可见只要运用得当，这炼药、炼丹对于修仙有着莫大好处。

这蜈蚣精就是一个正邪兼修的奇人。他与孙悟空大战五六十个回合不分胜败，放出金光阵更是大败孙悟空。

七个蜘蛛精前来求助，希望蜈蚣精帮自己出手与唐僧徒弟打斗时，蜈蚣精笑笑说：“不用打，不用打！常言道，一打三分低！”

蜈蚣精凭啥这么自信呢？只因他炼制出了一种让天尊级高手也闻之色变、服之毙命的罕见奇毒。

这毒药的来源是什么？又是如何炼制的呢？《西游记》原文说：“山中百鸟粪，扫积上千斤。是用铜锅煮，煎熬火候匀。千斤熬一杓，一杓炼三分。三分还要炒，再锻再重熏。制成此毒药，贵似宝和珍。如若尝他味，入口见阎君！”

这毒药乃以山中百鸟粪便做原料，一千斤才能凝练出三分。三分是多少？古时候一斤等于十六两，一两等于十钱，一钱等于十分，一分等于十厘。这三分连一克都不到。

这毒药功效如何呢？

蜈蚣精亲口说：“妹妹，我这宝贝，若与凡人吃，只消一厘，入腹就死；若与神仙吃，也只消三厘就绝。”

按照他的说法，只需一厘（约 0.031 克）就可以毒死一个凡人，至于神仙，则需药量多些，但有三厘（约 0.1 克）也就足够。

事实证明，这蜈蚣精没有丝毫吹牛。唐僧、猪八戒、沙僧服下毒药茶之后，“一霎时，只见八戒脸上变色，沙僧满眼流泪，唐僧口中吐沫，他们都坐不住，晕倒在地”。原文用“一霎时”来形容毒发时间之短。

黎山老母告诉孙悟空说：“那厮毒药最狠，药倒人，三日之间，骨髓俱烂。你此往回恐迟了，故不能救。”

按照蜈蚣精的说法，他那毒药是入腹即死，瞬间发作，瞬间毙命。可是，唐僧师徒三人仅仅是口吐白沫，昏迷不醒，这是为什么呢？

是蜈蚣精在吹牛吗？不是的。

我想，有两个原因。

其一，唐僧身边有三十九位护法神保护，在唐僧中毒后，他们肯定在不停施救；而猪八戒与沙僧则都有三十六般变化，即有三十六条性命，若一条命死了，还有三十五条。

其二，蜈蚣精本就是天庭仙人下凡，充作一难。他虽开口闭口要吃唐僧肉，但其实对唐僧并不感兴趣。唐僧被药翻后，孙悟空去紫云山求救，等回来时大半天都已过去了，结果唐僧还在老地方。

然而，在没有解药的情况下，就算猪八戒、沙僧有多条性命，也无法苏醒。而这药不但可以杀死神魂，而且可以在三天内将身体熔炼（“骨髓俱烂”）。

西游世界的很多法宝，比如紫金葫芦、阴阳二气瓶都可以在一定时间内让人化为脓水，其目的正是彻底毁灭仙人肉身，让其神魂没有依托。可以说，蜈蚣精炼制的这毒药，已经无限逼近太上老君炼制的先天法宝的效果。这是何等牛气！

蜈蚣精一共拥有多少分量的这种奇毒呢？

原文说他把药珍藏在一个“八寸高下，一尺长短，四寸宽窄”的匣子中。按照这个规格，估计那毒药至少也有一二斤重。

若三厘可以杀死一位仙人，那么一二斤这种毒药就可以杀死一万名仙人。

这蜈蚣精的毒药，简直就是西游世界的核武器。而拥有强悍毒药的蜈蚣精最终被毗蓝婆收伏。

第三十二节　毗蓝婆由来

毗蓝婆是《西游记》中原创的仙人，不过，这个仙人早在元明初期西游故事母本中就有出现，只是以前叫篦篮婆。吴承恩大师在书中保留并极大丰满了这个人物。

在母本中，有关蜈蚣精与孙悟空大战，篦篮婆降伏蜈蚣精的故事极简略，不过一百余字。原文如下：

“行者收上毫毛，将七个蜘蛛尽皆打死。那道士奋勇报仇，与行者大战。早惊动十花洞篦篮婆，使一法术，降伏道士，却是一条蜈蚣精。行者忙问：‘助阵者谁?’篦篮答道：‘我是昴日星官之妻，我是鸡母王，故能伏此蜈蚣精。我有仙丹在此，你可救转师父、师弟。’付丹已毕，遂驾云而去。”

在吴承恩的《西游记》中，这篇短故事不但篇幅大大增加，其人物设定也改动颇大，可以说，和母本相比几乎成了两个故事。

关于毗蓝婆，吴承恩主要做了三大改动。这每一处改动看似寻常，其实都隐含着波涛汹涌的权力暗流。

改动一：登场方式发生变化。

在母本中，篦篮婆是主动来临，帮助孙悟空降伏妖魔。

在《西游记》中，孙悟空是通过黎山老母的介绍，方才得知毗蓝婆的大名。并且，黎山老母特别交代孙悟空，此去求助万万不可以说出是她介绍的。

能够参加降妖，在取经行动中挣取功果，是很多仙人尤其是佛派诸仙梦寐以求的事情。可是，这毗蓝婆为何对取经、对黎山老母漠不关心呢？

其中必有隐情。

在孙悟空见到毗蓝婆后，两人一番交谈。毗蓝婆说自己已经三百年未出山，并且盘问孙悟空，是由谁得知自己名字的。孙悟空借口说："我是个地里鬼，不管那里，自家都会访着。"猴哥努力遮掩真相。

孙悟空的这个理由其实很拙劣，不过毗蓝婆没有特别计较。她说："也罢，也罢，我本当不去，奈蒙大圣下临，不可灭了求经之善，我和你去来。"

毗蓝婆的话大有深意。什么叫作"我本不当去"呢？难道说毗蓝婆不支持取经行动吗？然而毗蓝婆又说，既然齐天大圣孙悟空亲自降临，那么面子要给，取经行动也是好事，于是决定出行。

毗蓝婆为何说出这番言行不一的话呢？这就与吴承恩对毗蓝婆身份的改动有关了。

改动二：身份地位发生变化。

在母本中，篦篮婆没有菩萨之名，身份是昴日星官的妻子，属于纯粹的道派仙人。可是，在《西游记》中，毗蓝婆却被称为菩萨，并且是一个"腹中久谙三乘法，心上常修四谛饶。悟出空空真正果，炼成了了自逍遥"的佛派高人。

这佛派高人啥打扮？原文说："头戴五花纳锦帽，身穿一领织金袍。脚踏云尖凤头履，腰系攒丝双穗绦。”在这四句中还很难看出佛道派别，而原文中在孙悟空进洞时，则明确点出“见一个女道姑坐在榻上”。

原来，在《西游记》中这个毗蓝婆乃是一个身穿道服的佛派高人。

吴承恩为何要强迫毗蓝婆由道入佛呢？吴承恩就是要告诉我们，就算是在佛派内部，对于取经行动也有着支持与反对的多种态度，西方佛派并非铁桶一块。

我们结合黎山老母的态度可以推知，从派系立场上看，这毗蓝婆与黎山老母绝不相同。

黎山老母这位天尊级高手，虽然出身道派，却与佛派亲近，更与如来过从甚密。若非如此，也不能在四圣庄中扮演观音、文殊、普贤之母的角色。她在蜈蚣精故事中现身，必然也是应观音所求。

既然黎山老母是如来派系的仙人，那么，我们可以推知毗蓝婆菩萨当是燃灯古佛派系的人。

还有两点可以作为有关毗蓝婆信息的补充。

其一，道姑打扮。在《西游记》的设定中，毗蓝婆乃佛派高人，得道时间极早，多半是老君化胡为佛时代的仙人。

其二，昴日星官之母。昴日星官在《西游记》中是二十八宿之一，在天庭群仙中属于中层管理人员，级别不高。若延续这个身份，就无法与毗蓝婆高明的神通以及在佛派中崇高的地位呼应，于是吴承恩大笔一挥，将毗蓝婆由妻子改成了母亲。至于将昴日星官变成了单身，吴大师也顾不得许多了。

改动三：降妖结果发生变化。

在母本中，蜈蚣精被降伏后现出本相，自然是死翘翘了。可是，在《西游记》中，毗蓝婆两次劝阻孙悟空别杀蜈蚣精，最终带着蜈蚣精回到紫云山千花洞，神通广大的蜈蚣精成了紫云山的守山大神。蜈蚣精的结局竟然和黑熊精类似。

吴承恩为何要这么改动呢？

在降伏孙悟空之后，如来借安天大会之威召开盂兰盆会，宴请三界群仙。此后每隔三百六十年，如来都会召开一次盂兰盆会，时间就安排在蟠桃会后不久。另外，每年的四月初八，如来都会邀请人间仙人，共聚龙华会。

是因为西方佛派好东西太多，如来很好客，于是才频繁召开各种聚会吗？当然不是。

既然玉帝公开下诏支持佛派取经行动，那么如来就必须让取经行动的利益最大化。他频频开会，一方面商讨取经细节，另一方面联络三界诸仙，积极扩展佛派力量。

在取经路上，孙悟空拜访过不少仙人。在交谈过程中，不少仙人都表示自己曾经参加佛会。这就证明如来的力量确实在迅速壮大。

观音也不甘示弱，借取经之名收编了黑熊精与红孩儿，同时为金鱼精、金毛犼挣了一份功果。

可是，燃灯古佛的过去派与弥勒佛的未来派呢？他们被齐齐摒除在取经行动之外。燃灯古佛不得不化为乌巢禅师，主动传授《多心经》以笼络唐僧师徒。但总体来说，过去派与未来派在取经行动中所获寥寥。

身为过去派主将之一，毗蓝婆对于取经行动并不支持，可是她有个身为玉帝心腹的儿子。在与昴日星官的交流中，毗蓝婆知道大势难违。与其阻挡洪流，不如顺势而为，或者还可以在其中分一杯羹。

毗蓝婆为何拥有将蜈蚣精一击必杀的神奇绣花针？为何拥有可解蜈蚣精灭仙奇毒的灵丹？我看原因就是一个——这蜈蚣精本就是昴日星官管辖的光明宫（玉帝直辖特工组织，蝎子精是其成员）仙人之一。昴日星官身为上级官员，自然要有克制属下的神通与手段。毗蓝婆手中的绣花针与解毒丹，都是昴日星官提前交付的。

作为特工组织的一员，无论是否完成暗杀任务，结局都只有一个——死。唯有死亡，才可以彻底抹去与上级的关系。可是，昴日星官却将蜈蚣精献给了母亲毗蓝婆。这是为什么呢？

这八成是玉帝的意见。

玉帝虽然公开支持如来，但始终提防人间佛派力量超脱掌控。于是，在明面支持如来的同时，玉帝的盟友元始天尊多番联络弥勒佛，在佛派内部培养掣肘如来的力量。玉帝也是如此，他则授意昴日星官，让毗蓝婆菩萨带走了蜈蚣精。

谁拥有了蜈蚣精，就等于拥有了灭仙毒药。得蜈蚣精一人，胜过万仙。未来的佛派内斗中，燃灯代表的过去派实力必然大增。

在各派力量此消彼长之下，三界依然会稳稳掌握在天庭之主玉帝手中。

第三十三节　金星报信

太白金星乃九曜之一，是玉帝身边最火的文官首领，公务本应当很繁忙，可是他在取经路上一而再，再而三地下凡为唐僧报信解难。当然，他每一次出行都是带着任务而来的。

此前，我已经介绍过，九曜尤其是太白金星，乃是老君一派的骨干成员。太白金星的言行举止，最大限度地体现了太上老君的利益。

在狮驼岭前，太白金星通过报信传递给孙悟空什么信息呢？

我们先看看太白金星说了些什么。

唐僧师徒来到狮驼岭前，看到山高岭恶，唐僧心中害怕，孙悟空好一顿安抚，大家才喜笑颜开，重新上路。就在此时，一个老人站在前方高坡上喊道："西进的长老，且暂住骅骝，紧兜玉勒。这山上有一伙妖魔，吃尽了阎浮世上人，不可前进！"

听闻这番话，唐僧吓得从马上摔了下来。孙悟空要扶唐僧上马前行，唐僧拒绝，趴在草地上直哼哼，一定要孙悟空打探明白才敢前进。

孙悟空变成一个小和尚上前询问老人："端的是甚妖精，他敢这般短路！烦公公细说与我知之，我好把他贬解起身。"对狮驼岭上的妖怪，孙悟空丝毫不放在心上。老人就告诉他妖怪如何狠，如何牛："那妖精一封书到灵山，五百阿罗都来迎接；一纸简上天宫，十一大曜个个相钦。四海龙曾与他为友，八洞仙常与他作会，十地阎君以兄弟相称，社令城隍以宾朋相爱。"

孙悟空听了这番话，也不放在心上，说："那妖精与我后生小厮为兄弟朋友，也不见十分高作。"见老人不信，孙悟空就露了本相，亮明自己的身份。老人假装害怕，不再搭理孙悟空。

因孙悟空只顾着吹牛，没有问明白狮驼岭的情况，唐僧让猪八戒再去问。老人告诉猪八戒，此山叫作狮驼岭，山上有三个魔头，麾下有四万七八千个小妖。猪八戒一听，吓得立刻跑回来，放下钉钯就去拉屎。孙悟空喝问怎么了，猪八戒说："唬出屎来了！如今也不消说，赶早儿各自顾命去罢！"

猪八戒说明情况，唐僧也吓得直哭。孙悟空让师父放心，说只要把金箍棒变大，往山南一滚，就灭了五千小妖；山北一滚，就又灭了五千小妖。灭掉四万七八千小妖，也就是一眨眼的事情。

沙僧抬眼见报信的老人不见了，提出那老人会不会是妖怪变的，前来吓唬人。孙悟空跳上云头，看到乃是太白金星。孙悟空就上前批评，说太白金星有话不知道好好说，光会吓唬人。太白金星说："这魔头果是神通广大，势要峥嵘，只看你挪移变化，乖巧机谋，可便过去；如若怠慢些儿，其实难去。"

听太白金星如此说，孙悟空连连说感激，并提出如果有需要，还要上天庭求助。太白金星表示，只要上天求助，十万天兵也是有的。之后，太白金星就走了。

首先，太白金星告诉孙悟空狮驼岭妖怪很厉害。

狮驼岭的妖怪如何厉害呢？

猪八戒的理解是，人多就厉害。他不管魔头如何，单是麾下能够有四万七八千小妖，那是何等庞大的势力。于是他一听，吓得屁滚尿流。

孙悟空的理解是，魔头厉害那才是真厉害。他提出，妖兵多不用害怕，只要擒拿住三个魔头，其他小妖不在话下。事实证明，在三个魔头被擒拿后，四万七八千小妖全部不战而逃，毫无战斗力。

太白金星的理解，则和猪八戒、孙悟空完全不同。

在这位混迹官场上万年的权谋高手看来，有背景的妖怪才是最厉害的妖怪。太白金星介绍狮驼岭三魔时，根本就没提三魔有何神通，有何法宝，战斗力如何，而是大谈特谈三魔在三界当中的人脉、关系。

其次，太白金星提醒孙悟空，只有“挪移变化，乖巧机谋”才能够过狮驼岭，否则根本过不去。

什么叫作“挪移变化，乖巧机谋”？简单来说，就是动脑筋，耍心眼。与狮驼岭三魔大战的胜负，关键不在战场上，而在战场后。

孙悟空对太白金星的这个提醒，一开始没有放在心上。孙悟空主动前去狮驼岭挑战三魔，没想到刚混进狮驼洞，就被三魔大鹏雕给发现了。孙悟空被装在阴阳二气瓶中，差一点就挂掉了。

之后，孙悟空开动脑筋，连番用计，取得了局部胜利。比如，他主动让狮魔吃了自己，然后用一根毫毛变成绳子，拴住狮子的心脏，最终把狮子当成风筝放，狠狠折腾了狮魔一通，让狮魔不得不低头认输。

后来，孙悟空与象魔大战。在猪八戒的提醒下，孙悟空用金箍棒狠狠捅大象的鼻子。象魔吃痛，被孙悟空揪住鼻子到唐僧面前低头认错。

可是，三魔大鹏雕在计谋上丝毫不逊色于孙悟空。他们巧施调虎离山之计，在狮驼国大战取经三兄弟，最终除孙悟空外，唐僧师徒都被抓了。

在那个时候，孙悟空才开始回味太白金星的话。

再次，太白金星坚决不明说三魔来历，却给出了足够的暗示。

和以往一样，孙悟空独自逃生后在山头哭泣。可是，和以往不一样的是，孙悟空没有去天庭求玉帝，也没有去南海找观音，而是直接到西天找如来去了。

孙悟空的理由是，已经询问了猪八戒、沙僧，他们二人都说师父已经被妖怪生吞活吃了。既然唐僧都死了，取经大业自然失败了。孙悟空要请如来给褪下金箍，他要回花果山去当猴王。

唐僧真的死了吗?

唐僧不可能死。经历了这么多年的取经考验，孙悟空早就知道在唐僧身边不分昼夜有三十九位仙人保护。并且，护驾伽蓝可以直接面见观音、如来；五方揭谛可以直接面见玉帝。取经大业乃是如来申报、玉帝批准的天庭官方行动。有玉帝罩着，这行动已经是牛到天上去了，唐僧怎么可能轻易死掉?

孙悟空只要念咒招来护驾仙人，就可以知道唐僧没死，也可以知道唐僧具体关在哪里。可是，孙悟空没有那么做。他一路哭着去了灵山，一口咬定师父死了，坚持要求如来给念《松箍咒》。

之后，如来与孙悟空有这样一番对话：

“如来笑道：‘悟空少得烦恼。那妖精神通广大，你胜不得他，所以这等心痛。’行者跪在下面，捶着胸膛道：‘不瞒如来说，弟子当年闹天宫，称大圣，自为人以来，不曾吃亏，今番却遭这毒魔之手！’如来闻言道：‘你且休恨，那妖精我认得他。’行者猛然失声道：‘如来！我听见人讲说，那妖精与你有亲哩。’如来道：‘这个刁猢狲！怎么个妖精与我有亲？’行者笑道：‘不与你有亲，如何认得？’如来道：‘我慧眼观之，故此认得。那老怪与二怪有主。’”

孙悟空本是天不怕、地不怕的傲狠角色。一般来说，如来若说孙悟空胜不得妖怪，孙悟空必然不服，可在这里孙悟空捶胸顿足承认吃亏。为什么？他只为引出如来下一句话——“你且休恨，那妖精我认得他。”

大家看孙悟空的反应——行者猛然失声道：“如来！我听见人讲说，那妖精与你有亲哩。”

翻遍西游，有人告诉孙悟空，大鹏雕和如来有亲吗？

有。谁呢？太白金星啊！

太白金星的口讯带的很奇怪。按照常理，他这样一个来自天庭的仙人，在提到一个人的背景时应当有主有次。比如，天庭（中央）是主，灵山（地方）是次。可是，他的口讯却先强调妖怪和灵山的关系莫逆，一封书信到灵山，五百罗汉都来迎接。

试问，有谁能享受灵山五百罗汉出迎这个待遇？一般来说，只有佛派的三大佛祖。这口讯是不是在暗示妖怪和灵山佛祖有关系呢？

讲完妖怪与佛派的关系，太白金星的口讯才提到和天庭、龙王、八仙、阎罗的关系。这是不是暗示说，正因为妖怪和佛派关系密切，才赢得天庭和三界仙人的尊重呢？

孙悟空在朱紫国降伏赛太岁时，观音曾提到了西方佛母孔雀大明王菩萨。以孙悟空的聪慧，加上太白金星的暗示，还有与三魔交手的种种经历，都让孙悟空猜到了狮驼岭三魔必定和灵山大有关系。

正因如此，孙悟空才不去救唐僧，而是直接去西天找如来。孙悟空一开始是哭诉，后来是质问，再后来是嘲笑如来。其感情变化如此之大，很明显都是精心设计好了的，孙悟空的目的就是要激如来亲自去降妖。

第三十四节　最狠魔王

《西游记》中的人类世界非常繁华，在人间的绝大多数地方，妖怪吃人都要偷偷摸摸，唯恐被正道仙人发现。可是，有那么一个地方堪称人间地狱，在那里妖怪不但肆意屠戮人类，还建立了一个上上下下全是吃人妖魔的国度。

那个地方叫作狮驼国，那个魔王叫作金翅大鹏雕。

唐僧师徒来到狮驼岭时，孙悟空变成小钻风到狮驼洞打探情报。初次进洞见到眼前景象，胆大包天的齐天大圣也不禁心中骇然，暗叫：惨，惨，惨！

孙悟空见到了什么？原文说：“骷髅若岭，骸骨如林。人头发㔶成毡片，人皮肉烂作泥尘。人筋缠在树上，干焦晃亮如银。真个是尸山血海，果然腥臭难闻。东边小妖，将活人拿了剐肉；西下泼魔，把人肉鲜煮鲜烹。若非美猴王如此英雄胆，第二个凡夫也进不得他门。”

从“骷髅若岭，骸骨如林”看，狮驼洞的妖魔也不知道吃了多少人类。狮驼洞一共有多少妖魔？据太白金星以及孙悟空亲自探查可以知道，足足有四万七八千之多。这四万七八千妖魔每天都要吃饭，难怪孙悟空一路走来一个人也没见到。狮驼岭八百里的百姓全部都成了妖魔的盘中餐。

不过，狮驼岭的四万七八千妖魔还不算是最狠的，毕竟他们这么多妖是吃了好多年才把八百里狮驼岭上的人类吃光的。而三魔王大鹏雕，一口气就把狮驼国一个国家的百姓全部消灭了。

此妖，绝对堪称西游世界最狠毒的魔王。

狮驼洞知名小妖小钻风是这么叙述狮驼国灭国惨案的：“他原住处离此西下有四百里远近。那厢有座城，唤做狮驼国。他五百年前吃了这城国王及文武官僚，满城大小男女也尽被他吃了干净，因此上夺了他的江山，如今尽是些妖怪。”

小钻风的这段话，是《西游记》中关于大鹏雕非常珍贵的两段背景资料中的一段。如来有一段话介绍了大鹏雕的出身来历，小钻风的这段话则大致归纳了大鹏雕最近五百年的活动经历。

这段话看似寻常，却有几个问题很值得玩味。

问题一，大鹏雕食量很大吗？

有那么一种人，天生就是吃货，比如猪八戒。猪八戒天生食肠宽大，他正常的饭量堪比二三十个成年汉子。

那大鹏雕是个吃货吗？

无论是据孙悟空的观察了解，还是据狮驼洞小妖的汇报，都可以证明，大鹏雕的食量很正常，既不是很大，也不是很小。

若大鹏雕真的很能吃，一顿饭就要吃掉一国人，那样不但西牛贺洲，估计整个人间早就被他吃光。

问题二，既然大鹏雕不是吃货，为何在五百年前大吃特吃？

首先，大家要注意到大鹏雕吃人的时间——五百年前。

《西游记》中特别喜欢提到五百年前。有人考证说，孙悟空大闹天宫并不是在五百年前，而是在六百多年前，理由是五行山（两界山）掉落人间的时间是在王莽时期。我认为不应较真，尤其是在真实历史桥段面前不应较真。

《西游记》的作者给我们创造的西游世界，完全是一个架空世界。里面虽然也有三皇五帝，也有唐太宗，但是有太多的地方与真实历史不同。比如，唐僧取经是在贞观十三年，历经十四年才回来。可是，在真实历史中，哪里有贞观二十七年？在贞观二十三年，唐太宗就死掉了。

我们要较真的，是《西游记》原著中明确写到的各种人物、事件，比如“五百年前”这个重要的时间点。

五百年前，孙悟空大闹天宫；五百年前，玉帝请如来降妖，召开安天大会；五百年前，如来召开盂兰盆会，初步定下取经计划；五百年前，如来二弟子金蝉子奉命转世，历经九次轮回成为唐僧；五百年前，大鹏雕吃掉狮驼国人。

其次，大家要注意被吃国度的地点。

狮驼国在哪里呢？狮驼国前方是朱紫国，后方是比丘国，正是在唐僧师徒西行取经的必经之路上。

最后，大鹏雕有一个姐姐，叫作孔雀大明王菩萨，又唤作西方佛母。

孔雀在佛派地位尊崇，必定能够了解不少佛派高层机密，她完全有能力把取经必然经过狮驼国的消息告诉大鹏雕。

也就是说，大鹏雕是为了“破坏”唐僧取经大业，于是在五百年前就早早布局，吃掉狮驼国人，成为拦路虎。

问题三，大鹏雕吃掉一国百姓，如来为何不管？

千万不要把《西游记》中的如来、观音等当成现实宗教中的人物。在西游世界中，不管如来也好，还是玉帝也好，早就超越了一般意义上的佛与仙。

比如，车迟国中虎、羊、鹿三仙与佛派的和尚求雨斗法，和尚失败，无数的和尚都被当成奴仆，或者折磨致死，或者生不如死。如来知道吗？知道。正是他麾下的护驾伽蓝把这些消息告诉孙悟空的。如来就是要等到孙悟空等人到达车迟国之后，才帮助和尚解决问题。此前被弄死的和尚，只能遗憾了。

比如，祭赛国金光寺的舍利子被九头虫偷走，佛派的神祇知道吗？也知道。虽然知道，却不出手，一直要等到孙悟空到来才能出手。其目的只有一个，即借孙悟空之手收服妖龙，使佛派势力成为当地唯一神佛势力。

用历代成功者的名言，这叫作“做大事不拘小节”“有成功必有牺牲”。那些死掉的人，就属于小节。

按照常理，狮驼国属于西牛贺洲，其国民也算是如来的子民。可是，当一国的百姓被大鹏雕吃掉时，如来沉默了。他什么也没做，放任大鹏雕在狮驼国为非作歹。

有人说，那是因为如来和大鹏雕是亲戚，如来算是大鹏雕的外甥。

你要那么想，就把如来看轻了。

若如来真的是偏私，为何玉帝也不出手？三界之中，如来不过是一个地方势力，为何其他大佬也都不干涉？

因为在玉帝、如来这些天尊级别的大仙看来，无论人也好，妖也好，都是三界中的生灵。人类可以吃猪狗，作为食物链更高端的妖怪为何就不能吃人类？大鹏雕吃掉了一国百姓，狮驼国是不是就灭亡了呢？没有啊。狮驼国住满了妖怪，成为一个妖怪之国。这妖怪之国，也是如来管理下的、臣服于天庭的人间势力。

问题四，如来后来为何出手？

如来出手的根本原因并非由于孙悟空求情，而是因为大鹏雕掳走唐僧。

大鹏雕掳走唐僧，即干扰了取经大业。干扰取经大业，就触犯了佛派的根本利益，更是公然与天庭对抗。此前大鹏雕吃人，并没有违背天条，但如今掳走唐僧，如来就可以出手了。

如来在降伏大鹏雕时，有一番谈话。谈话中，待被招安的大鹏雕霸气十足，身为招安者的如来反倒有些卑躬屈膝。有人说，那是因为大鹏雕神通广大，比如来还厉害。事情真的是那样吗？

第三十五节　鹏雕之实力

在不少读者心目中，狮驼国的金翅大鹏雕具有非常高的地位。大鹏雕不仅单挑能力出色——抓孙悟空跟玩儿似的，就是面对如来也霸气十足。有人提出，如来带着两大菩萨、五百罗汉、三千揭谛等几乎全套佛派力量去征讨大鹏雕，这不正说明了大鹏雕的强大吗？甚至有人说，大鹏雕的真正实力比如来还要强大，如来是担心自己打不过他，才拉上几乎所有人马一起出马的。

事情的真相如何呢？让我们结合原著一一剖析。

狮驼岭群妖的代表小钻风是如何评价三大魔王的？

孙悟空变成总钻风，打探狮驼岭三大魔王实力。小钻风如是说："我大王神通广大，本事高强，一口曾吞了十万天兵。"孙悟空说："你既是真的，如何胡说！大王身子能有多大，一口都吞了十万天兵？"小钻风说："长官原来不知，我大王会变化：要大能撑天堂，要小就如菜子。因那年王母娘娘设蟠桃大会，邀请诸仙，他不曾具柬来请，我大王意欲争天，被玉皇差十万天兵来降我大王，是我大王变化法身，张开大口，似城门一般，用力吞将去，唬得众天兵不敢交锋，关了南天门，故此是一口曾吞十万兵。”孙悟空闻言暗笑：“若是讲手头之话，老孙也曾干过。”

孙悟空又问：“二大王有何本事？”小钻风说：“二大王身高三丈，卧蚕眉，丹凤眼，美人声，匾担牙，鼻似蛟龙。若与人争斗，只消一鼻子卷去，就是铁背铜身，也就魂亡魄丧！”孙悟空又暗笑：“鼻子卷人的妖精也好拿。”

孙悟空继续问：“三大王也有几多手段？”小钻风道：“我三大王不是凡间之怪物，名号云程万里鹏，行动时，抟风运海，振北图南。随身有一件儿宝贝，唤做阴阳二气瓶。假若是把人装在瓶中，一时三刻，化为浆水。”孙悟空心中暗惊：“妖魔倒也不怕，只是仔细防他瓶儿。”

在小钻风看来，三大魔王谁最强？是大鹏雕吗？根本不是。

在小钻风看来，三大魔王中最厉害的是老大狮魔王。狮魔王神通广大，本领高强，号称一口吞下十万天兵。估计在西方路上，狮魔王的大名无妖不知。

这狮魔王不但名声在外，而且确实有不俗战绩。只因蟠桃会没有邀请他，他就要与玉帝争天，胆气豪迈不在孙悟空之下。玉帝同样派出十万天兵擒他，可尚未交战，就被狮魔王一声大吼吓退。论起神勇无敌，狮魔王还在孙悟空之上。

当然，几百年前的仙界奇闻，小钻风当然不可能亲眼看到，肯定是狮魔王告诉群妖的。如此一来，难免有些王婆卖瓜、自卖自夸的成分。

在小钻风看来，老二象魔王也比较厉害。他浑身神通，哪里最厉害？鼻子厉害：不但像蛟龙一般灵活，更有万斤巨力，即便敌人是铁背铜身，也会被象魔王的鼻子勒断。

老三雕魔王呢？

小钻风说，三魔王有两个地方最厉害，一个是飞行速度快，“行动时，抟风运海，振北图南”，开始时还在北海，一转眼就飞到了南海；另一个是有一个宝瓶，叫作阴阳二气瓶，只要把人装进去，一时三刻人就会化成血水。

我们细细品味小钻风的话，三大魔王中谁最厉害？当然是狮魔王第一，象魔王第二，雕魔王第三。雕魔王本身实力平平，不过就是飞得快罢了。

当然，小钻风是狮驼岭本土小妖，雕魔王却是后来加入的魔王，寻常又不住在狮驼洞，小钻风可能在感情上偏向狮魔王、象魔王，也可能不大了解雕魔王的神通。

那么，我们看看孙悟空与三大魔王尤其是与大鹏雕交手的战绩如何。

第一，孙悟空变成小钻风被抓，被投入阴阳二气瓶。

若论起心思细密、权谋手腕，狮魔王和象魔王完全不是大鹏雕的对手。即便是聪明伶俐的孙悟空，有时候也会着了大鹏雕的道。变成小钻风被抓，就是孙悟空过于托大，而大鹏雕观察细密的结果。

阴阳二气瓶的威力如何呢？看原文：

“大圣未曾说完，只见满瓶都是火焰。幸得他有本事，坐在中间，捻着避火诀，全然不惧。耐到半个时辰，四周围钻出四十条蛇来咬。行者轮开手，抓将过来，尽力气一揝，揝做八十段。少时间，又有三条火龙出来，把行者上下盘绕，着实难禁，自觉慌张无措道：‘别事好处，这三条火龙难为。再过一会不出，弄得火气攻心，怎了？’他想道：‘我把身子长一长，券破罢。’好大圣，捻着诀，念声咒，叫：‘长！’即长了丈数高下，那瓶紧靠着身，也就长起去，他把身子往下一小，那瓶儿也就小下来了。行者心惊道：‘难，难，难！怎么我长他也长，我小他也小？如之奈何！’说不了，孤拐上有些疼痛，急伸手摸摸，却被火烧软了，自己心焦道：‘怎么好？孤拐烧软了！弄做个残疾之人了！’忍不住吊下泪来。”

也不知道大鹏雕是从何处得到这阴阳二气瓶，这宝贝的威力如此强大。孙悟空一开口说话，就有火焰产生，可见这宝贝也是一件声控法宝。

一开始，孙悟空可以捏避火诀躲避，但先是火焰，再是火蛇，后是火龙，产生的火一次比一次厉害。最终，孙悟空虽捏着避火诀，但小腿都给烧软了。从此可见，这阴阳二气瓶竟然可以撼动孙悟空的金刚不坏之体。孙悟空若变大，瓶子也变大；孙悟空若缩小，瓶子也缩小。可见这瓶子还是一件通灵法宝。

但是，这瓶子也有缺陷，并且是重大缺陷。正是这缺陷，使得阴阳二气瓶虽有很大威力，名气却很小，

其一，瓶子太重。阴阳二气瓶一定要按照天罡之数，由三十六个人才能抬得动。如此沉重，使得阴阳二气瓶无法随身携带，更无法如意使用，因此它只能用于抓住敌人后杀死敌人。

其二，瓶子硬度太低。孙悟空拔下脑后三根救命毫毛，变成金

刚钻，就把阴阳二气瓶给钻了个透亮。同样是法宝，当初孙悟空被困金铙时，也用金刚钻去钻，虽使尽全力，也不能撼动分毫。

从实际效果看，这阴阳二气瓶还不如金铙，也不如太上老君的紫金葫芦，更不如人种袋、乾坤圈、芭蕉扇。

第二，孙悟空战狮魔王、象魔王。

孙悟空先后与狮魔王、象魔王大战，并且成功将两位魔王降伏。

狮魔王看到孙悟空身材矮小，颇为轻视，挥刀便砍。孙悟空巍然站立，让狮魔王尽力砍了三刀。狮魔王第一刀砍下，孙悟空毫发未伤，狮魔王大惊。第二刀砍下，孙悟空一分为二，狮魔王更是恐惧，再不敢砍第三刀。

二人开始打斗时，原文说："那老魔与大圣斗经二十余合，不见输赢。原来八戒在底下见他两个战到好处，忍不住掣钯架风，跳将起去，望妖魔劈脸就筑。"

猪八戒这个人从来都是无利不起早，但凡他要加入，八成就是妖怪要落败时，他伸手来强攻。此处表面上说，孙悟空与狮魔王大战二十回合不分胜败，其实狮魔王无论是从胆气还是从武艺上，都已经被孙悟空压制。正因如此，看到猪八戒加入，狮魔王惊慌失措，转身就逃。

孙悟空上前追赶，狮魔王现出本相来吞，孙悟空"收了铁棒，迎将上去，被老魔一口吞之"。猪八戒以为孙悟空被狮魔王吃了，吓得哭着去找唐僧散伙。其实，孙悟空是故意让狮魔王吞下的。

从小钻风的介绍中，孙悟空已经了解到狮魔王最厉害的神通就是无物不吞的大嘴，还有无坚不摧的肠胃。他想，狮魔王不是喜欢吞吗？那就让你吞到爽。

若是一般仙人被狮魔王吞下，百分百就被胃酸给融化了。可是，孙悟空乃金刚不坏之体，根本不可能被腐蚀。

最终，孙悟空拔根毫毛拴在狮魔王心口，跳出狮子口，把狮魔王当风筝放。狮魔王虽然奸诈，却处处被孙悟空克制。最终，三魔王一起跪地求饶，孙悟空才放了狮魔王。

不久，象魔王又前来挑战。他与猪八戒大战七八个回合，猪八戒落败。当初，猪八戒与沙僧联手斗黄袍怪时，八九回合就被黄袍怪击败。可见，这象魔王实力还不如黄袍怪。

后来，孙悟空大战象魔王，仅仅交手数个回合，象魔王深感孙悟空棒子沉重，于是用鼻子来卷孙悟空。在猪八戒的提醒下，孙悟空把金箍棒变得又细又长，直接插入象魔王鼻子中，用力狠狠戳下去。象魔王顿时痛得鼻涕眼泪齐流。

孙悟空牵着象鼻子，把象魔王领到唐僧面前。象魔王跪地给唐僧磕头，表示再也不敢刁难唐僧了。

孙悟空战狮魔王、象魔王完胜。

第三，孙悟空大战大鹏雕。

我们细看孙悟空战大鹏雕一段：

“却说那三个魔头齐心竭力，与大圣兄弟三人，在城东半山内努力争持。……他六个斗罢多时，渐渐天晚。却又是风雾漫漫，霎时间，就黑暗了。原来八戒耳大，盖着眼皮，越发昏蒙；手脚慢，又遮架不住，拖着钯，败阵就走，被老魔举刀砍去，几乎伤命；幸躲过头脑，被口刀削断几根鬃毛，赶上张开口咬着领头，拿入城中，丢与小怪，捆在金銮殿。老妖又驾云，起在半空助力。沙和尚见事不谐，虚幌着宝杖，顾本身回头便走，被二怪捽开鼻子，响一声，连手卷住，拿到城里，也叫小妖捆在殿下，却又腾空去叫拿行者。行者见两个兄弟遭擒，他自家独力难撑，正是好手不敌双拳，双拳难敌四手。他喊一声，把棍子隔开三个妖魔的兵器，纵筋斗驾云走了。三怪见行者驾筋斗时，即抖抖身，现了本象，扇开两翅，赶上大圣。……这妖精搧一翅就有九万里，两搧就赶过了，所以被他一把挝住，拿在手中，左右挣挫不得。”

我们细品这段话，可以发现这样几点。

其一，当时对战的情况应当如下：大鹏雕战孙悟空；猪八戒战狮魔王；沙僧战象魔王。

其二，猪八戒落败被擒不完全是因为武艺差，主要原因是天色昏暗，猪八戒的耳朵罩到了眼睛，才失手被擒拿。之后，狮魔王、象魔王双战沙僧，沙僧逃跑时被象魔王擒拿。

其三，孙悟空与大鹏雕交手时丝毫不落下风，但看到兄弟连续被抓，压力越来越大。为了不被三魔围攻，孙悟空选择撤离。孙悟空从小钻风口中早就得知大鹏雕擅长飞行，但是他丝毫不放在心上。正因如此，孙悟空施展筋斗云逃离时，在完全没有防备的情况下才被大鹏雕擒拿。

其四，书中没有写孙悟空与大鹏雕交手多少回合，但是大致提到了与三魔打斗的时间——从黄昏到入夜，两三个小时，即一个时辰多些。按照《西游记》的惯例，打斗约十个回合。也就是说，大约在十个回合，狮魔王擒拿猪八戒、象魔王擒拿沙僧，而大鹏雕与孙悟空在十来个回合不分胜败。

对于大鹏雕的单挑实力，我认为远在孙悟空之下，甚至连狮魔王都不如，只可能超过象魔王。

小钻风曾经介绍大鹏雕与狮魔王、象魔王结拜时名列第三的原因："因怕他一个徒弟孙行者十分厉害，自家一个难为，径来此处与我这两个大王结为兄弟，合意同心，打伙儿捉那个唐僧也。"

正因为大鹏雕估计单挑打不过孙悟空，才会放下上古真灵的尊严，屈膝拜狮魔王、象魔王当大哥、二哥，打算三魔联手共同捉拿唐僧。

第三十六节　鹏雕与如来

在《西游记》中正面描写大鹏雕战悟空的只有上文所分析的一处，两人交手也不过十来个回合。严格来说，就那一场打斗，还看不出二人谁高谁低。

不过，我们可以结合打斗之后的种种情况，细细体会。

当孙悟空也被抓获时，唐僧不禁悲伤流泪说："徒弟啊！常时逢难，你却在外运用神通，到那里取救降魔，今番你亦遭擒，我贫僧怎么得命！"猪八戒、沙僧一听，也放声痛哭。这三个人因为孙悟空被抓，全部都没了求生的希望。孙悟空呢？原文说：

“行者微微笑道：‘师父放心，兄弟莫哭！凭他怎的，决然无伤。等那老魔安静了，我们走路。’”

若孙悟空斗不过三魔，或者说斗不过大鹏雕，必然萎靡不振。如今孙悟空虽然被捆绑，但他自觉神通远在三魔之上，因此才敢说：“凭他怎的，决然无伤。”

到了晚间，孙悟空便变化逃脱，救出了唐僧、猪八戒、沙僧。大家来到了皇城城墙边时，孙悟空忽然想起行李还在金銮殿上，而皇城城墙又极高，唐僧爬了好几次都爬不过去。

本来，孙悟空弄个神通，驾一阵风，自然也可以把唐僧弄出城去。偏偏在此时，三魔头忽然惊醒。原文说：

“噫！有这般事！也是三藏灾星未脱。那三个魔头，在宫中正睡，忽然惊觉。说走了唐僧，一个个披衣忙起，急登宝殿，问曰：‘唐僧蒸了几滚了？’”

这段话是什么意思？

三魔头因为打斗了许久，都很疲劳，呼呼大睡去了。按照常理，孙悟空一行人也就翻过城墙，离开狮驼国了。可偏偏三魔头“忽然惊觉”，“说走了唐僧”。三魔头为何会惊醒？是谁告诉他们走了唐僧呢？

在当时，除了唐僧师徒外，还有谁知道他们走了？没有别人，只有那些护驾伽蓝、六丁六甲们了。

这些所谓的保护神，或者是玉帝指派的，或者是如来指派的，平时虽对孙悟空都低头哈腰，其实个个都是手眼通天的主儿。若唐僧就此走了，三魔头谁来收服？尤其是大鹏雕，谁来收服？

如来策划取经的根本目的，本不是在传经上。因此，当唐僧取经回到东土大唐后，一卷经书没讲就被召回了西天。如来的根本目的，就是借取经为名，将西天沿途各股势力收编到佛派，为其掌控。

那狮魔王、象魔王本就是文殊、普贤两位菩萨故意放出的，大鹏雕虽然逍遥了几万年，但如来对其一直关注。尤其是五百年前大鹏雕灭了狮驼国，建立妖魔之都，如来怎么可能不知道？如来并非不出手，而是没到时候。

结果，被惊醒的三魔头一拥而上，抓到了正欲逃跑的唐僧、猪八戒、沙僧，唯独走了孙悟空。

在这样的情况下，孙悟空深感形单影只、力量单薄。若单打独斗任何一魔，孙悟空全然不惧。可是三魔齐上，孙悟空只好逃跑。眼看无法取胜，加上想起太白金星的提示，孙悟空这才前往灵山，求助如来。

如来是如何评价大鹏雕与孙悟空的？原文说："悟空少得烦恼。那妖精神通广大，你胜不得他，所以这等心痛。"

大家注意如来的用词。如来说，大鹏雕神通广大，孙悟空胜不过大鹏雕，因此心痛。如来有意打压孙悟空，说你孙悟空不行，因此才来求我。我来出手，方显得我的本事。不过，如来也没有说孙悟空不如大鹏雕。"胜不得"，只是说无法降伏。若论起单挑实力，大鹏雕当在孙悟空之下。但大鹏雕有一项世所公认的神通——飞行速度极快，单凭能飞这一神通，孙悟空就降不住大鹏雕。

之后，如来就向孙悟空介绍三魔的出处。狮魔王和象魔王分别是文殊、普贤的坐骑，这不必多说。大鹏雕却和如来有点不清不楚。原文中如来说：“自那混沌分时，天开于子，地辟于丑，人生于寅，天地再交合，万物尽皆生。万物有走兽飞禽，走兽以麒麟为之长，飞禽以凤凰为之长。那凤凰又得交合之气，育生孔雀、大鹏雕。孔雀出世之时最恶，能吃人，四十五里路把人一口吸之。我在雪山顶上，修成丈六金身，早被他也把我吸下肚去。我欲从他便门而出，恐污真身；是我剖开他脊背，跨上灵山。欲伤他命，当被诸佛劝解，伤孔雀如伤我母，故此留他在灵山会上，封他做佛母孔雀大明王菩萨。大鹏雕与他是一母所生，故此有些亲处。”

如来这番话信息量极大，正因有这番话做铺垫，后文中大鹏雕与如来斗法才有了依据。

如来表示：其一，孔雀犹如如来之母，而大鹏雕是孔雀之弟，因此大鹏雕是如来名义上的舅舅；其二，如来本想杀掉孔雀，但被诸佛劝阻，因此如来与孔雀的关系是面和心不和；其三，如来并不尊敬孔雀，自然不待见大鹏雕，但是大鹏雕毕竟是如来名义上的舅舅，维护大鹏雕即是维护自己的颜面。

孙悟空嘲笑如来说：“若这般比论，你还是妖精的外甥哩。”如来听了，没有反驳，却说：“那怪须是我去，方可收得。”——是因为大鹏雕神通广大，其他仙佛都收服不了吗？不是的，是因为大鹏雕是如来名义上的舅舅，别人怕收服了大鹏雕令如来的面子上不好看。

有人说，如来为了降伏大鹏雕，几乎带上了佛派全部人马。可谓倾巢出动。是这样吗？

此次出行的人，除了如来外，还有文殊、普贤二菩萨，迦叶、阿傩二尊者，还有五百罗汉、三千揭谛。灵山人马总数不过四千人，如来此次出行，的确几乎带了全部人马。可是，此行中佛级高手唯有如来一人，连第一菩萨观音也没有在场。

其实，如来出行时，五百罗汉、三千揭谛跟随只能算是正常的派头。何况，若如来出手都没用，五百罗汉、三千揭谛又有何用？在仙界，实力的差距天差地别。即使五百罗汉全体出手，也扛不住如来一巴掌。

因此，如来带这么多人出行根本不是为了打架，而是为了面子。

孙悟空奉命前去引诱妖怪，他一人与三魔大战七八个回合，然后撤退，筋斗云一纵，跳上云头。原文说："三个精即驾云来赶。"也就是说，在孙悟空有防备的情况下，大鹏雕同样追不上孙悟空。

见到空中的诸佛时，狮魔王慌了手脚说："兄弟，不好了！那猴子真是个地里鬼！那里请得个主人公来也！"大鹏雕道："大哥休得悚惧，我们一齐上前，使枪刀搠倒如来，夺他那雷音宝刹！"

若大鹏雕真有手段，他应该这么说话："大哥休得悚惧，待我上前，使枪刀搠倒如来，夺他那雷音宝刹！"可大鹏雕说的是"我们一齐上前"。看到了吧，这大鹏雕知道自己单挑实力不行，做什么都要拉上狮魔王。

可是，他哪里知道，文殊、普贤二菩萨必然在狮魔王、象魔王身上种下了某种特殊的禁制，一念动咒语，两大魔王就不得不现出本相，乖乖臣服。

之后，是大鹏雕斗如来。说大鹏雕斗如来，其实是给大鹏雕面子。真实情况是这样的，原文说：“那第三个妖魔不伏，腾开翅，丢了方天戟，扶摇直上，轮利爪要刁捉猴王。原来大圣藏在光中，他怎敢近？如来情知此意，即闪金光，把那鹊巢贯顶之头，迎风一幌，变做鲜红的一块血肉。妖精轮利爪刁他一下，被佛爷把手往上一指，那妖翅膊上就了筋。飞不去，只在佛顶上，不能远遁，现了本相，乃是一个大鹏雕金翅雕。”

孙悟空藏在如来的金光中时，大鹏雕不敢靠近。可见如来的金光具有一定的杀伤力——或许就如当初的百眼魔君蜈蚣精一般，其金光同样具有困敌、防御效果。

如来把头顶变出一块血肉来，大鹏雕就想来吃。如来利用大鹏雕的本性欲望，引诱大鹏雕。大鹏雕一进入如来的法力攻击范围，被如来一指，大鹏雕的翅膀就不能动了。

也就是说，大鹏雕面对如来根本就没有任何招架之力，一招之下就屈服了。

孙悟空被压在五行山下时说：“如来哄了我。”可见他对当初的比斗很不服气。大鹏雕呢？原文说：

“（大鹏雕）即开口对佛应声叫道：‘如来，你怎么使大法力困住我也？’如来道：‘你在此处多生孽障，跟我去，有进益之功。’妖精道：‘你那里持斋把素，极贫极苦；我这里吃人肉，受用无穷；你若饿坏了我，你有罪愆。’如来道：‘我管四大部洲，无数众生瞻仰，凡做好事，我教他先祭汝口。’那大鹏雕欲脱难脱，要走怎走？是以没奈何，只得皈依。”

大鹏雕对如来的手段没有任何质疑，他提出的只是说灵山又穷又苦，还要吃素，比不得在狮驼国可以吃肉。

他为何说“饿坏了他，如来有罪”？因为大鹏雕是如来的舅舅嘛！

确实，在最开始，如来与孔雀的关系只是佛与妖的关系。但是到后来，孔雀被正式封为西方佛母、孔雀大明王菩萨。也就是说，孔雀与如来的母子关系是合法的、公开的、有效的。

既然孔雀与如来的关系有效，那大鹏雕与如来的关系也自然有效。如来若是饿坏了大鹏雕，就会背上虐待舅舅的污名。

从此之后，大鹏雕就被困在了如来头顶的金光之中，做了如来名义上的护法。大鹏雕最终也算是混到了一个菩萨级的编制。

第三十七节　四个谎言

《西游记》中的如来与现实佛教中的人物除了同名，没有任何关系。

西游世界的如来，是一位雄心勃勃的权谋家。在他的宏伟蓝图中，构建一个全新的、属于佛派的西牛贺洲，仅仅是第一步。之后，如来还会或明或暗地推行其他计划，将其他部洲都并入自己麾下，最终成为人间四大部洲之主。再后来，自然是与玉帝叫板。

当然，如来要想实现这些计划，每一步都需要精心布局、苦心经营。从策划取经到收编大鹏雕，如来一共撒了四个弥天大谎。

如来撒了哪些谎言，又为何要制造这些谎言呢？

高端到如来这个层级的仙人，每个谎言出台都有着深刻的背景。

谎言一，在制订取经计划时，如来说：“我观四大部洲，众生善恶，各方不一。东胜神洲者，敬天礼地，心爽气平；北俱芦洲者，虽好杀生，只因糊口，性拙情疏，无多作践；我西牛贺洲者，不贪不杀，养气潜灵，虽无上真，人人固寿；但那南赡部洲者，贪淫乐祸，多杀多争，正所谓口舌凶场，是非恶海。我今有《三藏真经》，可以劝人为善。”

在如来看来，天下四大部洲中，东胜神洲最好，西牛贺洲也不错，北俱芦洲虽比较差，但也还凑合，最差的就是南赡部洲——东土大唐就在此处。

在如来看来，南赡部洲的百姓既贪婪、荒淫，又喜欢杀人，简直就是一个人间地狱、是非恶海。正因为南赡部洲如此差劲，于是如来决定把《三藏真经》传给南赡部洲，以解救那里的万千百姓。

事情真的是这样吗？

唐僧从大唐国都长安出发，短短数月就到达边疆。一路走来，晓行夜宿，从来没有遇到一个盗匪。临到大唐边境地区时，才遭遇第一个妖怪，一个能力低微、只能依靠挖掘陷阱抓人的寅将军（老虎精）。之后，太白金星救了唐僧。此后，唐僧遇见刘伯钦，在两界山收了孙悟空。再后来是鹰愁涧收白龙马，观音禅院遭遇黑熊精，高老庄收猪八戒，流沙河收沙僧。

行到此处，南赡部洲结束。此后，唐僧师徒就走入如来所说的“不贪不杀，养气潜灵，虽无上真，人人固寿”的西牛贺洲。

可就在这不贪不杀的西牛贺洲，唐僧师徒遭遇了哪些妖怪呢？

白骨精、黄袍怪、金角大王、银角大王、青狮精、红孩儿、虎鹿羊三仙、金鱼精、青牛精、牛魔王、蟒蛇精、狮驼国三魔……几乎百分之九十的妖魔鬼怪都是出自西牛贺洲。

如此乌烟瘴气、妖魔横行的西牛贺洲，在如来看来却是“不贪不杀、养气潜灵”的好地方。

如来为何说谎话？

只因如来需要发动取经行动，而传经的方向只能是南赡部洲。

天庭在人间的最高管理者叫作五方五老，如来是西方佛老，而观音是南海观音，分别掌控西牛贺洲和南赡部洲。要在别人的地盘上传经，别的大仙肯定不答应。唯有观音，因与如来都是佛派人物，并且是如来的心腹下属，好说话。

于是，为了凸显如来管辖的西牛贺洲和平宁静，观音管辖的南赡部洲只能被称为污秽不堪了。

谎言二，在指出辨别真假悟空时，如来说：“汝等法力广大，只能普阅周天之事，不能遍识周天之物，亦不能广会周天之种类也……又有四猴混世，不入十类之种。第一是灵明石猴，通变化，识天时，知地利，移星换斗。第二是赤尻马猴，晓阴阳，会人事，善出入，避死延生。第三是通背猿猴，拿日月，缩千山，辨休咎，乾坤摩弄。第四是六耳猕猴，善聆音，能察理，知前后，万物皆明。”

在如来看来，那假悟空是六耳猕猴所化。乍一看，如来的解释貌似合理。正因为六耳猕猴能够善于聆听，明察事理，他才能够知道孙悟空与唐僧纠纷的前后经过；正因为他知晓前因后果，明白万物之理，才能够在诸仙面前毫无破绽，让大家都无法分辨真假。

但是，读者们看了我之前的解说自然就会明白，如来这“四猴混世说”本来就是在观音出现后临时编的话。

真假美猴王初到灵山时，如来面对诸佛断言：“汝等俱是一心，且看二心竞斗而来也。”当时如来认定真假悟空乃是一人有了二心。而这个看法也是符合真相的。

可是，观音的到来让如来明白，直说真相会得罪一大帮仙人，甚至包括玉帝。真假美猴王已经由孙悟空一个人的谎言变成了三界仙人共同的谎言。如来为了维护诸仙利益，不得不顺从孙悟空撒谎。

而且如来的“混世四猴说”本身也破绽百出。

那灵明石猴自然就是孙悟空，但孙悟空能自行掌握变化，了解天时地利吗？根本不能。人家是到海外求仙，得高人指点才修成仙道的。

其他二猴在《西游记》中也有出场。孙悟空麾下有马流二元帅、奔芭二将军，他们分别就是两个赤尻马猴、两个通背猿猴。若这两类神猴有六耳猕猴一半的神通，也不至于被二郎神麾下的三千草头神杀得屁滚尿流。

谎言三，抓捕狮驼国三魔时，如来询问：“菩萨之兽，下山多少时了？”文殊菩萨说：“七日了。”如来说：“山中方七日，世上几千年。不知在那厢伤了多少生灵，快随我收他去。”

在西游世界，有所谓“天上一日，下界一年”的说法。虽然这个观点在全书中有一些破绽，但是这个观点确实是作者极力维护的观点。先不管作者设定的目的如何，在西游世界里天上与下界的时间规则不一样，这一点是毋庸置疑的。

那么，如来所在的灵山、文殊菩萨所在的五台山、观音所在的普陀山是不是下界呢？

是下界。如来和观音的身份非常明确，乃下界五方五老。原著中有许多地方写到了明确的时间。比如，孙悟空飞到南海需要一两个时辰，飞到灵山需要一个时辰。若普陀山、灵山在天上，那唐僧已经被妖怪抓去一两个月了，应该早就被吃得连渣滓都不剩了。

反倒是孙悟空飞到天上求助时，作者从来不写具体时间，只是说“很快”“立刻”“一眨眼工夫”，孙悟空就到了天上，然后返回。

那么，文殊菩萨的狮子精到底走失了多久？

在狮驼岭小妖小钻风的介绍中我们可以知道，狮魔曾经在上一届蟠桃会（孙悟空大闹天宫导致当时的蟠桃会没开成，狮子精作乱当是在下一届蟠桃会）时大闹。虽然他只是在南天门外装模作样吼了一嗓子，却赢得了一口吞下十万天兵的虚名。

从此可见，狮子精离开文殊菩萨至少一二百年了。可见，文殊菩萨也在撒谎。

从“山中方七日，世上几千年”一句看，灵山的时间规则不是比天庭还牛呢？

“山中方七日，世上几千年”是一个成语，说的是有一个砍柴人进山看到两个老头下棋。砍柴人看得入迷，结果一局终了后，他的斧头柄都烂掉了。待他回到人间时，已经过去了千年。

文殊菩萨说，狮子精只是走丢了七天，他乃极言时间的短暂以此减轻自己的罪责。如来说“山中方七日，世上几千年”，是极言狮子精作乱时间漫长，以表达自己对百姓遭受残害的同情怜悯。因此，如来强调：“快随我收他去！”

谎言四，当劝说大鹏雕加入佛派时，如来说：“我管四大部洲，无数众生瞻仰，凡做好事，我教他先祭汝口。”

如来什么时候成了四大部洲之主？真实情况是，如来只是四大部洲佛派众生之主。但凡佛派弟子做法事时，倒是可以让大鹏雕先享受供品。

如来为何撒谎？

大鹏雕虽然被抓，可是对进入佛派之后将要把素吃斋的贫苦生活还有些恐惧。如来虽然不喜欢大鹏雕，但他毕竟是自己名义上的舅舅。若亲自出马，连舅舅也降伏不了，这势必成为三界丑闻。当着佛派几乎所有仙人的面，如来只好夸口——“我管四大部洲，无数众生瞻仰”——我这里待遇很好，你来了就是享福。

同时，这句话也显露了如来的雄心，他所希望管辖的，并不仅是一个西牛贺洲，他还希望管理四大部洲，进而是整个下界，甚至是整个三界。

第三十八节　智略第一

孙悟空是取经行动的实际执行人，在加入取经团队后肩负起降妖伏魔重任，多次完美完成高层交代的任务，且成功布局，迫使如来、观音给予其与付出相应的级别待遇，成功赢得西天诸国虔诚供奉。论智勇双全，孙悟空在西游世界天尊以下仙人中绝无仅有。

金翅大鹏雕乃上古真灵，如来名义上的舅舅，为求得招安，从五百年前就开始布局，吞尽狮驼国人，与狮驼岭狮魔、象魔联手，成功劫持唐僧，并最终赢得佛祖护法的待遇。论心机深沉，金翅大鹏雕在西游世界天尊以下妖魔中罕有其匹。

孙悟空与金翅大鹏雕的智略，相比太上老君、玉帝、如来等天尊，虽还显得稚嫩，但在天尊以下的仙人、妖怪中，二人绝对是其中佼佼者。那么，若孙悟空与金翅大鹏雕斗智，谁才是西游世界新一代仙妖中智略第一人呢？

既然是斗智，暂且就把武力放一边。在狮驼岭故事中，孙悟空与金翅大鹏雕前后多次交手，互有胜负。正因为二人互有胜负，不是一边倒，才更显精彩。

第一战，看破小钻风，大鹏雕胜。

孙悟空第一次见到金翅大鹏雕，是在变身成小钻风时。当时，小钻风（孙悟空）大吹特吹孙悟空如何厉害，把狮魔、象魔唬得一愣一愣的，当时二魔就下令关闭洞门，要放孙悟空一行人过山。

可是，孙悟空太得意忘形了。狮魔当时吩咐小妖要注意警惕孙悟空变成的苍蝇。孙悟空就拔下毫毛，故意变了个苍蝇。狮魔大惊。孙悟空不禁掩嘴而笑。就在那一笑间，孙悟空对法力的操控出现了细微破绽，嘴脸忽然由小钻风变回了猴头。虽然这只是短短一瞬，却被大鹏雕发现，并立刻上前一把抓住了小钻风（孙悟空）。

孙悟空有勇有谋，然天性好胜，喜欢显摆。渴望上进本是好事，可一旦过度，就成了爱慕虚荣。孙悟空在取经路上在遇见新妖魔时，就总是忍不住吹嘘自己大闹天宫的经历，强调自己齐天大圣的身份。

相比孙悟空，金翅大鹏雕就冷静许多。

这也难怪，孙悟空自从出世，就顺风顺水。他先做了三百年猴王，后来用十年就修成天仙，再后来，闯龙宫，闹幽冥，与十万天兵对阵，直到官封齐天大圣。可以说，孙悟空小小年纪就已经成为西游万千仙妖仰望的对象。

金翅大鹏雕呢？自从出世至此已经数万年之久。虽然他在人间西方世界闯出一点名声，占据了一个国家，可无论是仙界地位，还是实际影响力，都远远不能与孙悟空相比。就连狮驼岭小妖都明白，金翅大鹏雕想要吃唐僧肉，可是“只因怕他一个徒弟孙行者十分利害，自家一个难为，径来此处与我这两个大王结为兄弟，合意同心，打伙儿捉那个唐僧也”。

多年的挫折让金翅大鹏雕不得不花更多的时间去思考，用智略去弥补勇武的不足。

此战，大鹏雕胜出。

第二战，成功降伏狮魔，孙悟空胜。

孙悟空与狮魔大战时，见狮魔现出本相，便顺势飞入其腹中。狮魔自以为得计，大鹏雕却看出不妙。为了弄死孙悟空，大鹏雕频频出招指点狮魔。

狮魔答应投降，请孙悟空从腹中出来。此时，大鹏雕悄悄告诉狮魔："大哥，等他出来时，把口往下一咬，将猴儿嚼碎，咽下肚，却不得磨害你了。"

大鹏雕这一招够狠毒。孙悟空是金刚不坏之体不假，但必须是本体形态才可以。在变成小虫时，孙悟空的攻防就和小虫一样脆弱。

幸亏孙悟空耳目之明远超大鹏雕所料。他口中答应出来，却悄悄地先伸出金箍棒试探。狮魔一口咬到金箍棒，门牙被崩掉几个。

孙悟空大笑说："你反咬我，要害我命！我不出来，活活的只弄杀你！不出来，不出来！"从"要害我命"看，孙悟空确实很怕狮魔咬他。

大鹏雕看一计不成，又生一计。他一边用言语刺激孙悟空，说孙悟空赖在狮魔肚中不是好汉，一边调集狮驼洞剩下的三万多妖兵，在洞口摆下三才大阵，准备擒拿孙悟空。

大鹏雕这次特别小心，排兵布阵时竟然都不说话。不过，孙悟空听得洞外有鸦鸣鹊噪，知道狮魔已经来到了洞外宽阔之处。他料定大鹏雕会耍花招，于是想出一个既可以保全自己尊严，又可以应对三魔耍诈的方法——"出去便出去，还与他肚里生下一个根儿"。

孙悟空拔一根毫毛，变作绳子，拴在狮魔心脏上，然后打算飞出去。见到狮魔牙齿如利剑，孙悟空立刻决定不从口中出去，而是爬到上方，从狮魔鼻子中飞出。

果然，孙悟空一出来，三魔立刻舞动刀枪冲上前来，三万妖精齐齐呐喊，将孙悟空紧紧包围。孙悟空则挥手扯动绳子，扯得那狮魔如同风筝一般，在空中飞起，落下。

狮魔痛得几乎死掉，大骂大鹏雕多事。三魔不得不一起下跪——大鹏雕也给孙悟空下跪了，求孙悟空饶过狮魔性命。

此战，孙悟空大胜。

第三战，调虎离山，大鹏雕胜。

在狮魔与象魔已经认输的情况下，大鹏雕依然不认输。他提出一个调虎离山之计，试图绝地反击。

大鹏雕告诉二魔，可以在狮驼岭万妖中，精选十六个小妖，八人抬轿，八人喝道，自己三兄弟则左右跟随，一路上好吃好喝地招待唐僧师徒，一直送其到达狮驼国。

大鹏雕这是要干啥？

大鹏雕一方面对唐僧师徒卑躬屈膝，极尽奉承，以唐僧的仁慈、孙悟空的自大，想必会逐步放下提防之心；另一方面他们积极备战，计划在狮驼国城池外以三魔对战三兄弟，十六个小妖则负责抓捕，押送唐僧进入狮驼国。

事实证明，大鹏雕这个调虎离山之计非常成功。一旦孙悟空三兄弟被三魔纠缠，唐僧就毫无还手之力。

在享受了几十天的幸福时光后，在狮驼国都城外，唐僧、猪八戒、沙僧、孙悟空先后被抓捕。唐僧师徒四人罕见地被一锅烩。

孙悟空一贯是吃软不吃硬，一旦对方甜言蜜语，他的防御能力就会直线下降。在自以为成功降魔的情况下，孙悟空落入了大鹏雕的圈套。

此战，大鹏雕胜。

第四战，瞒天过海，孙悟空胜。

在师徒齐齐被抓的情况下，孙悟空沉着冷静，一度成功将唐僧救出。若非有神秘人（八成是唐僧那三十九个护法神）高喊“走了唐僧”，唐僧师徒就已经成功离开狮驼国了。

在再次抓捕唐僧、猪八戒、沙僧后，狮魔、象魔担心孙悟空又来救人，于是大鹏雕提出了一个瞒天过海之计。

按照大鹏雕的计策，他们一边将唐僧锁在皇城中锦香亭的铁柜中，一边放出风去，说三位大王怕猴子来救人，已经把唐僧夹生吃了。

原文中大鹏雕说：“若（孙悟空）听见这话，他必死心塌地而去。待三五日不来搅扰，却拿出来，慢慢受用，如何?”

在大鹏雕看来，唐僧死后，孙悟空应该有的反应是灰心丧气，从此远离。如此，三魔就可以安心吃唐僧肉了。

那孙悟空的真实反应如何呢?

得知唐僧被吃后，孙悟空万分伤心，连猪八戒、沙僧也不救（其实，孙悟空知道，以猪八戒、沙僧的真实本领，要想逃脱轻而易举），直接前往灵山去了。

孙悟空到灵山干啥?

原文中说："若肯把经与我送上东土，一则传扬善果，二则了我等心愿；若不肯与我，教他把《松箍儿咒》念念，退下这个箍子，交还与他，老孙还归本洞，称王道寡，耍子儿去罢。"

这里提到孙悟空的两个想法：其一，是自己代替唐僧传经东土；其二，脱下金箍回到花果山做妖。

应该说，孙悟空的这个反应和大鹏雕的预料还真有几分相似。

只是，这些绝非孙悟空心中真正的想法。他上灵山其实还有一个更重要的目的——向如来问罪。

没错，是向如来问罪。

从太白金星报信开始，孙悟空就在怀疑三魔的来历。太白金星明明答应孙悟空，就算是需要十万天兵，天庭方面也会满足。可奇怪的是，孙悟空不过是偶尔受挫，并且所经受的绝非什么渡不过的难关——狮驼岭三魔看似强大，其实远不如青牛精、黄眉老怪。没有超强法宝的三魔，和孙悟空交手都没有超过三十个回合。天庭若能随便派个二十八宿就可以将其全部拿下。

在这样的情况下，孙悟空没有向天庭诸仙求助，而是直接去了灵山。只因他已经断定三魔都是佛派中人。

灵山上，孙悟空说："如来！我听见人讲说，那妖精与你有亲哩。"对如来放纵亲属为恶，孙悟空很是不满。如来也知道自己理亏，一番交谈后，很爽快地带领诸仙前去降伏三魔。

这第四战，大鹏雕施展瞒天过海计，孙悟空则用以退为进应对。孙悟空看似中招，其实另有安排。

此战，孙悟空胜。

唐僧师徒成功渡过了狮驼国一难，算是降伏了三魔。然而三魔尤其大鹏雕也成功被招安，脱了妖籍成为佛派仙人。总的来看，孙悟空与大鹏雕的智略较量，在狮驼国故事中只能算是平手。

第三十九节　暴打八戒

唐僧师徒四人要完成取经行动，困难重重。在外，有妖魔困扰；在内，纠纷不断。不过，取经十四年总体来说，唐僧师徒还是师慈徒孝、兄友弟恭。毕竟大家都知道顺应潮流，服从管理，若公然破坏团结和睦的主旋律，必然得罪高层，自己也捞不到什么好处。

不过，在狮驼洞外，取经团队却发生了一次激烈冲突。孙悟空当着师父、师弟的面，猛冲上前狠扇了猪八戒一个大耳光。面对猪八戒的辩解、唐僧的劝说，孙悟空依然不管不顾，抡起老拳，继续暴打猪八戒。

孙悟空与猪八戒相处十多年，虽然出现多次摩擦，但从来都是君子作风，动口不动手。为何孙悟空这次如此激动，完全撕破面皮，竟然当众暴打猪八戒呢？

其实，这次矛盾的激化早有端倪。

初到狮驼岭时，孙悟空与猪八戒就因为查探消息而心生龃龉。

当时，太白金星化身老者前来报信，孙悟空变成一个俊俏小和尚前去与其一番交谈。孙悟空回来后告诉唐僧，狮驼岭没啥危险，可以放心经过。

唐僧一听孙悟空话语中满满都是自负，有些不满，就批评孙悟空，花了这么久的时间，连此地是什么山，有什么洞，有多少妖怪，哪条路通往雷音，这等最基本的消息都没有打听清楚。

见到孙悟空被骂，猪八戒立刻挤兑说："师父，莫怪我说。若论赌变化，使促狭，捉弄人，我们三五个也不如师兄；若论老实，像师兄就摆一队伍，也不如我。"

孙悟空精通变化，本是优点，可猪八戒却将其与性情促狭、爱捉弄人并列，使之成为孙悟空的一大缺点。取经路上，唐僧曾多次被孙悟空捉弄。比如，到朱紫国国都时，孙悟空问都城上杏黄旗上写着何字。因风吹旗动，唐僧看不清，孙悟空就笑话唐僧是文盲，不识字。

对于孙悟空爱捣鬼的脾气，唐僧极为讨厌，故一听猪八戒这番话，很是满意，连连夸赞他老实，让他再去探查消息。

临走时，猪八戒还不忘再嘲笑猴哥一句："他不知怎么钻过头不顾尾的，问了两声，不尴不尬的就跑回来了。等老猪去问他个实信来。"

被唐僧批评，孙悟空已经有些不快，再被猪八戒讥讽，孙悟空更加不满。从这一刻起，孙悟空心中那怨恨的种子就在疯狂滋生。

听闻老者说狮驼岭上有四万七八千小妖，猪八戒慌慌张张跑回来，也不回话，直接蹲在路边。孙悟空询问，猪八戒说："唬出屎来了！如今也不消说，赶早儿各自顾命去罢！"

见猪八戒如此窝囊，长妖怪威风，灭自己志气，孙悟空更是气恼。他大笑安慰唐僧，说妖魔虽多，但有他孙悟空在，全无关系。这满山妖精，他一路棒就可以全部打死。

见孙悟空如此笃定，唐僧也放心了些。没想到猪八戒捅了一句说：“不羞，不羞，莫说大话！”把孙悟空的话全盘否定。两人你一言我一语争执了起来，最终还是沙僧开口，力挺孙悟空，唐僧才安心上路。

之后，孙悟空变成小钻风，亲身到狮驼洞中走了一遭。虽然被困阴阳二气瓶，却有惊无险，且坏了妖怪法宝，孙悟空心中很是得意。

回转来见到唐僧，孙悟空细说了一遍经历，本以为会得到师父表扬，没想到唐僧一口断言说：“这等保不得我过山了？”

孙悟空从来都是好胜的人，见师父不看好自己，很是不满。唐僧表示，孙悟空此去并没有降伏妖怪，如此，他怎敢前进？

唐僧说的也在理。孙悟空则强调，对方有魔王三人，自己只有一个，寡不敌众，实在难为。

在这样的情况下，唐僧让猪八戒、沙僧去帮忙。孙悟空给出分工意见，让猪八戒跟自己去降妖，沙僧保护师父、行李。

猪八戒一听，不愿意了。这猴头之前不是吹牛自己多厉害，一路棒可以打杀四万妖怪吗？既然如此，自己帮忙岂不是成全了猴子，否定了自己？只是师父已经发话，他也不好拒绝。于是，他就强调自己无用，希望推掉这次任务。

猪八戒说：“哥哥没眼色！我又粗夯，无甚本事，走路扛风，跟你何益？”在猪八戒口中，自己反应迟钝，本领低微，乃是一个走路都抗风的窝囊废。为了让孙悟空出丑，这猪八戒狠狠自黑了一番。

没想到孙悟空的回复更狠，他说：“兄弟，你虽无甚本事，好道也是个人。俗云放屁添风，你也可壮我些胆气。”

听听孙悟空这话，但凡是个正常心智的人，听到别人如此说自己，必然大怒。什么叫作好歹是个人，什么叫作放屁添风，言下之意，就是说猪八戒是个草包，是个屁。

猪八戒愤怒了，也无语了，只好跟着去。不过，他已经打定主意，此行只是跟着猴子走一趟，绝对不帮忙——要帮也只帮倒忙。

猪八戒此去到底做了啥，惹得孙悟空大怒，撕破脸皮呢？

到达狮驼洞前，孙悟空骂战，狮魔迎战。两人约定一对一单挑。原文说：“行者闻言叫：‘猪八戒走过，看他把老孙怎的！’那呆子真个闪在一边。”

原文中用“真个”一词，来表示对猪八戒的不满。所谓“打仗亲兄弟，上阵父子兵”，大家身在一个集体，内部有纠纷很正常，但当外敌入侵时，本应联手杀敌才对，没想到这猪八戒真的就放手了。

后来，孙悟空与狮魔大战，见孙悟空稳占上风，这猪八戒抢功的毛病又犯了，挥舞九齿钉钯就冲上去。狮魔见势不妙，赶紧显出本相，张开大口来吞猪八戒。猪八戒立刻转身逃跑。就在此时，孙悟空不退反进，“被”狮魔一口吞下。

见到如此场景，猪八戒大吃一惊说：“这个弼马温，不识进退！

那怪来吃你，你如何不走，反去迎他！这一口吞在肚中，今日还是个和尚，明日就是个大恭也!”

猪八戒的反应正常吗？绝对不正常。

以猪八戒对孙悟空的了解，他早就知道孙悟空身具金刚不坏之能，更有七十二变，七十二条性命。旁人被吞或许有危险，可取经路上孙悟空多次被吞，没有一次吃亏。黑风山的黑熊精、翠云山的铁扇公主、七绝山的大蟒蛇，等等，哪一个不是被孙悟空整治得服服帖帖？

并且，猪八戒是亲眼看到孙悟空主动迎上，飞入狮魔口中的。也就是说，被吞其实是孙悟空降伏狮魔的计策。

可是，了解孙悟空神通、知道孙悟空用意的猪八戒，在回到唐僧面前时却哭哭啼啼，说孙悟空已经死了，并且要求与沙僧分行李。

行李如何分呢？猪八戒说：“分开了，各人散火。你往流沙河，还去吃人；我往高老庄，看看我浑家。将白马卖了，与师父买个寿器送终。”这最后一句话最是恶毒。唐僧还没有死呢，这猪头就要给唐僧买棺材送终。

听闻此说，一贯宠溺猪八戒的唐僧也不禁大怒。原文说：“长老气呼呼的，闻得此言，叫皇天，放声大哭。”

不久，孙悟空从狮魔腹中出来，回到山前。他得意回归，本期待着师父、师弟的热烈欢迎。没想到入眼的却是让人恼恨的一幕：师父唐僧“在地下打滚痛哭”。

唐僧虽然与孙悟空多有矛盾，然而在真假美猴王事件后，双方已经取得了基本共识，矛盾逐步淡化。得知孙悟空身亡，唐僧是真心实意悲伤，因此这个四十多岁的中年汉子才会一边打滚，一边痛哭。

猪八戒与沙僧则完全不管唐僧，而是打开行李将其中物品分成了两份——注意，他们可没给唐僧留一份。在两人看来，唐僧必死，白马只是畜生。

沙僧眼尖，第一个看到孙悟空回来。沙僧最是阴险，擅长见风使舵。在猪八戒提议分行李的时候，他一句反对的话也没说，而此刻见到猴哥回来，他当场翻脸，以一脸痛恨的表情训斥猪八戒："你是个棺材座子，专一害人！师兄不曾死，你却说他死了，在这里干这个勾当！"猪八戒犟嘴说："我分明看见他被妖精一口吞了。想是日辰不好，那猴子来显魂哩。"

见猪八戒明明看到自己，却依然诅咒自己死了，孙悟空的怒火再也忍耐不住。原文说："行者到跟前，一把挝住八戒脸，一个巴掌打了个踉跄。"

见孙悟空活着回来，意识到取经还有希望，唐僧大喜，一骨碌就爬起来，对孙悟空竟然鞠躬行礼。唐僧说："徒弟啊，累杀你了！若信悟能之言，我已绝矣！"

见唐僧也批评猪八戒，孙悟空更是放心，也不管猪八戒分辩，抡起拳头，继续狂扁。他一边打，还一边骂："这个馕糠的呆子，十分懈怠，甚不成人！"

十多年来，猪八戒还没有一次像此刻这般，被师父、师兄弟一起声讨痛批，当众出丑。

不过，仅仅是因为猪八戒诅咒孙悟空死了，仅仅是因为猪八戒要分行李，孙悟空就公然撕破脸，暴打猪八戒吗?

类似的事情此前其实发生过多次。但孙悟空即便生气，可从来没有当众出手。真正的原因是，孙悟空心中对猪八戒早有积怨，此次他是借机发难，报当初一箭之仇。

取经团队内部，唐僧与孙悟空之间的矛盾可以算是主要矛盾，孙悟空与猪八戒之间的矛盾是次要矛盾，猪八戒与沙僧、白龙马之间，孙悟空与沙僧之间的矛盾算是更为次要的矛盾。

在真假美猴王事件后，唐僧承认了孙悟空的地位，师徒矛盾逐步淡化。沙僧虽一度反抗，但在亲眼见证了如来、观音对孙悟空的庇护后，主动选择了避让。沙僧身为卷帘大将，负责玉帝的安保工作多年，深知保持低调才是他最佳的生存方式。

因此，孙悟空与猪八戒的矛盾就上升为取经团队的主要矛盾。

猪八戒从来都不甘心当二师兄。他本是天蓬元帅下界、太上老君弟子，无论是地位还是出身，比孙悟空都毫不逊色。可是在取经团队中，只要有孙悟空在，他就是永远的老二，并且是被高层忽视的老二。

在七绝山上，猪八戒果断出手，挥舞九齿钉钯，猛筑蟒蛇精。蟒蛇精肚中的孙悟空八成因此受伤。孙悟空当时虽然愤怒，但因没有真凭实据——猪八戒说自己是在打蟒蛇精，并不是在打孙悟空——孙悟空选择了沉默。

可是，沉默并不代表孙悟空放下了怨恨。

朱紫国故事中，孙悟空收集了朱紫国中几乎全部的药材，成功为自己疗伤。之后，降伏赛太岁，打死蜘蛛精，大战蝎子精时，孙悟空都是独自迎战。猪八戒则一直躲在后方，孙悟空找不到猪八戒的错。

可是，狮驼岭这次，猪八戒与孙悟空共同迎战，却抛下孙悟空独自逃生，已经有错在先；回到队伍后，猪八戒更造谣说孙悟空已死，要分行李，又犯错在后。

猪八戒犯下如此多的错误，就连唐僧也难以宽容。在如此局面下，孙悟空不趁机报仇，暴打猪八戒，更待何时？

第四十节　唐僧骂悟空

评价同样一个人、一件事，因为大家站在不同的立场上，所得出的观点往往截然不同。

就在孙悟空打骂猪八戒几个小时后，狮驼洞外又出现了奇怪的一幕：一贯温吞孱弱的唐僧竟然发起飙来，大骂孙悟空，并且提出，孙悟空被猪八戒诅咒纯属活该。

在多数人看来，孙悟空一心为公，一肩扛起降妖伏魔重任，而猪八戒则消极怠惰，从来都是敷衍了事。为何唐僧会同情猪八戒，大骂孙悟空呢？

唐僧虽然没有法术神通，但他能够在三十岁出头就成为东土大唐最杰出的宗教界领袖，其手腕和见识其实远在寻常人之上。唐僧骂孙悟空绝非昏头，其中必有玄机。

唐僧骂孙悟空的原话是："悟空，怪不得悟能咒你死哩！原来你兄弟全无相亲相爱之意，专怀相嫉相妒之心！"

孙悟空到底做了啥呢？

原来，孙悟空虽然降伏了狮魔，但象魔与大鹏雕心中并不服气。象魔率领三千精兵前去骂战时，孙悟空提出："这妖精有弟兄三个，这般义气；我弟兄也是三个，就没些义气？"

在如此情势下，猪八戒再难推辞，于是他立刻提出："怕他怎的！等我去打他一仗来！"言语之间，很是豪迈。

但猪八戒也明白，自己只有继续装庸碌，装无能，才能和取经路上一贯的表现一致，若真的展现出真实本领，击败了象魔，反倒会有很多事情说不清。

于是，猪八戒装出一副很怂包的样子说："哥啊，去便去，你把那绳儿借与我使使。"孙悟空询问原因，猪八戒说："我要扣在这腰间，做个救命索。你与沙僧扯住后手，放我出去，与他交战。估着赢了他，你便放松，我把他拿住；若是输与他，你把我扯回来，莫教他拉了去。"

听了猪八戒这番话，孙悟空与沙僧都是连连冷笑。孙悟空是打定主意要猪八戒出丑，非如此不能证明自己降妖伏魔之功勋。而沙僧则是笑猪八戒费尽心机，用心良苦，装傻充愣的本领高强。

随即，在狮驼洞前战场上出现了搞笑的一幕。

象魔打定主意要扳回局面，打起来全力以赴。猪八戒虽貌似勇武，却招招无力，一心想着早点脱身。眼看打了七八个回合，猪八戒觉得表演得差不多了，转头就大叫："师兄，不好了！扯扯救命索，扯扯救命索！"

孙悟空自然清楚猪八戒的真实水平，见他如此儿戏，干脆扔掉绳索不管他了。这猪八戒转身狂奔，但因腰间的绳索太长，跑动起来反而绊倒了自己。象魔伸出长鼻，一下卷起猪八戒带回了洞中。

在战场后方的唐僧，目睹了猪八戒被抓的整个场面，对孙悟空放脱救命绳极度不满，于是骂了之前的那些话语。

唐僧认为，猪八戒被抓，责任全在孙悟空身上。猪八戒的本领本就低微，他能够主动迎战，态度已经极好。作为大师兄的孙悟空本当放下芥蒂，好好照顾师弟，该出手时就出手扯动救命绳，救回猪八戒。没想到，孙悟空该扯绳时不扯绳，以致猪八戒最终被抓。

对唐僧这几近无理的责骂，孙悟空很是心痛，愤然说："师父也忒护短，忒偏心！"

参加取经行动十多年来，孙悟空证明了自己对完成取经坚定不移的忠诚之心，用行动证明了自己在降妖伏魔问题上无人可替的重要位置。用孙悟空的话来讲："师父，没有老孙，你到不得西天，见不得佛祖！"

可是，孙悟空的一片赤诚、辛苦付出，收获的是什么呢？

是唐僧对孙悟空的漠视和对猪八戒的偏袒。同样是遇难，唐僧的态度截然不同。孙悟空说："像老孙拿去时，你略不挂念，左右是舍命之材；这呆子才自遭擒，你就怪我。"

孙悟空的反驳很有力。相比猪八戒，孙悟空身犯险境的时候太多了。就在不久前，孙悟空被投入阴阳二气瓶，就差点化为血水。

可是，孙悟空回到队伍时，唐僧没有半句关怀之言，反倒批评他降不了妖魔，让他无法过山。

可猪八戒呢？此次被擒完全是“自遭擒”。取经团队中，也就唐僧觉得猪八戒老实可爱，淳朴厚道。以猪八戒之能，战败象魔并非难事。就算是打不赢，猪八戒还有着万千神仙难以企及的高明腾云术，要想逃脱轻而易举。

可这猪八戒偏偏要装怂，让自己被绳子绊倒，让自己被擒拿。只因猪八戒明白，只要做出积极降妖的姿态，就能获得唐僧的原谅。若是不慎被抓，更能激发唐僧的同情爱怜之心。

唐僧也绝非一个只会念经、不通世务的呆瓜。经历了那么多次被抓与被救，他怎么可能不清楚孙悟空在取经团队中的意义。

在取经团队中，可以没有猪八戒，可以没有沙僧，可以没有白龙马，但绝对不能没有孙悟空。不仅仅是因为孙悟空本领高强，不仅仅是因为孙悟空的隐形身份，孙悟空最宝贵的地方是其心性，是其一旦认定就百折不回的毅力，是其一旦跟随就全心付出的忠诚。

因此，取经路上，猪八戒无数次说散伙，沙僧无数次不作为，唯独孙悟空一直在努力维系取经团队。

对于这一点，唐僧很清楚。正因为清楚，在真假美猴王事件后，唐僧才会默认了孙悟空与自己并立的地位。

但是，天无二日，国无二主。无论在什么场合、什么氛围，只要有人的地方，就有权力斗争。只要有权力斗争，就注定了无法将权力均摊。

既然唐僧是师父，就必须拥有师父的尊严、师父的权力。于是，在取经路上唐僧经常有两副面孔。当身陷囹圄时，或者被孙悟空救出魔窟时，唐僧对孙悟空感激涕零。当时的孙悟空，千好万好，无一不好。当处境安全时，唐僧对孙悟空又多有忌惮，经常利用猪八戒与孙悟空的矛盾，借力打力。

这次唐僧大骂孙悟空，其实也是一次权力操作。

因为猪八戒不但诅咒孙悟空，且提出散伙分行李，无视唐僧生死，所以在孙悟空暴打猪八戒时，唐僧不管不顾。

但是，徒弟之间有纠纷，本应由师父裁决。孙悟空擅自挥拳，已经犯下藐视唐僧之罪。在唐僧心中，对孙悟空的怒气绝不会比对猪八戒少。

于是，当猪八戒被擒时，唐僧大发雷霆，痛骂孙悟空薄情。唐僧此举就是要借机敲打孙悟空，令其对师弟要友爱，对师父要尊重。

第四十一节　比丘国改名

唐僧师徒离开狮驼国后，来到了一个新的国家。刚到这个国家时，他们询问看守城门的老军，此国何名。这老军说："此处地方，原唤比丘国，今改作小子城。"

唐僧师徒边走边讨论这个国家为何要改名。猪八戒说："想是比丘王崩了，新立王位的是个小子，故名小子城。"猪八戒这观点明显是信口开河。

大家进城后，看到许多人家门口放着一个鹅笼，笼子上面有锦幔遮蔽。孙悟空变个小虫，到笼子里一看，发现里面竟然都装着一个五到七岁的小男孩。

孙悟空把所见情形告诉大家后，大家都很奇怪。等到在驿站住下，唐僧询问驿站官员鹅笼的来历。见唐僧态度诚恳，为人和善，官员说出了真相。

原来，三年前比丘国来了一个道士，为国王献上一个美女。国王宠爱美女，夜夜欢歌，结果弄得身体虚弱，染上了怪病。国王命道士寻访长生不老仙药。道士寻遍海外，得到了仙药，但是还缺少一味药引子。此药引是一千一百一十一个小儿心肝，将其煎汤服药后，就可以延寿千年。几天前朝廷刚颁布命令，选出了一千一百一十一个童男，预计在第二天正午时分取小儿心肝。

唐僧一听，泪如雨下，不禁慨叹："昏君，昏君！为你贪欢爱美，弄出病来，怎么屈伤这许多小儿性命！苦哉，苦哉！痛杀我也！"

以上，就是比丘国改成小子城的来历。

在进入正题之前，我们先看看寿星的坐骑鹿精，即祸害比丘国的那狠毒道士，是因何离开寿星的。

当孙悟空正准备打死鹿精的时候，寿星赶到，用金光罩住了鹿精。孙悟空询问妖怪来历，寿星说："他是我的一副脚力，不意走将来，成此妖怪。"当时还在降妖期间，一些话来不及细说，寿星只是强调鹿精乃是走失，并非自己故意放走为害人间。

后来，寿星见到了唐僧等人，沙僧再度询问妖怪来历。寿星说："前者，东华帝君过我荒山，我留坐着棋，一局未终，这孽畜走了。及客去寻他不见，我因屈指询算，知他走在此处，特来寻他，正遇着孙大圣施威。若果来迟，此畜休矣。"

当时，国王正准备大型宴会，诸位都在等饭吃，有空有闲。沙僧是个精细人，并且是玉帝心腹，寿星的回答就相当细致。

寿星表示，由于自己正和东华帝君下棋，鹿精趁着这工夫悄悄走了。等到下棋结束，东华帝君离开，寿星立刻就开始寻鹿。他掐指一算，知道鹿精在比丘国，于是立刻赶来。

也就是说，寿星这一盘棋，下了三年。

若寿星住在天上，"天上一天，下界一年"，说一盘棋一口气下了三天，还勉强可信。但寿星住在蓬莱仙岛上，和南海普陀山、西天灵山一样，这些地方虽然是福地洞天，但毕竟还是下界。既然都是下界，天地运行的法则就与天庭不一样。因此说下棋一下就是三年纯属瞎扯。

事实上，是寿星以下棋为由，故意放走了鹿精。寿星安排鹿精离开蓬莱岛后，前往比丘国执行秘密任务。

鹿精来到比丘国干了些什么呢？

鹿精先找了一位狐狸精做同伙。两人表面是父女，其实是夫妻。为了主人的任务，鹿精忍痛把狐狸精献给了比丘国王。两三年后，比丘国王精力衰弱——阳气被狐狸精吸走，狐狸精又与鹿精双修——鹿精即提出自己有办法找到长生不老药。国王大喜，就吩咐鹿精去找。

鹿精出门找了一段时间，回来后提出需要药引子，即一千一百一十一个小儿心肝。国王立刻照办，准备次日中午杀儿取心。

大家发现问题所在了吗？

鹿精出山三年来，祸害了多少人呢？他祸害了一千一百一十一个小儿，一千一百一十一个家庭吗？根本没有啊。他最终只是祸害了比丘国王一个人。至于一千一百一十一个小儿，鹿精根本就没有杀害。

有人会说，那是孙悟空等人出现及时，救了一千一百一十一个孩子。

不对。鹿精若是真想在比丘国害人，为何不选择在唐僧师徒到达之前，或者在离开之后下手，偏偏在到达的第二天要杀人取心呢？

鹿精的目的其实就是要让孙悟空救走一千一百一十一个小儿。

鹿精为何要这么做？不是鹿精想这么做，是寿星吩咐鹿精这么做的。

鹿精离开比丘国寻访长生药，其实就是给寿星汇报三年来的工作进程。寿星则通过观音，或者如来，或者他本人亲自出马，询问五方揭谛、六丁六甲等人，详细掌握了唐僧师徒的行踪。于是，在唐僧师徒到达比丘国的前一天，鹿精让国王下令抓小儿进鹅笼。

若非寿星对唐僧、孙悟空的一举一动了如指掌，寿星怎么可能在孙悟空挥起金箍棒要打鹿精的瞬间赶到现场？要知道，即便是孙悟空驾筋斗云从蓬莱岛飞到比丘国，也要两三个小时。

寿星为何要这么做呢？

其实，从安天大会上开始，寿星就是道派群仙中旗帜最为鲜明的亲佛派，甚至可以说，从取经行动一开始，寿星就一直关注甚至亲自参与其中。

当年，殷温娇生下唐僧的那一天，做了一个梦，梦中有一个人告诉她："满堂娇，听吾叮嘱。吾乃南极星君，奉观音菩萨法旨，特送此子与你。"这南极星君正是寿星。

后来，观音设局把唐太宗弄下阴曹地府，阎王介绍说："自那龙未生之前，南斗星死簿上已注定该遭杀于人曹之手。"把泾河龙王弄死的南斗星君也正是寿星。

此后，孙悟空想办法救活人参果树时，寿星主动说去五庄观为孙悟空说情，其实他和镇元大仙早就相熟。

在比丘国，寿星让坐骑鹿精苦心经营了三年，就是为了献上一份大礼给如来。

为何这么说呢？

比丘国为何叫作比丘国？和尚不就叫作比丘吗？很明显，这比丘国本是一个信仰佛法的国度。但是，这个比丘国的国王、百姓对佛派并不是非常信服，从鹿精（国丈）可以轻易说服国王崇奉道法，就可以知道这一点。

鹿精到达比丘国后，一方面以美后迷惑国王，另一方面让国王炼丹求长生。三年下来，许多官员对国王已经很不满。不过，国王虽信奉道法，但毕竟没有伤及百姓。所以，寿星故意让鹿精在指定时间抓捕一千一百一十一个小儿，还放出话来，说国王要吃小儿心肝才能长生。结果，全国百姓纷纷痛骂国王是昏君，怂恿国王吃人的国丈自然就变成了妖道，而道派自然变成众矢之的。

当孙悟空降伏妖怪，让诸仙把孩子们送回各家时，整个比丘国沸腾了。全国百姓都趴在地上叩拜唐朝和尚救命大恩，纷纷慨叹孙悟空等人是菩萨降世。大家拉扯住唐僧师徒不许走，家家户户都想请客吃饭。在这里吃了一个多月，唐僧师徒才离开。然后，整个比丘国，“传下影神，立起牌位，顶礼焚香供养”。

大家看到了吗？经过寿星这么一搞，比丘国从一个表面信奉佛派的国家，变成了一个百姓发自肺腑信奉佛派的国家。

第四十二节　寿星自黑

寿星在仙界的地位很高。

西游世界有个仙界大能排行榜：三清、四帝、五老、六司、七元、八极、九曜、十都。这个排行榜影响很大，不过也不知作者吴承恩是出于什么考虑，并没有把这份排行榜的全部名单公布。尤其是六司以下的仙界高手，在《西游记》当中并没有明确说明。

不过，可以明确的是，在《西游记》中寿星也叫作南极星君、南极老人。此老在西游世界地位极高，仅次于如来、观音等人。

首先，寿星名列六司之首，在仙界排行榜中仅次于五方五老。

寿星主管南斗六司，负责仙人转世。正因如此，寿星才会出面送唐僧下界投胎，才有能力在生死簿中将泾河龙王划去。

其次，寿星乃海外仙人之首，在人间独霸一方。

五庄观故事中，孙悟空为了求取救树仙方，前往海外三岛求助。寿星正住在大名鼎鼎的蓬莱岛上，与他同居此岛的是同样著名的福星、禄星。方丈岛上住着东华帝君和汉朝名人东方朔。瀛洲岛上住着九老。

这些仙人虽然在下界居住，但是地位很高，在七仙女介绍历届蟠桃会邀请名单时，特别提到了“十洲三岛仙翁”，说的就是以寿星为首的海外仙人势力。

人间的五方五老以如来为首，在《西游记》中正面描述了西方佛老如来、南方南极观音，还有北方北极玄灵（即黄眉老怪故事中，居住在武当山上的九天荡魔祖师）。他们每一位麾下都有成百上千的仙人，势力极大。

以寿星为首的海外仙人势力，从数量上说远远不如五方五老，但是他们每一位都是地仙以上级别，并且资历深、修为高，号称“神仙之宗”。隐隐然，寿星已经成为人间势力第六强。

既然寿星有如此高的地位，为何还要讨好如来呢？

要知道，寿星让坐骑白鹿精收取小儿心肝，虽然只是做戏，却已经严重伤害了道派在比丘国民众心中的形象。以伤害道派为代价换取民众对佛派的信奉，寿星如此自黑，难道不担心引起玉帝的震怒吗？

我们先看看玉帝和寿星的关系如何？

寿星在《西游记》中第一次出场，是在安天大会上。原文说：“寿星又到。见玉帝礼毕，又见如来，申谢曰：‘始闻那妖猴被老君引至兜率宫锻炼，以为必致平安，不期他又反出。幸如来善伏此怪，设宴奉谢，故此闻风而来。更无他物可献，特具紫芝瑶草，碧藕金丹奉上。’”

此前，我们曾经说过，玉帝给如来举办安天大会，一方面是表彰如来功绩，另一方面却是批评太上老君办事不力。像这样的大会，明摆着就是表态的大会。谁来发言，发言的次序如何、内容如何，都大有讲究。

王母娘娘第一个出列献上蟠桃，大赞如来。寿星第二个出列，其言语看似介绍事实，其实是旗帜鲜明地痛批太上老君身为三清、道家之祖，法力通天却放纵妖猴，让天下人失望痛心。而如来呢，忠于玉帝，成功降伏妖猴，因此寿星献上灵芝仙草、碧藕金丹。

寿星第二个出列，以及公开批评太上老君力挺如来，这一切足以证明寿星是玉帝的铁杆支持者。

在天庭商议大事时，太白金星经常发言，玉帝也经常采纳其言。乍一看，好像太白金星才是玉帝心腹。其实不然。

在日常生活中，我们很难发现一个人的真面目如何。唯有在突变、灾难发生时，才能看清一个人的真面目。比如，当玉帝要杀猪八戒时，太白金星极力劝阻；而当玉帝要杀沙僧时，太白金星却毫无反应。这不正说明太白金星和猪八戒都是太上老君的人马，而沙僧是玉帝的人马吗？——玉帝惩罚沙僧本身就是一场戏。若我们细看原文就可以发现，沙僧说天庭每隔七天就会来用飞剑穿他胸百余次纯属谎言，因为没有任何人亲眼见证。

正因为寿星是玉帝的真正心腹，因此寿星夸赞如来以及此后对如来的取经大业不遗余力的支持，就有了别样的解释。

第一，寿星对如来的支持，其实是对玉帝的支持。

取经大业是经过玉帝批准的天庭官方行动。取经团队有明暗两支队伍，唐僧师徒五人只是明面上的队伍，暗中还有玉帝以及如来分别派出的两班共三十九人的仙人队伍。因此，玉帝可以随时掌握取经团队的动向。

玉帝为何要支持取经？

他要力挺如来，壮大佛派来制衡太上老君势力，为此他答应观音叫天天应、叫地地灵，并且三界仙人都可以为取经行动服务。

第二，寿星支持如来，可以壮大自己的势力。

一个人的力量永远都是有限的。即便大能如太上老君，也无法事事如意。作为南斗六司之首的寿星，本身修为很高，但是没有独立的势力。而如来麾下虽有四千仙人，却局促于西天一隅。两人可以说互有所长、互有所短。寿星若与如来联手，彼此的势力都会大涨，何乐不为呢？

第三，寿星成功亲近如来，可以近距离监视如来。

从骨子里来说，玉帝对如来是不信任的。级别高到玉帝这样，对任何人都很难真正信任。尤其是如来，打着取经行动的口号，一路斩妖除魔，将非佛派力量剿灭了个干净。这种行为，五方揭谛自然会随时禀告玉帝。玉帝知道后却没有公开的反对。

为什么？因为玉帝觉得，一切都还在自己的掌控之中。

作为三界之主，玉帝只需要掌控大局，对于细节不必过于计较。什么是大局？就是佛派高层的人事权力分布。多一个两个的人间国家信徒，从长远看对佛派很有利。但是，在人间信徒中产生强有力的仙人，却需要成百上千年甚至几万年。

观音多次求见玉帝，玉帝也屡屡召见她，并且多番鼓励。弥勒派出黄眉老怪挑战孙悟空，意图妨碍取经，玉帝却派出实力一般的二十八宿，对弥勒恶行不予追究。

为什么？

玉帝明面上扶持如来壮大佛派以制衡太上老君，但与此同时，他又在佛派内部扶持观音、放纵弥勒来制衡如来。

寿星则是玉帝约束如来的又一道保险。

玉帝不担心寿星会背叛他，因为如来能给予寿星的，玉帝全部能给予。寿星活了数万年，自然明白其中利害。

第四十三节　寿星有多强

比丘国中，孙悟空大展神威，降伏了化身国丈的白鹿精。在要打杀妖精时，妖精主人寿星降临，阻止了孙悟空。

无论是在民间传说中，还是在《西游记》中，寿星的地位都极高。可是，在面对孙悟空时寿星却战战兢兢，颇有畏惧之色。孙悟空则大大咧咧，浑不在意，一口一个“老弟”。

前文我曾经分析过，孙悟空的单体战斗力当在九曜之上、八极之间，为何身为六司之首的寿星会害怕孙悟空呢？莫非寿星斗不过猴哥？

先说寿星。

寿星在《西游记》中有着多重身份。从官方职务来说，他是六司之首，统辖南斗六星君，掌管仙人生死簿，一言可定仙人生死，权力极大；从江湖地位来说，寿星乃海外十洲三岛仙人之首，号称神仙之宗，为人间道派仙人魁首，地位仅次于五方五老。

比这些头衔更为重要的是，寿星乃玉帝心腹，在很多场合他都是玉帝的代言人。在安天大会上，玉帝就安排寿星在王母娘娘之后，第二个向如来献礼，可见寿星深得玉帝倚重。

在大闹天宫之前，孙悟空就与寿星认识。当时孙悟空遍游天界，与诸天仙神称兄道弟，貌似混得很开。其实，像寿星、四大天师等天庭高层仙人对孙悟空不过是客气敷衍，从未真正重视孙悟空，更没有把孙悟空平等相待。

即便是在取经早期，寿星对孙悟空也很是不屑。

五庄观故事中，孙悟空到海外三岛寻访救树仙药时，头一个拜访的就是福、禄、寿三星。

听完孙悟空讲述经过，寿星等人评价道：“你这猴儿，全不识人。那镇元大仙乃地仙之祖，我等乃神仙之宗。你虽得了天仙，还是太乙散数，未入真流，你怎么脱得他手？”

寿星等人一方面对镇元大仙极度推崇，嘲笑孙悟空狂妄，竟然敢挑衅地仙之祖，另一方面又自信满满，认为自家乃神仙之宗，可以与镇元大仙并列。在寿星等人看来，孙悟空虽然修仙级别很高，成了天仙，但出身太乙旁门，与他们这些出身三清名门的大罗仙人绝不能相提并论。

可是在比丘国中，寿星再见孙悟空时，言辞发生了重大变化。

变化一：对孙悟空态度恭顺。

别的菩萨前来时，比如观音，一般都说："悟空住手！"因为在观音看来，孙悟空再牛，也是她的下属。何况孙悟空的神通也远不如观音，观音自然可以直呼其名，全不在意礼节。

寿星见面时，却说："大圣慢来，天蓬休赶。老道在此施礼哩。"寿星口称孙悟空与猪八戒的官方职务，并且言辞恭敬，连连施礼。他领回白鹿精时，态度也很谦卑。他说："望二公饶他命罢！"孙悟空与猪八戒被其称为"二公"，这寿星对孙悟空不但全无蔑视，反倒满满都是尊敬。

后来，寿星与白鹿精说悄悄话，孙悟空随口问道："老弟说什么？"寿星一听，连忙解释说："我嘱鹿哩，我嘱鹿哩！"言辞中对孙悟空竟然有了畏惧之意。

变化二：对孙悟空言听计从。

在救下白鹿精后，寿星跨上鹿就要走人，却被孙悟空一把扯住。孙悟空提出，寿星不能走，必须办完两件事再走。

孙悟空要办什么事情呢？

其一，打杀美后。

孙悟空与猪八戒当着寿星的面，把化为美后、迷惑君王的玉面狐狸打杀。那玉面狐狸名为妖魔作祟，其实是奉了寿星的命令，协助白鹿精下界完成任务。若寿星面子够大，完全可以将玉面狐狸也保全下来。毕竟白鹿精和玉面狐狸其实都没有杀死任何人。

可是，寿星不但没有为玉面狐狸求情，反倒在白鹿精对玉面狐狸流露出眷恋之情时，当着孙悟空的面训斥他：“孽畜！你得命足矣，又闻他怎的?”

这白鹿精也算是倒了血霉，辛辛苦苦帮上级做事，最后却要给上级背锅。

其二，烧掉府邸。

玉面狐狸死后，寿星又要走，却又被孙悟空扯住，提出要烧掉清华仙府，避免以后再生妖孽。

那清华仙府名为妖洞，其实是西游世界一处罕见的洞天福地。我估计这仙府乃是寿星在西牛贺洲的一处重要别墅。可是，当孙悟空提出要烧掉仙府时，寿星竟然一言不发，眼睁睁看着这洞天福地毁于大火。

这寿星在五庄观时还牛气哄哄，为何现在变得如此窝囊呢？孙悟空两次扯住寿星的真正目的又是什么呢？

要想弄清楚这些问题，必须摸清孙悟空在五庄观前后身份、地位、战力的变化。

在五庄观之前，孙悟空身上有两个头衔：一是齐天大圣；二是取经人徒弟。

对于寿星这种天庭高层管理仙人来说，对所谓“齐天大圣”的真相一清二楚。孙悟空这个封号看似极品，其实一文不值，纯属骗人的玩意。当初太白金星就说得明白，叫作“有官无禄”，虚衔而已。何况，玉帝早在五百年前就曾经下令抓捕逆贼孙悟空。孙悟空“齐天大圣”的封号虽然没有被明令废除，但也是名存实亡。

至于取经人徒弟的身份，更是不值一哂。以寿星在仙界的地位，与如来、观音都是平辈论交，连取经人唐僧都是寿星的晚辈，更不要说取经人的徒弟了。

五庄观故事后，孙悟空的身份、地位有何变化呢？

有几件事情的发生让寿星大感吃惊，并最终意识到孙悟空的强大。

其一，地仙之祖镇元大仙与孙悟空结为兄弟。

对于镇元大仙，寿星不但敬佩，而且推崇。镇元大仙在仙界有两个让无数仙人仰望的优越条件。一个是资格老。此公乃是人间界第一批成就地仙的元老，虽然修仙等级迟迟不能提升，但与天界许多大能都是熟人，是公认的地仙之祖。另一个是拥有人参果树。人参果树乃人间唯一可以直接让人成就仙道的灵果，其效力堪比中等蟠桃。

从寿星对镇元大仙的评价看，地仙之祖镇元大仙不但完全可以和号称“神仙之宗”的寿星并驾齐驱，并且寿星还觉得自己略逊镇元大仙一筹。确实，论战力，镇元大仙拥有乾坤袖这种逆天神通；论资源，人参果的长生效果远胜寿星的火枣。

可是，让寿星大跌眼镜的是，明明孙悟空偷吃了镇元大仙的人参果，推倒了镇元大仙的人参果树，还砸了镇元大仙的锅，让镇元大仙丢了脸，但镇元大仙却和孙悟空结拜为兄弟。而且，还是镇元大仙提出要和孙悟空结拜兄弟。

也就是说，在镇元大仙看来，孙悟空的重要性远远超过寿星。这让寿星大吃一惊。

其二，寿星参与了观音的取经行动，大致摸清了孙悟空的底细。

五庄观故事后，寿星真正重视起孙悟空。他必然会想，为何镇元大仙那么看重孙悟空呢？莫非孙悟空还有其他背景？

寿星是天庭仙人，但常驻人间三岛，主要负责管理十洲三岛仙人，并与佛派沟通，因此对于孙悟空的背景并不是很了解。

或许正是从镇元大仙口中，寿星隐约得知孙悟空与最高层（三清）的某位关系密切。同时，寿星奉玉帝旨意，支持佛派取经行动，并且与具体负责人观音多有沟通。从观音口中，寿星也多多少少得知了取经行动的真相，了解了孙悟空的真正背景。

当初寿星最看不起孙悟空的是什么呢？是孙悟空的出身。他嘲笑孙悟空乃“太乙散数，不入真流”。换言之，就是说孙悟空不是名门出身，背后没有大靠山。

当寿星隐约猜到孙悟空的师父乃是道祖太上老君，是三清嫡系传人，在道派辈分远高于自己时，他怎能不大吃一惊？

那时他才明白，镇元大仙以地仙之祖身份主动与孙悟空结拜，其实是占了天大的便宜。

当然，最为关键的是，孙悟空的战斗力发生了惊人变化。

大闹天宫时期，孙悟空曾经大败九曜、二十八宿。当时孙悟空的实际战斗力大约在九曜之上、八极之间，距离六司还有一段距离。但是，取经路上孙悟空的战斗力一直在增长，并且是飞速增长。

很多读者都以为孙悟空参加取经后变得窝囊了、变得弱了，这其实是大错特错。孙悟空不但没有变弱，反倒大大变强了。

孙悟空变强有两个关键因素。

一个是入八卦炉锻炼，修成金刚不坏之体。

孙悟空偷吃蟠桃、仙丹后，身体素质有了一定提升，但依然没有达成金刚不坏之体。这也是孙悟空被太上老君的金刚琢打翻，被哮天犬咬伤的重要原因。但是，在师父太上老君的秘密帮助下，在八卦炉中锻炼四十九天后，蟠桃与金丹中蕴藏的无穷仙力彻底改造了孙悟空的身体，使孙悟空真正从不生不灭体升级为金刚不坏体。

另一个是修习乌巢禅师传授的《多心经》，将佛、道相融。

在我的解说中，乌巢禅师乃是佛派第一代佛祖燃灯，亦是太上老君"化胡为佛"选定的继承人。他公开传授了唐僧师徒《多心经》。《多心经》虽然只有二百余字，但在乌巢禅师口中却是佛派万法中的核心法门，是真正的无上仙法。

唐僧以前念了数十年无数遍的佛经，可是身上一点灵气也无。在领悟了《多心经》后，原文说唐僧"一点灵光自透"，从此踏上仙途。

以唐僧的愚钝（没错，在孙悟空面前，唐僧实在愚钝），修习《多心经》不过十年左右就脱去凡胎，成就佛体，更何况天纵奇才的孙悟空。

在佛法上，在修行上，孙悟空经常扮演老师的角色，指点唐僧与两位师弟。他在《多心经》上领悟的最深，所得也最大。

从实际战例来说，孙悟空在取经后期也有着非常出色的表现。

比如，寿星的坐骑白鹿精手中拿着寿星的武器蟠龙拐，与孙悟空两度交手。初战时，白鹿精苦苦支撑了二十个回合，转身逃跑；再战时不过二三回合，就落荒而逃。寿星隐藏在暗处，全程观看了这两场战斗。对于战斗的结果，寿星非常震惊。

事后，寿星训斥白鹿精说："好孽畜啊！你怎么背主逃去，在此成精！若不是我来，孙大圣定打死你了。"

若这番话是当众说出，或许有做戏成分。事实是，这番话是背着孙悟空、猪八戒时，寿星悄悄对白鹿精所说的。

像太上老君坐骑青牛精、弥勒童子黄眉老怪，其实力都远赛八极、九曜。可是，无论对手如何强大，孙悟空都能与之战平。尤其是其金刚不坏之体与筋斗云相结合，使许多先天法宝在他面前都没有作用。

比如，几乎所有地仙、天仙在被紫金葫芦装入后都会化为血水，但孙悟空被装入后毫无反应。几乎所有地仙、天仙在金刚琢、人种袋面前都无所遁形，但孙悟空在初次吃亏后，就再不会中招。几乎所有地仙、天仙被装入阴阳二气瓶中必死，可孙悟空竟然把这混沌之初就存在的先天法宝硬生生给破了。

尤其是孙悟空身外化身的法术，在取经后期绝对是个逆天的存在。

在取经早期，黄风怪一口神风吹下时，孙悟空的本体不动，但身外化身的小行者全被吹跑了。可见孙悟空本体与分身的实力相差极大。

可是，在取经后期，因为孙悟空将道、佛功法相融，其身外化身术的修炼达到一种惊人的高度。其分身和本体的战斗力几乎一样。在玉华州时，一个黄狮精就可以和孙悟空三兄弟大战数十回合，可是，孙悟空依靠身外化身术，竟然将七个战力等同黄狮精的妖王全部擒拿。

换言之，在取经后期，孙悟空一旦施展身外化身术，战斗力将提升数倍甚至十数倍。

对拥有如此身份、地位、战力的孙悟空，寿星怎能不畏惧？因此，当孙悟空无礼地扯住寿星时，寿星一点脾气也无。

第四十四节　寿星坑人

唐僧师徒在比丘国营救了一千一百一十一个小孩，赢得了民众空前的崇拜。在比丘国王准备好车马，要把唐僧师徒礼送出境的时刻，万千百姓自发行动起来，把救命恩人孙悟空、唐僧等人接回了家中。唐僧师徒一天吃几家，过了一个月的幸福生活，这才离开了比丘国。

在饭桌上，比丘国百姓们除了感激唐僧师徒外，必然还会痛骂两个人——比丘国王与国丈白鹿精。在很多人看来，正是这两个人坑苦了比丘国人。

事情真的是这样吗？

在唐僧口中，比丘国王乃是一个无道昏君。听了驿丞讲述国王欲取小儿心肝一事时，唐僧不禁悲叹：“昏君，昏君！为你贪欢爱美，弄出病来怎么屈伤这许多小儿性命！苦哉，苦哉！痛杀我也！”

在唐僧看来，比丘国王昏庸之处有二。

一曰贪欢爱美，弄出病来。堂堂一国之君，在爱欲上不知节制，弄出病来纯属活该。

一曰屈伤小儿性命。比丘国王身为国王，本为万民父母，为了一己之私，竟然要屠戮臣民尤其是无辜孩童。

唐僧的评价正确吗？

依我们现代的观念来说，唐僧的话无疑是正确的，但在古代的观念中则未必如此。

猪八戒见唐僧悲伤，就劝说道：“君教臣死，臣不死不忠；父教子亡，子不亡不孝。他伤的是他的子民，与你何干！且来宽衣服睡觉，莫替古人耽忧！”

身为比丘国君王，他就是比丘国臣民的主宰。要臣民们生就生，要他们死就死。在古代君王看来，百姓、臣民是他们的私产，可以任意取舍。古代的封疆大吏常自称“代天子牧百民”，汉代更直接设立州牧一职。在很长一段历史时期，在士大夫阶层看来，卑贱的百姓就如牛羊一般。

当唐僧师徒走入比丘国都城后，看到许多人家门口都放一鹅笼，里面装着的都是五至七岁的小孩。但他们有没有看到百姓痛哭，小儿啼叫呢？

没有。唐僧师徒看到了什么？原文说：

“酒楼歌馆语声喧，彩铺茶房高挂帘。万户千门生意好，六街三市广财源。买金贩锦人如蚁，夺利争名只为钱。礼貌庄严风景盛，河清海晏太平年。”

原来，就在国王下令圈养一千一百一十一个小儿的同时，比丘国都城内依然歌舞升平，笑语喧天。整个比丘国都城并没有出现官差横行街头、百姓鸡飞狗跳的场景。

之所以如此，一方面，是国王强权可畏。小儿待屠，父母只能暗自悲伤，若是公然反抗，势必家破人亡。另一方面，却是国王执政有方。比丘国王虽然自私，虽然好色，但是在他的治理下，整体上来说，国家是海晏河清，天下太平。

那国丈白鹿精是不是个恶人呢？

在以驿丞为代表的比丘国人看来，国丈作恶有二：一曰，献上美后，祸乱后宫，最终导致国君病危；二曰，提议以小儿心肝为药引，引诱国王为恶。

据驿丞所说，这国丈献上美后之后，比丘国王“把三宫娘娘，六院妃子，全无正眼相觑，不分昼夜，贪欢不已。如今弄得精神瘦倦，身体尪羸，饮食少进，命在须臾”。

在古代，皇帝宠幸后宫自有定制：每月在皇后殿阁几天，在妃子殿阁几天，都有详细而明确的规定。因美后貌美，比丘国王竟然罔顾祖宗法度，夜夜宠幸，最终导致病危。在古代礼法观念中，妃嫔伤及君王龙体乃是大罪。献上美后的国丈，自然也罪孽难逃。

国丈身为道派中人，本当在山中清修。可是，他不但眷恋红尘，并且献上屠戮小儿之方，以获得国王恩宠。用心如此狠毒之人，难道还不是个恶人吗？

只是，若我们细看原著就会发现，那国丈还真没有害过一个人，无论是国君，还是小儿。

先说国君。

在三年前，国丈带着年方二八的女儿来到比丘国。国王一见倾心，册封少女为美后。从此少女宠冠后宫，夜夜欢歌。当时国王有没有生病呢？没有。三年来，比丘国王的身体一直是龙精虎猛，好得不得了。

只是在一个月前，比丘国王莫名其妙地染上了一种怪病，宫廷御医想尽办法也无法医治。最终还是国丈主动提出，愿意前往东海寻访仙方，为国王治病。

再说小儿。

在数天前，国丈回到比丘国，告诉国王仙方已经找到，但需要一千一百一十一个小儿心肝作为药引。如此一来，不但国王的病可以痊愈，并且可以延寿千年。正因如此，国王大喜，才下令从都城百姓中挑选一千一百一十一个小儿，关入鹅笼，等待次日屠杀。

也就是说，国王染病以及将小儿关在鹅笼其实都是国丈计算好了日子，为了完成上级——寿星的任务，而布置的一个局。

在寿星与观音的密切配合下，国丈白鹿精严格遵守日程，在唐僧师徒到达的前一日，下令抓捕小儿，放入鹅笼，并规定在三天后杀小儿取心肝。

结果，孙悟空大展神威，救下小儿，挥起金箍棒，降伏妖魔。

乍一看比丘国之事，好像唐僧很慈悲，孙悟空很英勇，其实白鹿精从一开始就没有想要国王的性命，更没有想要小儿的性命。

坑比丘国人的，不是国王，不是白鹿精，而是寿星。

严格来说，寿星也不是正主。真正布局的是观音、如来，还有那远在九天之上的玉帝。在一千一百一十一个小儿被一抓一救之间，由比丘国王臣服道派，到百姓归奉佛派，天庭与灵山各得其利。

第四十五节　洞天福地

在《西游记》中出现了多处洞天福地。什么是洞天福地呢？

在传统神话观念中，所谓洞天福地是道家仙境，其中灵气充裕，适合修炼，在其中成就仙道者不在少数。按道家说法，天下共有十大洞天，又有三十六小洞天，七十二福地。

在西游世界有多少洞天福地？它们与传统神话观念中的洞天福地有什么异同呢？

在《西游记》中明确点明是洞天福地的，有两处：其一，花果山福地，水帘洞洞天；其二，万寿山福地，五庄观洞天。另外，黑熊精的黑风洞、老鼠精的无底洞、九灵元圣的九曲盘桓洞也被称为洞天。

符合哪些标准，才能被称为洞天福地呢？

其一，隐匿难寻。

传统观念中的洞天福地，以名山为主，诸如王屋山、青城山、峨眉山、庐山、黄山、泰山、嵩山、衡山、华山、恒山……但凡有点名气的山，基本上都被划入洞天福地之中。

在西游世界中，洞天福地可没有这么宽泛，洞天福地之所以存在，并非看山川是否有名，而是看其中是否另有乾坤，别有洞天。

比如水帘洞。

花果山从鸿蒙初辟时代就存在，在山上一直生存着无数生灵，即便是初窥仙道的精怪，也不在少数。像孙悟空称霸花果山时，麾下光猴妖就有四万七千之众。更不要说还有七十二洞妖王，各个又有妖兵无数。

换言之，在花果山上开启了灵智，拥有一定神通的妖怪数以万计。可是，水帘洞一直就存在于花果山瀑布之后，为何数千年、数万年甚至更久远的时间以来，没有一个人（妖）发现水帘洞的秘密呢？

只因水帘洞乃是一处洞天，除非本身具有一定神通，或者满足特殊条件，否则根本就无法发现、走入其中。

也就是说，其他妖精若是钻入瀑布，看到的只是岩石。非要等孙悟空跳入，那水帘洞才会开启。

从很多年前开始，孙悟空就注定了是新一任水帘洞主人。

其二，自成世界。

黑熊精的黑风洞本是在黑风山中。按照常理来说，山洞之中应是漆黑一片，潮湿无比。可是，当孙悟空（变成金池长老）走入山洞后，看到了什么呢？原文说："松篁交翠，桃李争妍，丛丛花发，簇簇兰香。"黑风洞中和黑风洞外竟然是截然不同的两个世界。

类似的事情，在陷空山无底洞中也有出现。

孙悟空为救唐僧，飞身跳入无底洞。那洞幽深无比，仿佛一直没有尽头。可是，等到了地底极深处，孙悟空却发现远处有光亮。踏入一看，原文说：“里边明明朗朗，一般的有日色，有风声，又有花草果木。”

在无底洞中竟然同样有阳光，同样有风声，同样有各种树木。饶是孙悟空见多识广，看了也不禁赞叹。

其三，平行空间。

在《西游记》中出现的洞天福地其实不仅是上面提到的五处，像在比丘国出现的清华仙府，书中虽然没有明言，但其实也是一处洞天福地。

国丈白鹿精被孙悟空追杀时，逃入山林不见了。孙悟空询问土地，才探查到妖怪所在。

孙悟空与猪八戒按照土地指点，找到了一棵长有九条叉枝的老杨树。孙悟空绕着树根，左转三下，右转三下，然后双手一拍树根，口中喝道：“开门!”

从孙悟空的举动可以看出，这清华仙府和水帘洞一样，都具有极强的隐匿性。水帘洞是需要特定血脉（孙悟空乃天生灵猴）才能打开，那清华仙府却是需要特定的程序（在老杨树所在的地面之下，必定有机关，孙悟空走动时就启动了机关，犹如输入了密码）。

然后，凭空就出现了一扇门。孙悟空再看周围，老杨树就不见了。孙悟空推开门走进去，看到里面奇花争艳，蝶戏幽兰，景色极美。

孙悟空一路找寻，发现在花木掩映中有一处石屏，上面写着

“清华仙府”四个大字。再看其后，就见白鹿精怀抱美后正在说话。

很明显，这清华仙府与比丘国杨树林并不在同一空间。清华仙府不但自成世界，并且是与现实世界平行的另一空间。

但若依以上标准，五庄观为何也是洞天福地呢？如来居住的灵山是不是洞天福地呢？

在《西游记》中作者明确点出，地仙之祖居住的五庄观属于洞天福地。但按照西游世界一贯的标准，这洞天福地当极具隐匿性，可五庄观却是出现在大路边的。唐僧师徒是在没有任何人指引的情况下，走着走着，就来到了五庄观前的。

其实，镇元大仙的五庄观是洞天福地，这一点是毋庸置疑的，因为它不仅是洞天福地，而且是西游世界中品阶很高的洞天福地。

你没看错，洞天福地也有品阶。

按照洞天福地空间的大小、灵气的浓郁程度，我们可以把洞天福地简单地分为上、中、下三个品阶。

能够让四万七千猴妖生活的水帘洞，无疑是其中的上品。能够让数百位门徒在其中修行，并且延续数万年的五庄观，无疑也是洞天福地中的上品。

清华仙府、陷空山无底洞、九曲盘桓洞空间范围较小，当属中品。

黑熊精的黑风洞空间范围更小，当为下品。

这种分法也符合各洞天福地主人的修仙级别。

孙悟空本人只是天仙初阶，但水帘洞真正的主人乃是太上老君。在鸿蒙初辟第一山开辟仙府，也符合道祖的身份。

镇元大仙是地仙之祖，虽然受天资所限，级别不高，但“早起的鸟儿有虫吃”，他出道早，捡到的宝也就多。

清华仙府其实是寿星在西牛贺洲的一处别墅，寿星才是真正的主人。

老鼠精是奉如来之命潜伏在无底洞，无底洞的真正主人自然是如来。

九灵元圣是天尊级上古灵兽，但他毕竟是东方青华世界之妖，在第一重天只是客居，能占个中品洞天已经算是不错。

黑熊精能够修炼成妖，并且听说过孙悟空齐天大圣之名，必定有天界背景。他其实是观音的记名弟子。观音收黑熊精去守卫落伽山，乃是早有安排。

既然洞天福地都极具隐匿性，按照正常情况，唐僧师徒自然是看不到五庄观的。但如果主人镇元大仙刻意让唐僧师徒看到呢？

唐僧师徒进入五庄观，孙悟空偷吃人参果，孙悟空大闹五庄观等，本就在镇元大仙的设计之局中。孙悟空大闹五庄观本就是镇元大仙、太上老君、观音共同谋划的一个局。

正因为如此，镇元大仙刻意取消了五庄观的禁制，刻意让唐僧师徒轻易走入；正因为如此，镇元大仙才会故意离开五庄观，又故意让弟子献上两个人参果。

在《西游记》中西方佛派诸仙大都生活在灵山之上，灵山也号称西方极乐世界。灵山是不是一处超大的洞天福地呢？

很遗憾，不是。

结合之前对洞天福地的种种描述，可以发现一个共同的现象——从现实世界走入洞天福地，往往会出现一个景色大变、环境迥异的情况。水帘洞是如此，黑风洞是如此，无底洞是如此，清华仙府还是如此。九曲盘桓洞描写不详，则不好比较。至于五庄观，其景色与周围俨然一体，因极有可能是镇元大仙刻意所为，故可以排除。

那唐僧师徒走入灵山时的状况是怎样的呢？

很遗憾，当时周围的环境没有什么突然的变化。唐僧师徒从灵山脚下走入金顶大仙的道观，走过凌云渡，就来到大雷音寺，见到了如来。

其实，不仅灵山不是洞天福地，观音的落伽山也属于现实世界。如来、观音都生活在人间界，其空间、时间没有任何特殊。

第四十六节　人妖有别

“八十一难皆是局，降妖伏魔一场戏。”取经路上的绝大多数妖魔都是天庭与灵山协商后安排下界的仙人。正因如此，才会出现妖怪大张旗鼓抓唐僧，抓到唐僧却不吃的怪异现象。

可是，不知道大家发现没有，所有被派下来抓捕唐僧充作取经一难的仙人，都是妖族出身。人族出身的仙人竟然一个也没有。

孙悟空、猪八戒、沙僧三个都是妖族出身，自不必说。（有读者觉得沙僧是人族仙人，但原著中牛魔王曾说猪八戒是猪精，沙僧是流沙精。这沙僧显然是妖精无疑）至于其他下界仙人，我们按照顺序一一数来。

黄风岭黄风怪乃貂鼠成精，乃如来派出，由灵吉菩萨监管；波月洞黄袍怪本为奎木狼，乃恶狼成精，乃玉帝派出；乌鸡国假国王乃阉掉的青毛狮子精，由文殊菩萨派出；通天河灵感大王金鱼精，乃观音派出；金𡶴山独角兕大王乃太上老君坐骑青牛；朱紫国赛太岁乃观音坐骑金毛犼；比丘国国丈乃寿星坐骑白鹿精；无底洞半截观音乃如来派出的老鼠精；狮驼国大魔狮魔、二魔象魔分别是文殊、普贤菩萨坐骑，三魔大鹏雕是如来干舅舅；玉华州九灵元圣是太乙救苦天尊坐骑九头狮子；天竺国假公主是太阴星君的宠物玉兔精。

在明确有仙界背景的诸多妖魔中，唯金角、银角大王与黄眉老怪不知道是何物成精。

在原著中，金角、银角大王的形象和影视剧中完全不同。他们的头上并没有长角，样貌也没有任何妖类、兽类特征。书中明确说，他们的长相和二郎神、巨灵神等诸多天将一样。不过，无论是在旁白中，还是在孙悟空、猪八戒口中，一谈到金角、银角大王，都冠以“妖、魔”之名。

太上老君说金角、银角大王是给他看守金炉、银炉的童子。这两个童子在被收入紫金葫芦、玉净瓶之后没有出现尸骨，更没有化为血水，而是成为两股仙气——没错，书中是说两股仙气。因此，我猜测这金角、银角大王可能是金炉、银炉所化，或者说是金炉、银炉的器灵成仙。

黄眉老怪是弥勒佛的童子，很容易被当成人类。书中描绘黄眉老怪外貌时说："光着眼，簇两道黄眉老怪的竖；悬胆鼻，孔窍开查；四方口，牙齿尖利……此形似兽不如兽，相貌非人却似人。"

从"非人却似人"可以看出黄眉老怪的本体绝非人类。那他究竟是何物成精呢？

从他以黄眉老怪为名，并且尖牙利齿、脸型消瘦（文中孙悟空骂黄眉老怪"面上无肉"）来看，黄眉老怪极有可能是黄鼠狼成精。因黄鼠狼品性低贱，为人所不齿，故原著评价他"似兽不如兽"。

为何天庭与灵山高层在选派仙人下界时，无一例外地选派妖族仙人下界，而不是人族仙人下界呢？有两个原因。

其一，西游世界人贵妖贱。

西游世界是一个等级森严的世界。这个等级不仅体现在官职权位上、修仙等级上，还体现在兽、人、妖、仙等不同种群中。

在西游世界中最为卑贱的是各种凡鸟凡兽，它们的地位比凡人还要卑贱。凡鸟凡兽需要苦修多年，转世多年，才有幸转世成人。

妖，与兽不同。妖族天生强大，不但能够开启灵智，口出人言，甚至能修成各种神通。妖的地位很明显远在凡兽之上，也在人类之上。绝大多数妖魔都以人类作为食物。吃人是妖生存的常态。

仙，是修真者的代名词。太白金星说，凡有九窍者皆可成仙。人类虽然寿命短暂，力量弱小，但聪慧异常，修仙速度快过其他万族。故最终踏上仙途的仙人中，许多都是人族仙人。

为了彰显尊贵，更为了延寿长生，许多仙人都以妖族为食。像玉帝就热衷吃龙肝凤髓。

西天取经是西方佛派策划的一场规模宏大的行动，三界高层势力多有参与。为保证行动顺利，如来、观音需要一部分仙人下界充当反面角色。由哪些人来做这个“坏人”呢？

天庭与灵山的高层都非常默契地选择了妖族出身的仙人。妖族仙人虽然进入了仙界，但始终是仙界的另类，被人族仙人深深鄙视。既然是要干脏活、黑活，自然要由妖族仙人去做。

其二，西游世界人善妖恶。

在人间界的万千百姓看来，无论有没有作恶，只要你是妖族出身，那肯定就是坏的。

唐僧师徒一路走来，路过无数村庄、州县，几乎在每次借宿时，因为孙悟空三兄弟的长相，都要与百姓发生小小冲突。百姓们见到孙悟空三兄弟无不惊恐害怕。孙悟空三兄弟每次都要解释，我们貌丑人善。可无论三人如何解释，都没有人会听。总要等到唐僧训斥三个徒弟，亲自解释孙悟空三人的身份，老百姓们才会接受孙悟空三人。

不仅人类百姓，就连孙悟空这个妖族出身的仙人，都认为妖怪皆坏的，是妖怪就必须打死。取经路上但凡妖王被带走后，孙悟空必定清扫妖洞，把成百上千甚至数以万计的小妖，不问善恶，不问是非，一律打死。

在孙悟空看来，只要是妖——没背景的妖，就该死。

如果作恶的是人，或者是人类仙人，孙悟空会怎么做呢？

在比丘国中，听闻国丈献策，以一千一百一十一个小儿心肝作为药引，给国王治病，孙悟空大怒，他说："如若是人，只恐他走了傍门，不知正道，徒以采药为真，待老孙将先天之要旨，化他皈正；若是妖邪，我把他拿住，与这国王看看。"

如果作恶的是人，那么孙悟空会以劝说为主；而如果作恶的是妖，对不起，只能用金箍棒来"招待"他。

同样是妖族出身的孙悟空，为何这么恨妖怪呢？

很简单，孙悟空自认为已经是仙人，不是妖怪了。

在火云洞前，孙悟空曾经把自己和牛魔王进行比较。他说："我老孙当年与他相会，真个意合情投，交游甚厚，至如今我归正道，他还是邪魔。"

看看，孙悟空自诩为正，而以牛魔王为邪。在天庭混迹一二百年，孙悟空已经完全被洗脑了，竟然从骨子里鄙视起妖族来了。

可悲啊，猴哥！妖，不可忘本哦！

第四十七节　唐僧动心

了解唐僧的朋友都知道，唐僧的意志从来就不坚定。面对钱财富贵唐僧还能够稍稍把持，而面对女色几乎一攻就破。那么，取经十多年来，为何唐僧一直元阳未泄呢？

一来，观音、黎山老母等策划的四圣试禅心事件让唐僧从骨子里畏惧美女。所谓"一朝被蛇咬，十年怕井绳"。一旦看到美女投怀送抱，唐僧就怀疑是不是菩萨在考验他。

二来，遇上的美女不是女王就是女妖，对于这种过于强势的女人，唐僧不喜欢。大家回想一下，面对娇柔怯弱的白骨精（第一次变化），唐僧心动了；面对女儿国热情奔放的女王，唐僧严词拒绝；面对霸道蛮横的蝎子精，唐僧虚与委蛇，但心底很不情愿。即便是当代，很多男人都受不了过于强势的女人，何况是在那个讲究夫为妻纲的时代！

唐僧喜欢的，是像白骨精那样，既美貌动人，又娇娇切切的美少妇。这种女子最能打动唐僧。可惜，白骨精头脑短路，一而再，再而三地往孙悟空的棒子上撞。唐僧除了一口气念几十遍《紧箍咒》为美少妇出气，也找不出其他好法子。

一晃许多年过去了，取经路上唐僧被抓了许多次、被吊了许多回，也遇上了一些女人或女妖，可是再也没有遇上一个真正让他心动的女子。

一直到离开比丘国，走入黑松林，唐僧终于遇见了他此生的真命天女。这一次，唐僧发了狂一般，不听任何人劝阻，执意要与这女子在一起。甚至在知道这女子是妖怪后，他依然毫无畏惧。

这个女子就是陷空山无底洞的金鼻白毛老鼠精。

老鼠精打听到唐僧要从黑松林经过，就变成美少妇等候唐僧到来。

当时，孙悟空跳上云头，准备去化斋，猪八戒、沙僧则去附近采摘野果。唐僧一人独坐，在念《多心经》。这时，唐僧忽然听到耳边传来嘤嘤的啜泣声，不时还仿佛有一个女子在呼喊“救命，救命”。唐僧穿过松林，分开藤蔓，看到不远处大树上绑着一个女子。唐僧对这个女子，几乎就是一见倾心。

此女为何能一下子就俘获唐僧的心？先看原文：“（女怪）上半截使葛滕绑在树上，下半截埋在土里。长老立定脚，问他一句道：‘女菩萨，你有甚事，绑在此间?’咦！分明这厮是个妖怪，长老肉眼凡胎，却不能认得。那怪见他来问，泪如泉涌。你看他桃腮垂泪，有沉鱼落雁之容；星眼含悲，有闭月羞花之貌。长老实不敢近前，又开口问道：‘女菩萨，你端的有何罪过？说与贫僧，却好救你。’”

一来，这女子极惨。她上半身被葛藤捆绑，下半身竟然被埋在土里。并且，据女子说，她本有父母家人，恰逢清明节家人前来拜祭祖先，不想遭遇一伙强盗。家人有骑马的，有坐轿的，却抛下她纷纷逃命。她一弱女子，实在跑不动，就被强盗劫持。入了强盗窝后，大头目色眼迷离，二头目欲火中烧，三头目色心大动，七八个强盗人人要独占女子。结果，大家约定谁也不准碰这女子，而是将她捆绑在此处，活活饿死。最后，这七八个强盗竟然就此散伙！到唐僧来时，女子已经被活活饿了五天五夜！被家人抛弃，已经惨绝人寰；落入匪窝，更是骇人听闻；饿了五天的女子，就如要枯萎的花朵，怎能不让人怜惜？

二来，这女子极美。所谓“闭月羞花，沉鱼落雁”，虽然俗套，却是极言女妖美貌。西游世界的妖精虽然有许多是擅长变化的，但作为妖精，都有一个经常使用的模样，即本体。就比如孙悟空，他也可以变成美女，变成帅哥，但本体是猴精，并且是长着雷公嘴、模样很可怕的猴精。老鼠精呢？素有“半截观音”之称。在《西游记》中，观音不但是绝色美女，并且还是一个样貌犹如二八少女的绝色美少女。从“半截观音”这外号，可见老鼠精确实美貌。

眼见美少女边诉说悲惨身世，边滴滴答答流下泪来，唐长老心性大乱。书中说：“三藏真个慈心，也就忍不住吊下泪来，声音哽咽。”唐僧于是招呼猪八戒、沙僧帮忙，要把女子身上的绳索解开。

从此，唐僧开始了和老鼠精的一段孽缘。

他们这段感情从最开始就是被诅咒的。第一个跳出来反对的自然是孙悟空。

孙悟空化斋半途归来，一把掀翻猪八戒，拦在女子面前，不让大家去救。孙悟空说美女是妖怪，唐僧则骂孙悟空泼猴，坚持要救美女。孙悟空不好和唐僧翻脸，就大骂猪八戒，指桑骂槐一般提醒唐僧，若救了妖怪，以后发生祸事不要赖他孙悟空。

若在以前，唐僧就开念《紧箍咒》了，可在经历了真假美猴王事件后，唐僧明白了许多。他叹口气说：“也罢，也罢，你师兄常时也看得不差，既这等说，不要管他，我们去罢。”唐僧主动放弃了对抗。

可是，还没走出多远，唐僧就改变了主意。老鼠精究竟玩了啥小手段立刻征服了唐僧呢？原文说：“好妖精，不动绳索，把几声善言善语，用一阵顺风，嘤嘤地吹在唐僧耳内。你道叫的什么？他叫道：‘师父啊，你放着活人的性命还不救，昧心拜佛取何经？’”

原来，老鼠精对唐僧非常了解，一言说中唐僧心事。唐僧以拜佛取经为毕生事业，可是取经的目的是为了超度亡魂，积攒功德，而眼前就有活人可救，若放任不救，便是取回真经又有何用?

有了这番妙论，唐僧也就等于拥有了对付孙悟空的利器。

孙悟空还要反对，唐僧说："古人云：'勿以善小而不为，勿以恶小而为之。'还去救他救罢。"果然，孙悟空只能做出让步——真假美猴王事件也让孙悟空懂事很多。

终于，那美貌如观音的老鼠精被救了出来，加入队伍，跟随唐僧前进。

其实，唐僧对女子心动，一方面是因为老鼠精的不幸遭遇和柔弱姿态让唐僧英雄主义、大男子主义情结爆发，另一方面也是因为孙悟空再三挑衅师父权威激起的反作用。你做徒弟的越是反对，我做师父的越是要坚持。

开始时，孙悟空连连冷笑。唐僧询问原因，孙悟空说："我笑你时来逢好友，运去遇佳人。"意思是说，唐僧啊唐僧，别看你是走桃花运，其实你是在走背运。

唐僧骂泼猴胡说，孙悟空又吓唬说："师父，你虽是自幼为僧，却只会看经念佛，又不曾见王法条律。这女子生得年少标致，我和你乃出家人，同他一路行走，倘或遇着歹人，把我们拿送官司，不论什么取经拜佛，且都打做奸情；纵无此事，也要问个拐带人口：师父追了度牒，打个小死；八戒该问充军；沙僧也问摆站；我老孙也不得干净，饶我口能，怎么折辩，你要问个不应。"

孙悟空说得确实在理。四个和尚队伍中，忽然夹带一女子，并且是一美貌女子，很容易让人遐想。在陌生人看来，这群和尚不是贪花采蝶的色和尚，就是拐卖人口的坏僧人。

即便孙悟空如此说，唐僧依然坚持要救女子。

后来，孙悟空提出另一个难题：唐僧骑马走得快，女子步行走得慢。于是，孙悟空不怀好意地提出，让女子与唐僧同骑一匹马。唐僧考虑再三，还是放弃，改让猪八戒驮那女子。

猪八戒听了，一边嘟囔累人，一边却很开心。孙悟空却说："你那嘴长，驮着他，转过嘴来，计较私情话儿，却不便益？"这一下戳中猪八戒软肋，他立刻表态，宁死也不背。

本来，最简单的方法是让白龙马驮着美女，唐僧师徒步行。可最后，唐僧选择大家全都步行，让猪八戒牵着空马跟随。

于是，极少走路的唐长老为了初次见面的美女，步行了几个小时。放眼西游，仅此一次。

黄昏时分，唐僧师徒与那女子来到了镇海禅林寺。在这座寺庙里，唐僧有生以来第一次生病了，并且一病就是三天。

唐僧乃佛子转世，仙人之体，根本不应该生病。到底在这镇海禅林寺中发生了什么，让唐长老大病一场呢？

第四十八节　唐僧失处

唐僧之所以能够成为取经团队名义上的带头人，不仅因为佛法高深，在大唐群僧中卓尔不群，更因他本就是如来二弟子金蝉子，在佛派高层拥有一席之地。虽然他因上课不认真，惹怒如来，被贬斥下凡，历经十世，但毕竟与如来师徒一场，情分与他人自然不同。如今他加入取经队伍，只要到达灵山，那必然重得正果，高坐莲台。

正因为唐僧前世乃佛子金身，有十世修行，故身体素质极好。取经一路走来，虽跋山涉水，穿州过县，历经风霜雪雨，但十多个寒暑以来唐长老都无灾无病，甚至即便是咳嗽咳嗽，也不曾有过。

可是，在镇海禅林寺仅仅住了一晚，第二天清晨，唐僧竟然就感到头疼脑热，就此大病了三天。这是怎么回事呢？

我们先看病状。原文说：“此时长老还贪睡未醒。行者近前叫声‘师父’。那师父把头抬了一抬，又不曾答应得出。行者问：‘师父怎么说？’长老呻吟道：‘我怎么这般头悬眼胀，浑身皮骨皆疼？’八戒听说，伸手去摸摸，身上有些发热。”

和寻常一样，孙悟空第一个起身，然后叫醒猪八戒、沙僧，收拾行李、马匹，一切准备停当后来请师父起身赶路。几次呼唤，却见唐僧不起身，再上前看，发现从未生病的唐僧竟然病了。

猪八戒说，可能是昨天吃饭时因为是不要钱的饭，多吃了几碗，然后又没有做活动，倒头就睡，结果伤食了。此处所谓“伤食”，就是吃多了，不消化。这猪八戒以为唐僧和他一样是个吃货，吃起东西来不知道饱饿。这个解释明显在瞎扯。

孙悟空斥责猪八戒不要胡说，他询问师父究竟为何。

于是，唐僧告诉了他的解答：“我半夜之间，起来解手，不曾戴得帽子，想是风吹了。”

唐僧的意思是感染了风寒，也就是平常我们说的因为受凉发烧了。

孙悟空一听，立刻说："这还说得是。"表态支持唐僧的解释。

唐僧表示，取经任务重，时间紧，没想到因为自己要耽搁行程。孙悟空表示，做徒弟的就如儿子一般，如今师父生病，做徒弟的自然要服侍、等候，取经也不在乎耽搁这一天。

可是，谁都没有想到，唐僧这一病竟然就是三天。

唐僧的病是不是因受凉而发烧呢？

不像。一般来说，受凉后最常见的病症是咳嗽，打喷嚏，流鼻涕，严重的会发烧，头昏脑胀。可唐僧的症状很奇怪，他没有咳嗽、流鼻涕。虽然他自称头昏脑胀，身体也确实有点发热，但是发烧也不至于全身皮肉骨头都疼。

唐僧这奇怪的病是怎么好的呢？

第三天，唐僧终于可以起身了。他告诉孙悟空自己喉咙里非常渴，想喝凉水。孙悟空忙去寺院厨房中端了一钵盂凉水。唐僧喝了凉水后，发烧竟然立刻就好了。原文说：

"三藏正当烦渴之时，便抬起头来，捧着水，只是一吸。真个'渴时一滴如甘露，药到真方病即除'。行者见长老精神渐爽，眉目舒开，就问道：'师父，可吃些汤饭么？'三藏道：'这凉水就是灵丹一般，这病儿减了一半，有汤饭也吃得些。'"

从原文可见，两天来唐僧一直在睡觉，一直睡了两天，这才醒了。醒了之后，他就喝凉水，喝完凉水就药到病除，然后就下床吃饭，身体一切都好了。

若真的是受凉而发烧，怎能如此贪睡？又怎能喝凉水？

猪八戒觉得师父的病很奇怪。于是，孙悟空说了一个看似合理，其实也是瞎扯的解释。他说：“你那里晓得，老师父不曾听佛讲法，打了一个盹，往下一失，左脚下䠀了一粒米，下界来该有这三日病。”

猪八戒哪里是那么好骗的，他立刻嘲笑说：“像老猪吃东西泼泼撒撒的，也不知害多少年代病是！”

你孙悟空不是说，因为唐僧听佛经的时候脚下踩了一粒米饭，于是就该病三天吗？那老猪吃饭从来都是饭粒满桌满地，不知道踩了多少，那老猪岂不是该一年到头都生病？

孙悟空的话看起来很有教育意义，其实根本禁不起批驳。正如猪八戒所说，这种惩罚措施是根本无法推广的。并且，唐僧当初脚下踩了一粒米的事情，连唐僧自己都不知道，孙悟空怎么会知道？

很明显，孙悟空猜到了师父生病的真相，但他知道不能说破，于是努力为唐僧掩饰。

那么，唐僧生病的真相是什么呢？

入住镇海禅林寺的当天晚上，唐僧半夜醒来，见孙悟空、猪八戒、沙僧等人都已经睡熟，于是他假作解手，离开卧房。

离开卧房后，唐僧没有去茅厕，而是去了天王殿，寻找带来的那个美艳女子。然后，唐僧与美女春风几度，筋疲力尽之后方才回到卧房。也就是说，唐僧因为纵欲过度，才会全身皮肉骨头都酸软不堪。正因为元阳初丧，唐僧才会贪睡不起。正因为体内燥热，唐僧才要喝冷水。正因为唐僧不是真着凉，真发烧，才会在休息两三天后，喝一碗凉水、小半碗米粥就生龙活虎了。

后来，镇海禅林寺的和尚说，寺庙里有六个和尚失踪了。孙悟空大喜，想要捉妖。唐僧一把拉住孙悟空，劝阻说："徒弟呀，我的病身未可，你怎么又兴此念！倘那怪有神通，你拿他不住啊，却又不是害我？"

在以往，若孙悟空想要打杀凡人，唐僧自然是拼命阻止；可孙悟空想要捉妖时，唐僧是从不拖后腿的。而这次，唐僧却以自己病体未愈为由，不许孙悟空捉妖。

孙悟空听了很生气，说唐僧就知道长他人志气，灭他孙悟空威风。他霸气十足地说："老孙到处降妖，你见我弱与谁的？只是不动手，动手就要赢！"

按照常理，唐僧再也没有理由阻止了，可他依然扯住孙悟空说："徒弟，常言说得好，遇方便时行方便，得饶人处且饶人。操心怎似存心好，争气何如忍气高！"

大家看唐僧所说，明摆着他已经认识到天王殿那女子就是吃人的女妖，可即便认识到她是女妖，他也想尽办法让孙悟空去不成。为了保护妖精，唐僧拼了。

可是，孙悟空告诉唐僧，大家在禅林寺住了三天，女妖就吃了六个和尚。这可是六条人命啊，怎能就此放过妖精？

唐僧见如此说，只好长叹："兔死狐悲，物伤其类。他既吃了寺内之僧，我亦僧也，我放你去，只但用心仔细些。"

后来，孙悟空和女妖（老鼠精）斗法。那女妖把绣花鞋化为自己，真身则驾狂风掳走了唐僧。

不久，孙悟空等人找到了无底洞。猪八戒、沙僧在洞口留守，孙悟空变成小虫下洞寻找。见过了唐僧后，孙悟空先是说反话警告唐僧，不如和妖精就此成亲，生下一男半女，也算是在人间有了一个后代。唐僧一听咬牙切齿地说：“徒弟，我自出了长安，到两界山中收你，一向西来，那个时辰动荤？那一日子有甚歪意？今被这妖精拿住，要求配偶，我若把真阳丧了，我就身堕轮回，打在那阴山背后，永世不得翻身！”

但凡一个人急着赌咒发誓，无非就是两种情况：一种是他根本不在乎誓言，发誓对于他非常随便；一种是他心虚，要以发毒誓这种方式来证明自己的清白。很明显，唐僧属于第二种。

孙悟空告诉唐僧，他将变个小虫藏在酒花中，在唐僧与女妖喝酒时钻入女妖肚中，然后“捻破他的心肝，扯断他的肺腑，弄死那妖精，你才得脱身出去”。本来，降妖除魔乃是孙悟空的本分，唐僧却说：“徒弟这等说，只是不当人子。”唐僧觉得孙悟空太狠了，孙悟空愤愤然说：“只管行起善来，你命休矣。妖精乃害人之物，你惜他怎的！”唐僧只得说：“也罢，也罢！你只是要跟着我。”

女妖让人准备了一桌精致的素菜。然后，女妖走入关唐僧的房中，招呼唐僧。她欢喜无限，准备和唐僧喝杯交杯酒。女妖连叫了几声“长老”，唐僧迟疑了很久：到底该不该开口回答呢？最终，唐僧接口了。

按照常理，唐僧接口不算错。毕竟被妖怪俘虏时，人家唤你，你若不答应，就此惹怒了妖精，一口把自己吃掉，那可不划算。可是，唐僧应该怎样回答呢？

人家叫“长老”，正常来说，唐僧应该回答“女菩萨”。在女儿国中，女王称唐僧“御弟哥哥”，唐僧则称女王为“陛下”。蝎子精也称唐僧为“御弟”，唐僧则直接称呼蝎子精“你”。

此处，老鼠精叫唐僧“长老”，唐僧却回答“娘子”。若唐僧和女妖没有发生夫妻关系，唐僧怎么可能称呼女妖为“娘子”呢？唐僧一生严谨，却也难免在此泄露了真相。

之后，女妖更和唐僧“携手挨背，交头接耳，做出那千般娇态，万种风情”。若非唐僧知道孙悟空就在一旁，保不齐会再度失身。那样的话，取经行程又要耽搁几天了。

第四十九节　元阳可贵

关于吃唐僧肉可得长生的流言在取经路上传播很广。可奇怪的是，越是接近灵山，这个流言就越是走样，最终变成唐僧肉毫无作用，反倒是之前无人注意的唐僧元阳贵重无比。灵山附近的女妖都坚信，只要得到了唐僧元阳，就可以在一夜之间从普通仙人变成太乙金仙。

什么是太乙金仙？就是非三清门下修行到天仙中的金仙级别仙人。这金仙级别可是堪比佛级呢！

这股流言是在何处产生、何时转变，转变的原因又是什么呢？

我们在前文分析白骨精时曾经提到，是玉帝命令奎木狼下界，借白骨精之口散布“吃唐僧肉可得长生”的流言。之后，平顶山金角、银角大王（太上老君童子）推波助澜，使得这个流言在西方路上进一步散播开来。

这两股妖怪都有很强的仙界背景，散播范围也是刻意控制的。我们可以注意到，闻风而来的妖怪大多是取经路途附近一两千里的妖怪。这股流言不但没有在其他三大部洲流传，更没有在三界流传，即便是在西牛贺洲，也被控制在一定范围之内。

这就证明，散播这股流言的势力虽然想给取经行动带来一些变数，增加一些困难，但是并不想真的把取经行动搞黄。否则，这股流言若在三界无限制传播，引来一些世外高人，那后果可就不堪设想。要知道即便是如来，也住在人间，比他厉害的高人大都住在天界。而天有三十三重天，每一重天又各自成世界，都有一方大能坐镇。那些大能，有许多都是如来不敢轻易招惹的存在。

唐僧师徒一路行至比丘国时，“吃唐僧肉可得长生”的流言忽然一变。

比丘国中白鹿精所化国丈虽也抓捕唐僧，但理由并非吃唐僧肉可得长生，他的目标是唐僧心肝。原文如下：

“那小儿之心，只延得陛下千年之寿；此引子，吃了我的仙药，就可延万万年也。”“那东土差去取经的和尚，我观他器宇清净，容颜齐整，乃是个十世修行的真体——自幼为僧，元阳未泄。比那小儿更强万倍。若得他的心肝煎汤，服我的仙药，足保万年之寿。”

国丈说，此前抓一千一百一十一个小儿，取其心肝，作为药引，可以为国王延寿一千年；可是，若以唐僧的心肝作为药引，却可以延寿万万年。

唐僧的心肝凭啥有这么大的能量呢?

国丈说，唐僧是十世修行的真体，并且唐僧自幼为僧，元阳未泄，所以唐僧的心肝有如此奇效。

国丈这说法靠谱吗?

完全不靠谱。

首先，国丈在叙述唐僧心肝效果的时候前后表述不一，明显是在随口扯谎。最开始，国丈说唐僧心肝可以延寿万万年（上亿年)，到后来却说仅仅能够延寿万年。这万万年眨眼工夫缩水成万年了。

其次，国丈在听到小孩子被救，心肝取不成后，一点也不惊慌，立刻就说出对策——吃唐僧心肝更好。这明摆着是早就知道唐僧师徒要来，早就想把唐僧卷入是非圈中。

其实，国丈若真的是个知道进退、明白高低的妖王，那就应该远远避开唐僧，一切等唐僧师徒走了再说。小孩被救走了没关系啊，日后再抓就是了。

国丈选择放弃简单易行的，非要抓唐僧和孙悟空做对，这不符合聪明人趋利避害的处事原则。因此，除非国丈脑袋短路，是个白痴，否则就是另有所图。

结合我们前文对寿星的分析可以知道，寿星本就是让白鹿精演一场大戏，献上一份大礼给佛派、给如来。

既然吃唐僧心肝可以延寿万万年本就是别有用心才提出来的，其真伪自然不攻自破。

那么，“取唐僧元阳可以成太乙金仙”这流言的产生又有什么玄机呢？

第一个说出这个流言的妖怪是陷空山无底洞的老鼠精。

在黑松林，老鼠精变成美女，假装被捆绑，却被孙悟空识破。之后，老鼠精自言自语：“几年家闻人说孙悟空神通广大，今日见他，果然话不虚传。那唐僧乃童身修行，一点元阳未泄，正欲拿他去配合，成太乙金仙，不知被此猴识破吾法，将他救去了。”

所谓“几年家”，就是几年前。从此可知，老鼠精知道孙悟空神通广大的时间并不久。书中交代，这老鼠精出自灵山，修行不过三百年。对于她来说，孙悟空可是真正的老前辈。而取唐僧元阳可成太乙金仙的流言，自然也是她在几年前听说的。

在哪里听说的呢？

老鼠精在全书中一共只在三个地方出现过：其一，灵山；其二，黑松林；其三，无底洞。

无底洞并不在取经的必经之路上，于是老鼠精要飞一千多里，跑到黑松林去设埋伏，然后在镇海禅林寺出手。

上文我们分析过，唐僧在镇海禅林寺已经失身，而夺取唐僧元阳的正是这老鼠精。那么，老鼠精变成太乙金仙了吗？

没有。

孙悟空询问住在天王殿的女子在不在。镇海禅林寺和尚回答：“老爷，不在了，不在了。自是当晚宿了一夜，第二日就不见了。”

也就是说，老鼠精和唐僧在天王殿交欢一夜之后就飞走了。临走时，老鼠精被撞钟的和尚撞破，于是顺手将两个和尚杀死，吃其血肉，补充精元。

按照常理，老鼠精已经杀人暴露了妖怪形迹，再也不该回来。可是，老鼠精偏偏在第三天的晚上再次回到了天王殿。

听闻有和尚失踪，孙悟空变成小和尚，前往天王殿守株待兔。原文说：

“二更时分，残月才升，只听见呼呼的一阵风响。好风：

……只刮得嫦娥紧抱桫罗树，玉兔团团找药盆。九曜星官皆闭户，四海龙王尽掩门。庙里城隍觅小鬼，空中仙子怎腾云？地府阎罗寻马面，判官乱跑赶头巾。刮动昆仑顶上石，卷得江湖波浪混。”

作者用这番话写老鼠精出场，有何用意呢？

作者告诉我们，老鼠精从第一夜离开后，确实是有两天没有回来。否则依照老鼠精这排场、这动静，肯定得惊动孙悟空。

那么，问题就来了。既然老鼠精已经得到唐僧元阳，且吃了和尚泄露了形迹，为何还要回来呢？她可早就知道孙悟空神通广大，不好招惹。

原因只有一个，就是老鼠精取了唐僧元阳后，运功修炼了两天，却发现一点变化也无，自己当初是什么修为，现在依然是什么修为。所谓取唐僧元阳可成太乙金仙，竟然是个谎言！

老鼠精不甘心，她要再来找唐僧。在她看来，或许是质不够，量来补？一次不行，那就两次、三次……

后来，老鼠精和孙悟空一番大战。老鼠精也就能在孙悟空手下走十来个回合。可人家聪明，扔出个绣花鞋变成自己模样，施展金蝉脱壳之计，从猪八戒、沙僧的包围圈中掳走了唐僧。然后，老鼠精准备和唐僧成亲，做一对夫妻。与唐僧做了夫妻之后，她自然可以无限制尝试。

可惜，唐僧的身体不属于他个人，而属于取经团队，属于佛派，属于如来。如来不允许，孙悟空也不允许唐僧擅自退出取经团队。于是，一场碰撞不可避免。

第五十节　老鼠精得逞

老鼠精要取得唐僧元阳，表面上看来是一件难度相当大的事情。

首先，需要唐僧自愿。

当年蝎子精把唐僧强掳进毒敌山琵琶洞中，也曾对唐僧威逼利诱，软磨硬泡，意图和唐僧成亲。此前，我们曾经说过，取唐僧元阳可成太乙金仙的流言源头来自灵山。蝎子精也是来自灵山。她离开得比较早，对这个消息了解得还不多，只是模模糊糊、隐隐约约地知道，唐僧的可贵不是在其肉，而是在其元阳。于是，蝎子精从没有想过吃唐僧肉，而是想着和唐僧结婚。

元阳到底是什么？书中没有明确描述，但可以肯定的是，不是指精液。唐僧也三四十岁了，只要是健康男子，那就不可能没经历过遗精现象。我认为元阳当是童身男子身体内具有的特殊气息，唯有在心甘情愿的情况下，这股元阳之气才能对双修的女方产生最大好处。

同意结婚则代表认可双方之间的夫妻关系，自然在交欢时也是心甘情愿的。这也是蝎子精和老鼠精都希望和唐僧正式结婚的原因。

不同的是，蝎子精吓坏了唐僧，唐僧宁死不从，蝎子精也无可奈何。而唐僧对老鼠精则一往情深，即便知道了对方的妖精身份，也和妖精摩肩擦颈，亲密一场。

孙悟空第一次提议变小虫钻入老鼠精肚子时，唐僧反对说："徒弟这等说，只是不当人子。"意思是，孙悟空实在不像话。但孙悟空很坚持。唐僧万般无奈只好给老鼠精倒酒，孙悟空就趁机变小虫躲入酒花之中。也不知是老鼠精有福，还是唐僧给了眼神暗示，老鼠精竟一直在和唐僧聊天，迟迟不喝酒。等喝酒时，酒花已经散了，老鼠精看到杯中有个小虫，就用手指一弹，把孙悟空给弹飞了。

孙悟空大怒，变个老鹰掀翻了桌子。老鼠精竟然不怀疑，还说是自己和唐僧结婚天地不容，因此有妖异出现。唐僧听了这番话，更加感动。

后来孙悟空再次提议变个桃子，钻入老鼠精肚子中。唐僧说："你若有手段，就与他赌斗便了，只要钻在他肚里怎么?"

按照常理，唐僧是被妖怪掳走的，自然应当是站在孙悟空一边，想尽办法擒拿妖怪。可唐僧这番话明摆着是帮女妖精，他让孙悟空要打就光明正大地打，别玩花样，动不动就钻人肚子，不是好汉所为。

唐僧心疼女妖了！从种种表现看，唐僧对女妖可谓一往情深，因此主动献出元阳并非不可能之事。

其次，需避开孙悟空的视线。

在战斗时，孙悟空确实是精力无限，但孙悟空是不是就不需要睡觉呢？不是的。和大家的印象不同，孙悟空会饿，也需要吃饭；会累，也需要休息。

关键是在镇海禅林寺中，原文多处表示孙悟空的警惕意识大大下降，因此唐僧完全有可能走出他的视线。原文说："（孙悟空）即时取了钵盂，往寺后面香积厨取水。忽见那和尚一个个眼儿通红，悲啼哽咽，只是不敢放声大哭。行者道：'你们这些和尚，忒小家子样！我们住几日，临行谢你，柴火钱照日算还，怎么这等脓包！'"

原来，就在唐僧师徒入住的第二天清晨，天王殿外就发现了两个和尚的尸体，而且是血肉全无，只剩尸骨。不久，大家又发现有四个和尚失踪。而和尚们在厨房已经哭泣两天了，孙悟空却一点也不知情。

后来，孙悟空询问天王殿那女子还在不在，和尚说只是住了一晚，第二天清晨就不见了。从此可见，孙悟空对同寺中的老鼠精行踪也完全不知情。

孙悟空为何会如此大意呢？

参加取经十多年来，孙悟空历经无数磨难，他早就明白唐僧步步有难、处处该灾。这灾难是不用躲，也躲不了的。

不过，唐僧虽然灾难多，但九九八十一难中的绝大多数磨难都是如来、观音精心安排的。因此，所有的磨难基本上都是雷声大雨点小，所谓有惊无险是也。孙悟空要做的，只是按照剧情提示把握剧情方向，积极配合演出，避免出大错而已。何况，保护唐僧的可不仅是孙悟空、猪八戒、沙僧三人，还有六丁六甲、护驾伽蓝、五方揭谛、值日功曹等仙人。

唐僧一贯睡得早，半夜起床解个手，甚至在院中散个步，吟个诗也算是常事。

正因为种种原因，唐僧完全可能走出孙悟空的视线，消失那么几个小时。

再次，唐僧需避开暗中保护的诸仙。

这一点看似很难，其实不成问题。因为书中明言，佛道两拨仙人是轮番当值，当晚值班的是佛派仙人。而护驾伽蓝、六丁六甲等佛派仙人早就接到了如来法旨，对老鼠精大开绿灯，不得干涉。

有何证据说明如来在放纵老鼠精呢？

当孙悟空与老鼠精第一次交战时，原著是如此介绍其身份来历的："金作鼻，雪铺毛。地道为门屋，安身处处牢。养成三百年前气，曾向灵山走几遭。一饱香花和蜡烛，如来吩咐下天曹。托塔天王恩爱女，哪吒太子认同胞。……你看他月貌花容娇滴滴，谁识得是个鼠老成精逞黠豪！”

大家看这段介绍，再对比之前来自灵山的貂鼠精（黄风怪）、蝎子精，就可以发现不同。

貂鼠精是作乱后被如来抓捕，派灵吉菩萨当监工，放在黄风岭的，算是获得保释，在监外执行。貂鼠精虽然有些许自由，麾下也有五六百小妖，但他不敢吃人，不敢作乱，唯恐被灵吉菩萨知道。

蝎子精虽然在灵山出现过，但应该不是灵山的妖怪。她攻击如来之后就潜逃他方，如来派出四大金刚追捕无果。最后是蝎子精掳走唐僧，自己暴露了形迹，才被观音发现，最后死于非命。

可那老鼠精呢？人家不但是在灵山修炼三百年成就妖身（仙身），并且饱餐灵山的香花和蜡烛——灵山的香花和蜡烛应当是一种可以大幅度提升中低级仙人修行的补品。貂鼠精因为偷了点灯油就被追捕，而老鼠精却吃了个饱。

然后，老鼠精是被贬下灵山的吗？根本不是，人家是“如来吩咐下天曹”。老鼠精是领了如来的法旨，有任务在身的。

那么，老鼠精的任务是什么呢？

自然就是取唐僧元阳，与唐僧成亲。因此，护驾伽蓝、六丁六甲等护法神对她只会睁一只眼、闭一只眼。

因为有以上这三个条件，老鼠精成功取得唐僧元阳，完成了一个看似不可能完成的任务。

不过，老鼠精之所以能夺走唐僧元阳，除了以上三个条件，还有一个重要原因。

这个原因是什么呢？

第五十一节　宠溺真相

如来对老鼠精非常宠爱。不过，即便再宠爱，如来为何要放纵老鼠精取走唐僧元阳呢？

当然，唐僧失了元阳并不影响其成佛。在佛派，许多佛、菩萨都是国王、王子出身，在俗世时妻妾成群，元阳早丧。相对而言，反倒是道门功法非常讲究童子身。但是，唐僧在成为和尚之后，并且是在出任取经团队带头人之后失去元阳，那可就是犯了佛派淫戒，乃是大罪。此事一旦被外人知晓，唐僧本人必然名誉扫地，甚至连取经团队的总负责人如来都会脸上无光。

要解开这个困惑，还要从许多年前的一件事说起。

孙悟空再入无底洞时，发现了写着“尊父李天王位”“尊兄哪吒三太子位”两个牌位，他大喜过望，也不追踪老鼠精了，拿着两个牌位就飞上天庭，找托塔天王李靖吵闹。李靖一口断定孙悟空污蔑，让人把孙悟空绑了起来。孙悟空也不是好惹的，于是双方大闹。这时，哪吒把父亲拉到一边，说出了真相：

“那女儿原是个妖精，三百年前成怪，在灵山偷食了如来的香花、宝烛，如来差我父子天兵，将他拿住。拿住时，只该打死，如来吩咐道：‘积水养鱼终不钓，深山喂鹿望长生。’当时饶了他性命。积此恩念，拜父王为父，拜孩儿为兄，在下方供设牌位，侍奉香火。”

在这番话中，哪吒把老鼠精和李靖、哪吒之间的关系说得清清楚楚。李靖一听，立刻想起了往事，也就不再和孙悟空闹了，乖乖点兵，下界降妖。

不过，哪吒这个故事讲得看似清楚明白，却有很多不合理之处。

第一，老鼠精在灵山偷吃了香花、宝烛，如来为何要请李靖、哪吒前来降妖？

如来乃西方佛老，他能成为五方五老之首，不单单是因为本身神通强大，法力无边，更因为麾下有四千佛派仙人。那些仙人中，三千揭谛不算啥，五百罗汉也不算啥，可是那一二百位菩萨、四十六位佛级高手，对其他四老足以构成碾压之势。这份势力即便是在天庭，在玉帝眼中，也是一股既可以倚仗，又颇为忌惮的强大势力。

既然如来有如此势力，麾下更有专门的安保部门——牛气的八大金刚，他为何不让自己人出马，却要禀奏玉帝，让天庭直属降妖部队出动呢？

原因在哪吒身上。

关于哪吒的身世，我们在此前的章节已经介绍过。和《封神演义》不同，在《西游记》中为哪吒重塑莲花之身的不是太乙真人，而是如来。哪吒在重生之后，对父亲李靖怀恨在心，千方百计想杀死李靖。李靖无奈，求到如来门下，如来便赐了李靖黄金玲珑宝塔。

此刻原著中讲到李靖拿刀要杀孙悟空，哪吒拔剑挡住时说："今日因闲在家，未曾托着那塔，恐哪吒有报仇之意，故吓个大惊失色。却即回手，向塔座上取了黄金宝塔，托在手间。"

从原文可知，有了宝塔之后，李靖胆气壮了许多，但是父子之间相互敌视的关系并没有得到根本转变。

李靖乃天庭大将，深得玉帝信任。但凡三界各处有妖邪作祟，玉帝第一个想到的，便是派托塔天王李靖率军前去平叛。不知不觉间，李靖已经成为天庭第一武将，麾下领有十万天兵，即便是二十八宿甚至九曜星君也常常给李靖打下手。

李靖如此得宠，声望如此显赫，如来自然要千方百计加以笼络。为此，如来苦心谋划，连番动作。

第一步，复活哪吒，传授哪吒新的神通（三头六臂、莲花之身）。哪吒乃李靖之子，如来复活哪吒自然可以与李靖拉近关系。

第二步，如来没想到哪吒竟然心胸狭隘，反倒恨起了父亲。于是，他赐给李靖黄金宝塔，以保证李靖安全。李靖感恩图报，自然成为亲佛将领。

第三步，如来收李靖长子金吒在跟前出任护法，让观音收木叉成为大弟子，使李靖和佛派的关系更加亲密。

第四步，见哪吒和李靖依然不合，如来就让老鼠精拜李靖为父、哪吒为兄，进一步拉近李靖和佛派的关系。

正是出于如此考虑，如来才会“家丑外扬”，请天庭降魔大元帅李靖下界降妖，并让老鼠精拜李靖为父。

第二，李靖抓住老鼠精后，本要依照律法打死老鼠精，如来却让李靖收老鼠精为义女。李靖对这个便宜女儿是怎样的态度呢？

虽然老鼠精对李靖感恩戴德，每天都焚香叩拜，祈求李靖平安。可是李靖回转天庭后就把老鼠精这件事情忘得一干二净。下界三百年对于天界来说，不过就是小一年时间。可在孙悟空反复提到下界有一个李靖之女时，李靖赌咒发誓，断言自己绝对没有这样的妖精女儿。并且，在哪吒告诉了原委后，李靖还说：“孩儿，我实忘了，他叫作什么名字？”看看这干爹当的，连女儿的名字都不记得。

如来明知李靖对老鼠精没感觉，为何还要出此下策呢？

其实，当时如来就已经想到取经行动时可以派老鼠精下界，然后牵扯出干爹李靖。你李靖不是不想认吗？如来就是要制造出一起大事件，让天下人都知道老鼠精是李靖的干女儿。

如此，便可以让李靖和佛派的关系捆绑得更紧。

从老鼠精和李靖的故事我们可以看出，在如来心中，最为重要的是扩大以自己为首的佛派力量，在各种行动中攫取最大利益。

那么，暗中怂恿老鼠精取走唐僧元阳，对如来，对佛派有何好处呢？

取经一路走来，已经过了十几个年头。唐僧心中最为感激的佛派高人是谁？是如来？不是。是观音？不是。既然不是这二位，自然更不会是其他的什么佛，什么菩萨。

唐僧心中最为感激的佛派高人叫作乌巢禅师。

这么多年来，唐僧但凡有空就在念乌巢禅师传下的《多心经》。虽然说在十世之前唐僧是如来的二弟子，可是我们注意到，金蝉子的记忆、能力早就全部消失。现在唐僧的修行完全是依靠《多心经》。唐僧能够脱去凡胎，成就佛身，根本上靠的也是《多心经》。

在唐僧心中，那神秘的乌巢禅师才是他今生的师父，才是他修仙大道上的指路人，才是他最为感谢的大恩人。

那乌巢禅师是谁？

前文中我们已经分析了，乌巢禅师就是佛派上任佛祖——燃灯古佛。

于是，答案就渐趋明了了。

一旦乌巢禅师亮明身份，那唐僧成佛后极有可能倒向燃灯古佛，而非名义上的师父如来。而感念乌巢禅师大恩，也修行了《多心经》的孙悟空，对燃灯古佛也必然非常感激。因此，燃灯一派势力必然大涨。

身为今世佛祖的如来，对佛派内部的争斗一直非常敏感。他应当从护驾伽蓝口中早就得知唐僧修行《多心经》的事情。经过许多年的调查，如来也基本摸清了乌巢禅师的真实身份。

于是，为了更好地控制唐僧，如来精心布局，给唐僧设置了一个陷阱——一个温柔乡、一个罪证。

如来让老鼠精取走唐僧元阳，就等于抓到了致唐僧于死地的把柄。如此一来，唐僧还不乖乖臣服？

第五十二节　自述秘密

西游故事在老鼠精这一部分隐藏了一个惊天的秘密。这秘密就隐藏在一段看似随意的自述中。

唐僧师徒走入黑松林，遇上了老鼠精变化的被绑女子。唐僧询问她的经历时，老鼠精说了一个看似胡诌的故事。其实，她的话语句句皆有所指。

话语一：“师父，我家住在贫婆国，离此有二百余里。父母在堂，十分好善，一生的和亲爱友。”

这两句话其实是点出老鼠精的出身、来历。

女子自称家在贫婆国。“贫”者，少也。“婆”，女子也。这个女人很少，几乎都是男人的国度在哪儿呢？

灵山诸佛中，有女子，但是极少。三千揭谛、五百罗汉、一二百菩萨，四十六位佛，除了寥寥可数的几位是女子，绝大多数都是男人。没错，原著中明确提到，这老鼠精乃是来自灵山的妖怪，生于灵山，长于灵山。灵山就是老鼠精的家。所谓贫婆国，就是影射灵山。

灵山乃人间圣境，灵气充裕，非常适合修炼，如来、弥勒等诸多佛派大能又时常开坛说法，于是不仅佛派仙人喜欢在灵山修炼，就连灵山上的许多飞禽走兽都受到熏染，开启灵智，踏上仙途。

在灵山诸多妖怪中，鼠类妖怪得道者似乎最多。除了金鼻白毛老鼠精外，还有号称黄风大圣的貂鼠精，成为弥勒童子的黄眉老怪（疑似黄鼠狼），等等。这三位八成早就认识，只因因缘际会，分别投入了不同的派系，从而有了不同的人生。

话语二："时遇清明，邀请诸亲及本家老小拜扫先茔，一行轿马，都到了荒郊野外。至茔前，摆开祭礼，刚烧化纸马，只闻得锣鸣鼓响，跑出一伙强人，持刀弄杖，喊杀前来，慌得我们魂飞魄散。父母诸亲，得马得轿的，各自逃了性命。奴奴年幼，跑不动，唬倒在地，被众强人拐来山内。"

以上几句说的是老鼠精加入佛派时的经历。

在原著中明确提到："如来吩咐下天曹。"可见老鼠精并非野妖，而是如来手下，是有着佛派正式编制的仙人。

老鼠精在佛派中的地位如何呢?

原著中夸赞老鼠精的武艺时说："十八尊罗汉，暗暗喝采；三十二诸天，个个慌张。"可见老鼠精的神通远在五百罗汉中的佼佼者十八罗汉之上。老鼠精在灵山极有可能享受罗汉甚至更高级别的待遇。

只是，老鼠精加入灵山的过程并不愉快。

老鼠精变化成的女子说，自家是在清明节祭祖时遭遇了强盗，父母亲人离散，唯独自己被强盗抓捕。隐含的意思其实是说，佛派高层趁着灵山妖族聚会时，发动了围剿。在围剿过程中，一部分妖怪逃走了，还有一部分妖怪被俘虏了。当年的老鼠精修行不够，神通不大（年幼，跑不动），根本无力反抗，只能沦为囚徒。

一般来说，妖怪被抓后只有两条路：神通广大的妖魔被充作坐骑、仆从；神通平平的妖魔则被斩杀、被吃掉。

可是，弱小的老鼠精既没有被杀掉，也没有被充为坐骑、仆从，这是怎么一回事呢？

话语三：“大大王要做夫人，二大王要做妻室，第三第四个都爱我美色。七八十家一齐争吵，大家都不忿气，所以把奴奴绑在林间，众强人散盘而去。”

这两句话说的是老鼠精在加入灵山佛派后的经历。文中提到了强盗团伙中有四个大王。这四个大王是谁呢？

四个大王其实是影射灵山佛派的四个巨头，即如来佛祖、燃灯佛祖、弥勒佛祖、观音菩萨。这四位天尊级高手，无论是在天庭的官方体系中，还是在灵山佛派的宗派体系中，都拥有崇高的地位。

那四个大王“爱我美色”是什么意思？此“美色”并不是指女子的容颜，而是指老鼠精所具有的独特天赋。

哪吒在讲述老鼠精经历时，特别提到老鼠精在不同时期拥有的三个名字：“他的本身出处，唤做金鼻白毛老鼠精；因偷香花宝烛，改名唤做半截观音；如今饶他下界，又改了，唤做地涌夫人是也。”

如何理解这三个名字呢？

我们可以把这三个名字看成老鼠精修炼的三个不同时期。

第一个时期，人称金鼻白毛老鼠精。此老鼠精的品种极为罕见，但天赋未曾觉醒，法力低微，还是小妖一枚。

第二个时期，人称半截观音。在加入佛派后，老鼠精苦寻突破之道。估计是与同为鼠族的黄风怪（黄风怪曾偷吃香油）有所沟通，得知大雷音寺中的香油、宝烛具有觉醒妖族天赋的神奇功效，于是潜入偷吃。在偷吃成功后，老鼠精的天赋神通觉醒。她的天赋神通就是变化之术。她在进阶之后，可以化形成绝世美女，其美貌堪比观音。然而，她毕竟是妖，于是被人称为“半截观音”。

第三个时期，人称地涌夫人。这是因为老鼠精离开灵山后，居住在陷空山无底洞中。她每每出门，都是从地底飞出，于是被人称为地涌夫人。

回到前文，老鼠精偷吃香花、宝烛虽然触犯了佛派戒律，但修成了不凡的神通，所以灵山佛派四巨头都向老鼠精伸出了橄榄枝。不过，因为人人想要，谁也不肯让步，最终的结果就是谁都没要成。

这就是四个大王都放弃美女，把她绑在树上任其生死的真正原因。

话语四：“今已五日五夜，看看命尽，不久身亡！不知是那世里祖宗积德，今日遇着老师父到此。千万发大慈悲，救我一命，九泉之下，决不忘恩！”

老鼠精算定了唐僧性情宽仁，善良可欺。就算孙悟空再三阻止唐僧救不明来历的女子，老鼠精用一句“师父啊，你放着活人的性命还不救，昧心拜佛取何经”就把唐僧说动了。

最终，唐僧救出了老鼠精幻化的女子。

这个结局影射的是什么呢？说的其实是老鼠精偷吃香油后的遭遇。

在老鼠精天赋可用却偷盗罪证确凿的情况下，如来做出了正式追捕老鼠精的决定。不过，当选定追捕人员时，如来的决定很让人意外。

本来，灵山的安保工作一直都由八大金刚负责。老鼠精偷吃香花、宝烛，也应当由八大金刚追捕。可是，如来以玉帝有命为由，请托塔天王李靖与哪吒三太子追捕老鼠精。这只因哪吒乃如来再造而成，是绝对可信任的人。至于八大金刚，背后派系复杂。万一老鼠精落入他人手中，就会打乱如来的计划。

很快，李靖抓到了老鼠精。李靖正要将其正法时，哪吒告诉父亲，离开灵山时佛祖让转告他两句话：“积水养鱼终不钓，深山喂鹿望长生。”李靖一听就明白如来的意思了。老鼠精乃是灵山养的，主人家舍不得杀呢。

在女子的叙述中，救命恩人是眼前的唐僧。而在老鼠精的故事中，救命的则是托塔天王李靖与哪吒三太子。

第五十三节　夙世前缘

取经一路走来，唐僧在情色关上还是经过了重重考验。在诸多贪图唐僧外貌的女人、女妖中，女儿国女王得到的最少，唐僧在她面前除了发抖，就只会沉默，两人之间一点火花也没擦出。蝎子精稍稍好些，和唐僧斗了几句嘴。不过她虽脱光了衣服，费尽了精神，但最终也没有打动唐僧。

唯一让唐僧动情的女妖是老鼠精。唐僧待老鼠精与诸女确实不同。

在镇海禅林寺，唐僧在高烧中昏迷了三天，清醒后第一件事情就是问："悟空，这两日病体沉疴，不曾问得你，那个脱命的女菩萨，可曾有人送些饭与他吃？"

由此可见，在唐僧心中，女菩萨即老鼠精的安危比自己的身体重要。

等到孙悟空告诉唐僧寺庙里有妖精吃人时，唐僧本应当放孙悟空去降妖，可他却说："徒弟呀，我的病身未可，你怎么又兴此念！倘那怪有神通，你拿他不住啊，却又不是害我？"

唐僧竟以自己有病为由阻止孙悟空降妖。等到孙悟空强调吃人的妖精就是那女菩萨时，唐僧才无可奈何地松开孙悟空的手。

更甚者，就算是明知老鼠精吃了人，就算是被老鼠精擒拿到了无底洞，唐僧依然对老鼠精恨不起来。

孙悟空提出，自己要施展变化之术钻入老鼠精肚子里去弄死她。唐僧一听，大惊失色道：“徒弟这等说，只是不当人子。”所谓“不当人子”，本是表示歉意的话，用在此处足见唐僧对弄死老鼠精的不舍。

孙悟空坚持要钻老鼠精的肚子，一次失败还要搞第二次。唐僧不禁恼火道：“你若有手段，就与他赌斗便了，只要钻在他肚里怎么？”对于自己要充当帮凶欺骗老鼠精，唐僧万分不情愿。

可是，孙悟空占了理，唐僧与老鼠精之间的感情不能曝光。唐僧只能强忍悲伤，帮着徒弟对付心上人。

唐僧为何会对老鼠精与众不同呢？

原来，唐僧和老鼠精之间本就有夙世前缘。何以见得呢？

经过一番波折，孙悟空成功钻入老鼠精肚子。他上蹿下跳，搞得老鼠精痛不欲生。孙悟空威逼老鼠精必须放弃唐僧。但老鼠精不仅没有放弃唐僧，反倒是强忍撕心裂肺的疼痛，抱住唐僧。然后，她说出了一番奇怪的话。正是这番奇怪的话点出了老鼠精与唐僧真正的关系。她说：

“夙世前缘系赤绳，鱼水相和两意浓。不料鸳鸯今拆散，何期鸾凤又西东！蓝桥水涨难成事，佛庙烟沉嘉会空。着意一场今又别，何年与你再相逢！”

什么叫作“夙世前缘”呢？就是两人在前生彼此就发生了一些

事情，注定了今生要偿还因果。也正因为两人是夙世前缘，于是今生两人才会一见倾心，彼此情投意合。

从何处可见老鼠精与唐僧本就认识，并且关系匪浅呢？

其一，大家注意诗句的第四、第七句两次出现的“又”字。又，就是再一次。可见唐僧与老鼠精之间本就是相爱的，本就是在一起的。可是，他们在多年前分离了一次。眼下的分离是第二次，或者说是再一次分离。

其二，我们看诗句的第五、第六句。

在《庄子》中记载了一个“尾生抱柱”的故事。据说有位帅哥叫作尾生，他和一位女子相约在堤坝下私会。可是，到了约定的时间女子却没有来。虽然堤坝下的积水越来越多，但尾生坚信女子会来，不愿意离开，于是抱着堤坝的柱子被淹死了。类似的故事也在陕西蓝田县的蓝桥发生过。所以后人就把男女相会中一方失约，另一方殉情叫作“魂断蓝桥”。

在《蜀志》中记载了“袄庙相会”的故事。据说蜀帝生了一位公主，交给一位姓陈的奶妈抚养。这位陈夫人自己有个儿子。为了方便照顾，陈夫人把儿子也带入王宫，与公主一同抚养。两人孩子相处多年，彼此感情深厚。后来，陈家孩子出宫后，日夜思念公主。公主就禀告父亲，要去寺庙中烧香还愿，借机与陈帅哥相会。到了约定的日子，陈帅哥先到了，久等公主不至，就睡着了。公主到来时，也没叫醒陈帅哥，留下一个玉环就走了。陈帅哥醒后非常遗憾，一把火把寺庙给烧了。在元明时期，经常用这个典故比喻错失机缘，爱情受挫。

从老鼠精口中这两个典故可以推知，老鼠精与唐僧在此前不但相识，并且在一起生活多年，彼此情投意合。只是由于种种问题，两人最终无法在一起。

那么，老鼠精与唐僧之间究竟有何夙世前缘呢？

结合老鼠精变化成的被绑女子的口述，我们可以做一个大胆的推测。

唐僧在五百年前本是佛祖二弟子金蝉子，在灵山佛派中地位超然。老鼠精则是在数百年前被抓捕进入灵山佛派，在三百年前被逐出灵山的。两人之间有没有可能出现交叉点呢？

前文曾经提到过，妖兽被仙人擒拿后基本上只有两个归属：神通广大的被充作仙人的坐骑、仆从；本领低微的只能成为仙人的食物。

未觉醒天赋前的老鼠精，只是一个金鼻白毛老鼠精。她除了长相可爱点之外，没有什么特别神通。也就是说，在被佛派仙人抓捕后，老鼠精本会被杀死。此时，极有可能是金蝉子出面阻止了杀戮，救下了老鼠精。此后，两人关系日渐亲密，彼此经常往来。

老鼠精感激金蝉子的救命之恩，在修行有成后，便化身人形与金蝉子相会。可是，这次相会被如来发觉。如来当时正在考虑取经行动，需要一位心腹下凡转世，打入东土大唐。恰巧金蝉子与妖女相会犯下大错，于是如来就将金蝉子贬斥下界。

但是，金蝉子毕竟是如来弟子，若是传出绯闻对佛派名声不利。于是如来当众宣布，金蝉子是因为听法课不认真，怠慢了佛法，因此被贬下界。

因为转世轮回，金蝉子的记忆消失了，但金蝉子灵魂深处对老鼠精的深深爱意还在。于是，唐僧对老鼠精一见倾心，待其与众不同。

第五十四节　早有暧昧

早在老鼠精化为美女与唐僧见面时，原著中就有多处语句暗示唐僧与老鼠精关系亲密。

唐僧独步向前，去救被绑的女子。听了女子诉说的故事后，唐僧“忍不住吊下泪来，声音哽咽”。

老鼠精诉说的故事，并非信口瞎编，而是隐含了自身早年的遭遇。唐僧虽然丧失了金蝉子的记忆，可是灵魂深处却隐然觉得此女特别亲近，因此对此女的遭遇特别同情，于是哭了起来。

在附近寻找野果子的猪八戒与沙僧听到师父啼哭，觉得很奇怪。猪八戒说：“沙和尚，师父在此认了亲耶。”猪八戒口中的认了亲，绝非认了干爹、干妈或者其他亲戚，而是见到了妻子、心上人。

古代因交通极不便，男方或者游学，或者为官，或者经商，远离家乡，一去三五年甚至十来年，若是中途发生变故，比如旱涝灾情、兵变匪乱等，常常导致家庭破裂，夫妻分离。传统戏曲就有很多这类夫妻、情侣在异乡重逢的故事。

沙僧一听就笑了，说："二哥胡缠！我们走了这些时，好人也不曾撞见一个，亲从何来？"猪八戒却坚持自己的观点说："不是亲，师父那里与人哭么？"

猪八戒为何觉得唐僧是认了亲呢？只因唐僧不但哭了，并且"叫得凄怆"。唐僧是发自心底地感到悲伤，情太真，意太切，这才让猪八戒产生了疑惑。

在孙悟空多番阻止唐僧救老鼠精时，唐僧的反应也与往常不同。

第一次时，孙悟空是用武力强行阻止。他一把揪住猪八戒的耳朵，往后狠狠一拽，把猪八戒掀翻在地。猪八戒不忿。孙悟空就强调，此女是妖精，救不得。猪八戒提出，孙悟空骗人，此女根本就不是妖精。孙悟空很聪明，他悄悄转换话题，猛烈抨击猪八戒的人品："似你这个重色轻生，见利忘义的馕糟，不识好歹，替人家哄了招女婿，绑在树上哩！"

社会上有一个恶习，就是当争辩双方僵持不下时，只要一方揪住道德问题不放，证明对方作风有问题，往往能出奇制胜。这就叫作不问是非对错，先把你搞臭再说。

见到两个徒弟彼此争辩，唐僧选择了退让。他说："也罢，也罢。八戒啊，你师兄常时也看得不差，既这等说，不要管他，我们去罢。”也就是说，唐僧此刻也有些怀疑被绑的女子是个妖精。

事实上这位女子的话破绽百出。一大片黑松林中竟然有个美女被绑着，并且被绑了五天还精力充沛，伶牙俐齿，貌美如花。这很假。

可是，当老鼠精说“师父啊，你放着活人的性命还不救，昧心拜佛取何经”时，唐僧再次心动，转身定要营救女子。营救老鼠精，俨然就是唐僧的宿命。

第二次时，孙悟空是对唐僧好言相劝，提醒女子是妖怪。他说：“今日一个妖精的性命舍不得，要去救他?”

对于女子是妖精这件事情，唐僧竟然没有反驳，而是说：“徒弟呀，古人云：‘勿以善小而不为，勿以恶小而为之。’还去救他救罢。”也就是说，唐僧在已知女子八成是妖怪的情况下，依然坚持要救她。

见唐僧如此坚持，孙悟空只好说：“师父既然如此，只是这个担儿，老孙却担不起。你要救他，我也不敢苦劝你，劝一会，你又恼了。任你去救。”

自从真假美猴王事件之后，唐僧与孙悟空之间明确了彼此关系：唐僧要依靠孙悟空降妖伏魔，才能取得真经；孙悟空也需要唐僧的带领，才能成就正果。两人之间合则两利，分则两伤。

故第一次是唐僧退让，第二次却是孙悟空放弃。

不过，孙悟空虽然同意唐僧救人，但是对女妖一直保持着警惕状态。他想尽办法要把唐僧与女妖拆散。

见唐僧已经把女子带出松林，孙悟空冷笑连连说：“我笑你时来逢好友，运去遇佳人。”在一旁冷眼观看的孙悟空，明显看出了唐僧对被绑女子（老鼠精）的特殊感情，于是用讥讽嘲笑的方式提醒唐僧，千万别被妖精的美貌迷惑了。遇见美女不是你的幸运，而是你要倒霉了。

唐僧一听，又羞又气，骂道：“泼猢狲！胡说！我自出娘肚皮，就做和尚。如今奉旨西来，虔心礼佛求经，又不是利禄之辈，有甚运退时！”唐僧强调自己是礼佛之徒，并不相信什么时运，借此摆脱贪恋美色的污名。

孙悟空提出女子脚小，不便行走。唐僧询问有何解决办法。孙悟空说：“抱他上来，和你同骑着马走罢。”唐僧也是被情所困，竟丝毫没有察觉孙悟空的讥讽之意。他沉吟很久方才说：“我那里好与他同马！”

唐僧知道孙悟空脾气，就提出让猪八戒来背女子。猪八戒开始时很高兴，孙悟空却说：“呆子造化到了！你那嘴长，驮着他，转过嘴来，计较私情话儿，却不便益？”听到孙悟空如此说，猪八戒只好收拾心情说：“师兄一生会赃埋人。我驮不成！”

唐僧没有让沙僧驮人。因为沙僧最是精明，容易招惹是非的事情绝不会掺和。唐僧也没有让女子一人骑马。因为白龙马乃是西海龙太子之身，驮唐僧是工作，驮别的人却不行。

最终，唐僧说：“也罢，也罢。我也还走得几步，等我下来，慢慢的同走，着八戒牵着空马罢。”骑惯了高头大马的唐僧，为了这初次见面的女子，竟然放弃骑马，选择了与美女步行。

事实上，不只是孙悟空，就连镇海禅林寺的和尚，也察觉到了唐僧对那女子的小心思。

当天晚上，唐僧师徒与那女子吃了斋饭，聊了会儿天，就到了睡觉时间。唐僧叫来镇海禅林寺的院主和尚说："明日离了宝山，西去的路途如何？"这本是唐僧随口询问，可院主和尚听了，竟然双膝跪下对唐僧行起了大礼。唐僧很奇怪，急忙上前扶起。

院主不肯起来，唐僧再三追问，他才说："只是眼下有件事儿不尴尬，一进门就要说，恐怕冒犯洪威，却才斋罢，方敢大胆奉告：老师东来，路遥辛苦，都在小和尚房中安歇甚好；只是这位女菩萨，不方便，不知请他那里睡好。"

院主乃镇海禅林寺之主，唐僧是客，客人在何处吃饭、何处安歇，院主完全有权做出决定。可是，院主为何恐惧不安呢？

孙悟空曾经告诉唐僧，让一个女人跟随四个和尚实在不妥。他说："倘或遇着歹人，把我们拿送官司，不论什么取经拜佛，且都打做奸情。纵无此事，也要问个拐带人口。"

在外人看来，这一女四男的队伍实在奇怪——不是和尚与女子有奸情，就是和尚是拐卖妇女的人贩子。镇海禅林寺的院主看唐僧师徒就是如此。因见唐僧对女子非常客气，可见并非拐卖人口，那么，极有可能这女子与唐僧有奸情。这样一来，如何安排女子安歇就成了问题。是让女人与唐僧同房呢，还是让女子单独住一处呢？

唐僧本人虽然和蔼可亲，但是同行的三个徒弟却个个赛似妖魔。且院主听闻这四人一路走来降龙伏虎，根本不是凡人，觉得若是对他们安排不妥，怕惹得唐僧恼恨，令自家小命难保。

而院主虽然看出了唐僧与女子的关系非同一般，但对于唐僧是不是愿意公开这个关系却拿不定主意。于是他恐惧、为难，只能提心吊胆地请示唐僧。

唐僧忙解释说："院主，你不要生疑。"于是把如何救人，如何前来说了一遍。听唐僧如此说，院主才放下心来，让人带女子去天王殿安歇。

当天晚上，唐僧师徒就在方丈中睡觉。临睡前，唐僧吩咐悟空说："辛苦了，早睡早起。"

唐僧为何吩咐孙悟空早点睡觉呢？只因唐僧要半夜溜出门去。

孙悟空也小心提防。毕竟，唐僧若是失身，对孙悟空也很不利。原文说："遂一处都睡着了，不敢离侧，护着师父。"孙悟空与猪八戒、沙僧睡在了唐僧的身边。为保持唐僧的处男之身，孙悟空也拼了。

可是，即便孙悟空如此卖力，唐僧还是没被护住。

唐僧是如何在孙悟空的严防死守中突破重围的呢？随后，唐僧又有哪些异常举动，孙悟空又是如何应对的呢？

第五十五节　唐僧幽会

虽然唐僧对老鼠精有着莫名的心动，但是有孙悟空严防死守，他应该没有机会与老鼠精幽会。

为了保护师父的贞操，孙悟空特意拉上猪八戒、沙僧围绕着唐僧睡觉。也就是说，唐僧要想偷偷溜出去，必须从孙悟空身边走过。孙悟空乃猴子性情，喜动不喜静，即便是睡觉，也不过是略打个盹儿，多数时间都是在运转神功，闭目修炼。若唐僧真的有异常举动，孙悟空必定能够发觉。

但让人奇怪的是，以孙悟空的超凡警觉，竟然根本没有发觉唐僧曾经起床，更没有发觉唐僧已然失去元阳。

这是怎么一回事呢？

唯一的理解是有人做了手脚。此人以通天彻地之能，屏蔽了孙悟空、猪八戒、沙僧，乃至三十九位护法神的五识，使得唐僧能成功与老鼠精幽会。

有两件事情可以证明，孙悟空与猪八戒等人在镇海禅林寺的三个晚上都神秘地睡死了过去。

证据一：无人发觉唐僧半夜起床。

唐僧师徒在黄昏入住，当晚貌似平静。第二天清晨醒来，唐僧呻吟着说自己头疼。

猪八戒听了伸手去摸，口中笑道："我晓得了。这是昨晚见没钱的饭，多吃了几碗，倒沁着头睡，伤食了。"人们都习惯用自己的思维方式思考。猪八戒贪吃，就以为唐僧也是个吃货。从猪八戒的玩笑中可以推知，猪八戒根本不知道唐僧生病的真正原因，更不知道唐僧晚上曾经离开过卧房。

那孙悟空呢？他呵斥猪八戒说："胡说！等我问师父端的何如。"

唐僧是如何说的呢？唐僧说：“我半夜之间，起来解手，不曾戴得帽子，想是风吹了。”唐僧自然知道自己是为何生病的，可是他不能说出实情，于是瞎编了一个理由。这个理由其实很无厘头。

当时是几月天气呢？原著中说：“四众行彀多时，又过了冬残春尽，看不了野花山树，景物芳菲。”

当时是农历四月，已经入夏，即相当于阳历的五月，所以即便是晚上，气温也不会太低。并且，唐僧可不是那种没见过风雨的宅男。取经一路走来，唐僧多数时间都是在野外睡觉，一张草席、一张薄被，就可以扛过秋冬。

在荒山野岭、夜寒露重时唐僧都不会感冒，如今入夏时睡在房子里却反倒感冒了？

可是，对唐僧的这个解释，孙悟空竟然丝毫没有怀疑。他说：“这还说得是。如今可走得路么？”

唐僧略带批评地说，自己不能骑马，无法赶路。孙悟空连忙表示，自己身为徒弟，有责任照顾师父，并让唐僧不必担心，好好休息。

原来，不单是猪八戒，连孙悟空也没有发觉唐僧半夜曾经起床，更不知道唐僧曾经前往天王殿。

证据二：孙悟空对寺中杀人案毫不知情。

事实上，不仅是第一个晚上，在入住镇海禅林寺的每一个晚上，孙悟空都睡得很死。

在唐僧染病三天后，孙悟空到厨房去取水。厨房在寺庙后方，孙悟空在寺中穿行时，见到和尚们一个个都哭红了眼睛，不禁询问原因。和尚们开始时很畏惧，不敢说。等到孙悟空亮明身份，说自己有降龙伏虎之能，和尚们才说出真相。

和尚说："老爷，不知是那山里来的妖邪在这寺里。我们晚夜间着两个小和尚去撞钟打鼓，只听得钟鼓响罢，再不见人回。至次日找寻，只见僧帽、僧鞋，丢在后边园里，骸骨尚存，将人吃了。你们住了三日，我寺里不见了六个和尚。"

以孙悟空的视觉、听觉、嗅觉，只要是妖怪出现在方圆百十里，孙悟空必定可以看到、听到、闻到。眼下，妖精在距离方丈不过几十米的地方杀人，并且是杀了六个人，孙悟空竟然毫不知情。

这不是很奇怪吗？

事实是，镇海禅林寺中除了唐僧师徒、三十九位护法神等人之外，确实还有外人。

有人或许会说，当然，不是还有老鼠精吗？事实上，在镇海禅林寺中潜藏的外人不仅仅是老鼠精。

据和尚们说，老鼠精在镇海禅林寺只住了一个晚上，第二天就消失了。当然，老鼠精完全有可能在第二天或第三天的晚上再飞回寺庙，杀死和尚。

可是，老鼠精飞行时不仅狂风呼啸，并且香气浓郁。原著说："先刮时扬尘播土，次后来倒树摧林。只刮得嫦娥紧抱桫罗树，玉兔团团找药盆。九曜星官皆闭户，四海龙王尽掩门。"又说："那风才然过处，猛闻得兰麝香熏，珮环声响，（孙悟空）即欠身抬头观看。”

老鼠精驾临庙宇的动静如此之大，以孙悟空之能，不可能不发现。事实却是，之前的三个晚上，孙悟空完全没有听到任何异动，整晚都睡得很香。

这说明了什么?

这说明屏蔽孙悟空、猪八戒等人五识的绝非老鼠精。此人的神通当远在孙悟空之上！他不但可以完全屏蔽孙悟空、猪八戒、沙僧，而且就连三十九位护法神全都在他的掌控之中。

这位神秘人是谁呢?

任何一个人都不可能无原则地出现、无原则地消失，细细推敲，其中必有缘由。此人必须能够随时掌握唐僧师徒的行踪，如此才能准时准点地在镇海禅林寺出现；此人必须能够指挥调度三十九位护法神，以保证暗箱操作的信息绝不外露；此人必须能够施展强大神通，以屏蔽孙悟空等人的五识。

能达到这样三个要求的、已经登场的、与取经行动密切相关的大人物，就只有两个——如来和观音。如来事务繁重，观音则是取经行动具体负责人，由她出面暗中调度，合情合理。

观音为何这么做呢?

唐僧师徒取经以来，受乌巢禅师（燃灯佛祖）恩惠极多，在黑松林中唐僧更成功修得祥云瑞霭随身。为了保证取经行动的成功，为了加强对唐僧的掌控，如来必须掌握一些唐僧的小秘密。

这个秘密就是唐僧曾经与老鼠精交欢，已经失去了元阳。掌握了这个秘密把柄，就可防止日后唐僧背叛如来，倒向燃灯。

这个布局并非一时兴起，而是在五百年前如来发现金蝉子与老鼠精相会时就已经动念。

其实，不仅如来、观音掌握了唐僧的隐秘，在不久之后，孙悟空也敏锐地发觉了唐僧的异常。

在犯下大错之后，唐僧有何补救措施呢？孙悟空又会如何对待唐僧呢？